KB268684

지하철헌화가

지하철헌화가

1판 1쇄 인쇄 2008년 1월 5일
1판 1쇄 발행 2008년 1월 10일

지은이_이종인
본문 그림_윤향남
펴낸이_정원정, 김자영
편집_홍현숙 | 디자인_김희정, 김민정 | 마케팅 · 영업_김승지

펴낸곳_즐거운상상
주소_서울시 용산구 문배동 11-14 이안1차 101동 오피스텔 202호
전화_02-706-9452 | 팩스_02-706-9458 | 전자우편_happywitches@naver.com
출판등록_2001년 5월 7일
인쇄_갑우문화사

ISBN 978-89-92109-20-8

즐거운상상

지하철 헌화가

■■ 번역가 이종인의 책과 인생에 대한 따뜻한 기록 ■■

즐거운상상

아내와 두 아들에게

"저 고귀한 존재의 이유, 저 강력한 사랑의 매듭."

《맥베스》 4막 3장

인생의 의미에 대한 진지한 질문

나의 사랑하는 친구 이종인이 이번에 산문집을 내게 되었다. 그동안 써 두었던 것들과 이번에 새롭게 쓴 것들을 합쳐서 부끄러운 마음을 무릅쓰고 간행하는 것이라고 한다. 여기 실린 산문은 전에 다른 곳에 한 번도 발표된 적이 없는 것들로서 이번에 책으로 펴내기 위해 내용의 중복이나 모순을 피하고 또 각 산문이 상호 보완하도록 수정·가필했다고 한다. 발표를 의식하고 쓴 것이 아니라 그냥 쓰고 싶어서 쓴 것이므로 그의 산문에는 글을 쓸 당시의 솔직한 감정과 내밀한 고백이 많이 들어가 있다.

그와는 1971년 안암의 언덕에서 처음 만나 지금껏 교우해 왔으니 우리의 사귐도 40년 가까이 되어 간다. 이 산문집에는 나의 이름도 두 번이나 나오는데 그 부분을 읽을 때는 마치 어린 시절로 되돌아가 그 현장에 있는 것 같은 느낌마저 들어서 아주 유쾌했다. 사실 나는 조성식 선생의 시간에 그를 뒤이어 해석을 했던 일이나 중국집에 자장면을 먹으러 가서 그의 실제 나이를 추궁했던 일을 까마득히 잊어버리고 있었다.

기억을 잊어버리기로 말하자면 그 역시 나 못지 않다. 가령 입학 첫해에 영문과 신입생들을 대상으로 영어 시험을 다시 치렀을 때 그가 일등을 한 일이 있었다. 내가 연전에 그 얘기를 하니까 기억하지 못하는 것이었다. 그러자 그는 나에게 2학년 때 강봉식 선생의 영미 소설 강독 시간에 선생의 해석을 내가 날카롭게 지적하여 선생이 잠시 당황했던 일을 기억하느냐고 묻는 것이었다. 나는 그것을 기억하지 못했다.

이처럼 잊어버린 기억에 대한 얘기를 꺼내는 것은, 그의 산문집이 그런 아련한 기억들, 가령 첫사랑, 아버지에 대한 그리움, 아내에 대한 사랑, 가족에 대한 그리움, 스승에 대한 고마움, 여성에 대한 존경심, 이루지 못한 꿈 등을 생생하게 환기시켜 감동의 한 순간으로 데려가기 때문이다. 하지만 그의 시선은 과거에만 머물지 않는다. 현재의 삶도 두루 통찰하면서 인생의 의미에 대하여 진지하게 묻고 있다.

그의 글은 읽기 쉽고 수식이 없으며 구체적 사례를 들어가며 이야기를 풀어나가기 때문에 현학적인 냄새가 거의 나지 않는다. 나는 그의 글을 통독하고 어디 설악산 콘도 같은 데서 일박하며 그와 밤새 이야기를 나눈 느낌이 들었다.

나의 이런 느낌은 다른 사람들에게도 별반 다르지 않으리라고 생각한다. 그동안 잊고 지내던 소중한 기억을 다시 떠올리게 해주는 것, 우리의 일상생활을 성찰하게 해 주는 것, 솔직한 글로써 재미를 느끼게 해주는 것, 이런 여러 가지 소임을 이 산문집은 잘 감당하고 있다.

2007년 12월
박노민 (강릉대학교 영문과 교수)

삶과 번역 사이

번역가 생활을 해 오는 동안 여러 사람들이 쓴 다양한 분야의 책을 우리말로 옮기면서 어떻게 글을 쓰면 메시지가 잘 전달될까 늘 생각했다. 이것은 번역의 품질을 보증하는 문제와 직결되는 것이기도 했다. 나는 글이란 쓰면 쓸수록 기술이 좋아진다는 것을 알게 되었으나, 그러한 기술이 저절로 좋은 글을 만들어 내는 것은 아님도 알게 되었다. 아무리 표현 기술이 좋아도 문장의 주인이라고 할 수 있는 훌륭한 발상이 없으면 그것은 눈 속임수에 지나지 않는다.

훌륭한 발상은 어디서 오는 것일까. 나는 각종 서적의 중요하거나 멋지거나 인상 싶은 부분에 밑줄을 그어 놓고 틈틈이 그 부분을 들춰보며 그런 발상의 경로를 알아내려고 궁리해 왔다. 때때로 그런 문장을 노트에 옮겨 쓰면서 모방도 해보았으나 아무런 성취도 이루지 못했다. 남의 발상이 곧 나의 발상이 될 수는 없었던 까닭이다. 이런 시행착오 끝에, 가장 소중하다고 생각하는 것들을 아주 간절히 말하려고 할 때 비로소 발상이 훌륭해짐을 알게 되었다. 누르고 눌렀던 어떤 생각이 내 안에서 흘러 넘쳐 더 이상 억누를 수 없을 때 그것을 나의 목소리, 나의 언어로 구체화시키려 했다. 이렇게 해서 지난 십여 년 동안 약 스무 편의 글을 써 놓게 되었다. 하지만 그것들이 정말로 남에게 읽힐 만한 글인지는 알 수 없어서 오래 가지고 있었다. 그러다가 두 가지 계기가 있어서 출간을 결심하게 되었다.

지지난해 겨울 어머니가 덜컥 와병하여 의식이 없게 되셨을 때, 내게 하실 말씀이 많으셨을 텐데 그만 이렇게 되셨구나 하며 너무 안타까워했다. 인생이란 이처럼 먼지요 그림자에 지나지 않는구나 하는 허무한 생각마저 들었다. 그 때 모든 것이 꿈이지만 글자로 기록해 놓은 것은 실재일지도 모른다는 선인의 말씀을 회상하고, 그동안 써 놓은 글들을 꺼내어 다시 읽어보게 되었다. 주로 나의 일상생활과 직업 생활(번역)에 대하여 솔직하게 적은 것들이었다.

그리고 지난 해 봄,《번역은 내 운명》이 발간되었을 때 거기에 실린 내 글을 읽고 소설가 이수태 선배, 동료 번역가 최정수 씨, 캐나다에 이민 가 있는 내 친구 이의범 등이 감동 받았다면서 격려해 주었다. 그 때 나의 부족한 글도 사람의 마음을 움직일 수 있나 보다 생각하게 되었다.

그 후 그 감동이라는 말에 고무되어 기존에 써 놓은 것들을 꺼내어 다시 정리하고 새로 십여 편의 글을 써서 한 권 분량을 만들었다.

이 글들은 내 살과 피로 느끼고 내 머리 아파 가며 낳은 것들로서 그 진정한 뜻만큼은 독자 여러분에게 전달될 것이라고 믿는다. 그리하여 내 글들 중 어느 한 단락 혹은 어느 한 문장이라도 독자의 마음을 움직일 수 있다면 그것으로도 충분한 보람을 얻었다고 할 수 있으리라.

내 글을 좋게 보아 출판을 결정해 준 즐거운상상의 편집자들과 귀중한 그림을 허락해 준 윤향남 화가에게 감사의 말씀을 드린다. 마지막으로 첫째 장에 들어간 〈직업의 발견〉과 〈번역가로 산다는 것〉은 《번역은 내 운명》에 실렸던 글에서 발췌한 것임을 밝힌다.

2007년 12월
이종인

목차

입을 약간 다물고 푸른 색 모나미 볼펜으로 자기 이름을 또박또박 적어 넣었을 그녀의 야무진 표정이 내 눈앞에 선히 보였다. 이 책에는 영국의 대표적 낭만파 시인들인 워즈워드, 콜리지, 바이런, 셸리, 키츠의 대표적 명시가 각 시인별로 10편쯤 들어 있는데, 그녀는 주로 콜리지와 키츠의 시를 읽었다. 그 시들의 행간에 눈에 익은 그녀의 필체가 빼곡 들어 있었다.

나는 아름다움을 따라 걷는다

충현 교회 앞의
면사포 쓴 신부

그녀를 만난 것은 맞선을 통해서였다. 무교동의 서린 호텔 커피숍에서 선을 보았는데 양가의 부모는 안 나오고, 한쪽 눈이 거의 감기다시피 하고 안면근육이 수시로 펄떡거리는 좀 볼품없어 보이는 중신아비가 한 사람 나와서, 결혼은 모든 일의 시작이라는 식의 아주 고리타분한 덕담을 길게 늘어놓은 뒤, 우리 두 사람을 남겨 놓고 가 버렸다. 그가 어느 쪽 집안의 사람이었는지는 지금 잘 기억이 나지 않는다.

그녀는 당시 잠실 쪽에 있는 여고에서 임시직 영어 교사를 하고 있었다. 키가 크고 갸름한 얼굴과 약간 치켜 올라간 눈 그리고 적당히 도톰하면서 옆으로 퍼진 넓은 입술 등 아주 세련된 스타일의 현대적 미인이었다. 신촌에 있는 대학에서 영문과를 다녔고 나이는 스물 여섯이었다.

한눈에 나로서는 좀 버거운 상대였다. 그러나 나는 최선을 다했다. 내가 무슨 특별한 재주가 있어서 마술을 부리거나 또 돈이 많아서 비싼 명품을 사준 것은 아니었다. 다만 그녀의 표정을 살피고 그녀가 하고 싶은 것을 미리 알아차리고 물어 보았는데 신기하게도 그때마다 들어맞았다. 가령 떡볶이가 먹고 싶지 않아요, 하고 물으면 그녀가 정말 먹고 싶다고 말했고, 구반포에 있는 타워 카페에 가보고 싶지 않아요, 하면 정말 가고 싶어했다. 신촌역 근처에서 네 번째 만났을 때 그녀가 나보고 참 좋은 사람인 것 같다는 말을 했다. 다섯 번쯤 만났을 때 서로 결혼할 의사가 있음을 확인하고 양가의 부모들이 무교동 코오롱 빌딩의 지하 레스토랑에서 만나 상견례를 했다.

그러나 그 후 그녀를 만날 수가 없었다. 전화를 해도 편지를 해도 답장이 없어서 어느 토요일 오전 회사에 조퇴하고 잠실에 있는 여고 정문 앞으로 가 그녀를 기다리기로 했다. 도착한 시간은 11시 반 경. 어디 들어가 앉아서 기다릴 수도 있었으나 그렇게 하면 학교 정문 쪽에서 나오는 그녀를 놓칠 우려가 있으므로 아예 정문이 환히 보이는 큰길가 버스 정류장 옆에 서서 버스를 기다리는 척하면서 망을 보기로 했다.

나는 평소 약속을 잘 지킨다. 그래서 약속 장소에 15분 일찍 나갔고 일찍 와서 기다린 만큼 상대방이 15분 이상 늦으면 기다리지 않고 무조건 가 버리는 습관이 있다. 그런 내가 언제 나올지 기약도 없는 상태에서 무작정 기다리기로 한 것이다. 그녀가 어떻게 반응할지 모르는 상태에서, 그처럼 죽치고 기다리기로한 것 자체가 참으로 신기한 일이었다.

어떤 여자를 그처럼 간절히 만나고 싶어하는 마음이 내 안에 깃들어 있다는 사실에 내심 놀라고 있었다. 바로 이런 게 사랑의 감정일까 하는 생각도 들었다. 그 전에는 과연 사랑을 위해 무슨 짓이라도 할 수 있는 능력이 내게 있을까 하고 회의한 적이 많았다. 아무튼 그녀가 나의 내부에 있는(다 말라버린 줄 알았던) 낭만의 샘을 건드려 놓았던 것이다.

한 시간을 기다려도 그녀가 나오지 않자 정문 앞 공중 전화 박스에서 교무실로 전화를 걸었다. 전화를 받은 남자 교사는 지금 자리에 없는데요, 라고 퉁명하게 말하고 전화를 끊었다. 나를 따돌리려고 그녀가 일부러 주위의 동료 교사들에게 그렇게 부탁해 놓았는가 보구나, 하는 생각이 내 머릿속을 스치고 지나갔다.

계절은 초여름으로 들어서는 늦은 봄이었다. 오후 1시까지 두 시간 가까이 땡볕 아래 서 있으려니 창피하기도 하고 지겹기도 하여 이제 그만 돌아가 버릴까 하는 생각도 들었다. 그러나 이왕 여기까지 온 거 조금만 더 고통을 참자, 아예 끝을 보고 말자는 마음이 더 강하여 계속 정문 쪽을 주시했다.

1시 30분쯤 되어 학생들과 함께 교사들이 우르르 정문 쪽으로 몰려나왔다. 그녀는 동료들과 팔짱을 끼고 걸어 나오다가 나를 보더니 먼저 깜짝 놀랐고 이어 얼굴이 붉어졌다. 그때 어디서 그런 용기가 났는지 나는 씩씩하게 다가가 그녀의 손을 잡았다. 주말 데이트 때에는 잘 입고 나오지 않았던 하늘하늘한 푸른색 원피스를 입고 있었다. 그녀의 큰 키를 돋보이게 하는 옷이었다. 같이 있던 두 여교사는 이미 사정을 파악한 듯 슬며시 사라져 주는 것이었다. 여고생들이 힐끔 힐끔 쳐다보았으나 나는 개의치 않았다.

"얘기 좀 해요."

나는 그녀의 손목을 꽉 잡은 채로 택시를 잡았고 함께 택시에 오른 우리는 그녀의 집이 있는 신대방동을 향해 달렸다. 그 땡볕에서 두 시간 가까이 서서 기다렸다니까 그녀는 감동인지 연민인지 알 수 없는 미소를 지어 보였다. 택시 안에서 왜 전화를 해도 편지를 해도 답장이 없었느냐고 물었다. 그녀는 계속 묵묵부답이었다.

"한번만 더 기회를 줄 수 없겠어요?"

내가 그렇게 사정하듯이 말하니까 그제서야 연민의 정이 좀 움직이는지 가볍게 고개를 끄덕였다. 그렇게 해서 데이트는 이어졌는데 자신의 아버지가 양가 상견례 후 나와의 결혼에 결사 반대한다는 것이었다. 내가 부모님을 모셔야 하는 형편이고, 일반 회사에 다니는 평범한 남자라서 싫다는 것이었다. 그녀의 아버지는 중소기업의 사장이었는데 우리 집 형편이 그녀의 집보다 못한 것도 반대의 한 가지 사유였다.

나는 딸을 더 좋은 혼처에 보내고 싶어하는 아버지의 심정을 충분히 이해한다면서, 그래도 결혼은 당사자 두 사람이 하는 거니까 우리 둘이 좀더 만나면서 서로 알아 가면 좋지 않겠느냐고 말했다. 세월은 젊은 사람의 편이니까 이렇게 둘이 좋아하고 자주 만나다 보면 언젠가 아버지의 마음도 돌아서지 않겠느냐는 말도 했다. 그렇게 해서 그녀와 신촌 앞이나 잠실 근처에서 그리고 구반포 등에서 자주 만나 데이트를 했다. 주로 구반포에서 만났는데 거기가 잠실과 신대방동의 중간 지점이었기 때문이었다. 그녀는 차츰 나에 대하여 호감을 넘어서는 감정을 가지는 듯했다.

어느 날 종로의 무과수 제과 앞에서 푸른 색 신호를 받아 횡단보도를 건너다가 내가 우뚝 서면서 손잡고 가지 않으면 건너가지 않겠다고 버티니까 얼굴을 붉히며 어쩔 줄 몰라 하다가 결국 손잡는 것을 허락했다. 수송동 건너편 조계사 근처의 아이시스라는 카페에서, 광화문 네거리의 국제 극장에서 금방 보고 온 독일 영화의 감상평을 열심히 말하고 있는 그녀에게 갑자기 키스를 해도 가만히 있었다.

하지만 그녀가 집안의 반대를 무릅쓰고 나를 만나기 때문에 엄청난 스트레스를 받고 있다는 것을 나는 알았다. 그녀를 만나면 전신에서 맑은 슬픔 같은 것이 퍼져 나오는 것을 느낄 수 있었다. 우리는 마치 무슨 잘못을 저지르고서 곧 지적 받기를 기다리는 아이 같은 심정이었다.

그렇게 긴장이 고조되는 어느 날인데 부모님이 안 계신 우리 집에 그녀를 데리고 오게 되었다. 우리는 거실에 앉아서 이런 저런 얘기도 나누었고 과일도 깎아 먹고 그렇게 하면서 오후의 시간을 보냈다. 마치 몇 년 동안 함께 산 부부 같았다. 이야기가 끊어지는 정적의 순간이 찾아오자 내가 방안으로 들어갔고 그녀가 따라 들어와 서로 포옹을 했다. 평소와는 다르게 그녀도 아주 적극적이었다. 내가 지금도 기억하는 그때의 최종 상황이라고 하면 그녀가 입고 있던 팬티에 파란 물방울 무늬가 점점이 박혀 있다는 것과, 그녀가 뭔가 결심하듯 이렇게 말했다는 것이다.

"You shall have me (나를 차지해 버리세요)."

나는 그녀가 왜 그렇게 말하는지 알았다. 아버지의 맹렬한 반대를 무릅쓰고 나를 만나고 있는 그녀로서는 아예 이렇게라도 우리끼리 결론을 짓고 말자는 자포자기의 심정이었을 것이다. 그러나 나는 그게 싫었다. 정상적인 절차로 결혼의 승낙을 받아낼 수 있으리라고 생각했다. 또 만에 하나 결혼이 성사되지 못하면 그녀의 정절을 훼손시킨 자로 남고 싶지 않았다. 그래서 한참 망설이다가 이렇게 대답했다.

"Maybe some other time.(아니, 나중에)"

하지만 나중은 없었다. 우리 집에서 그렇게 만난 것이 마지막 만남이었다. 어쩌면 그녀가 그게 마지막이 될지 모른다는 것을 미리 알고서 그렇게 말한 것인지도 모르겠다. 그녀가 나를 계속 만난다는 것을 안 그녀의 아버지가 딸을 윽박질러서 거의 집에 가두어두다시피 했던 것이다. 학교도 임시직이었으므로 그만 두어버렸다. 신대방동 그녀의 집 근처를 아무리 배회해도 그녀를 만날 수가 없었다. 나중에 나의 그런 모습을 2층 베란다에서 보았는지 그녀가 편지를 보내왔다. 아버지의 격심한 반대에 부딪쳐서 딸의 도리를 지키느라 디 이상 만날 수 없게 되었으니 더 좋은 여자를 찾아보라는 내용이었다.

　　나는 그녀 집 앞에 가서 분신자살하는 내 모습을 상상해 보기도 했고, 그녀를 데리고 멀리 달아나는 꿈을 꾸기도 했다. 그러면서 밤에 자다가 잠에서 깨면 갑자기 숨이 막혀 오면서 이러다가 죽는 게 아닐까 공포에 질리기도 했다. 술을 많이 마시고 필름이 끊어지기도 했다. 그렇지만 그녀를 강압하고 싶지 않았다. 이미 나 때문에 많은 고통을 겪었다는 것을 잘 알고 있었다. 게다가 그녀가 나보다 더 좋은 남자를 만날 자격이 충분한 여자라는 생각도 들었다. 그렇게 해서 그녀를 만난 스토리는 끝이 났고 다시는 만나지 못했다.

　　그 후 2년의 시간이 흘러갔다. 그동안 그녀를 우리 집에 데리고 왔던 장면을 무수히 내 마음 속에서 다시 연출하면서 그때 그녀의 말대로 해 버렸더라면 좋았을 걸. 이 바보, 이 바보 하고 나 자신을 원망하기도 했다. 푸른 물방울을 보았으면 일도창해一到滄海하여 푸른 바다로 나아갈 일이지, 네가 무슨 화담花潭 서경덕徐敬德이라고 그처럼 도학자인 척 했느냐고 나를 꾸짖기도 했다. 어떤 때는 결국 너의 사랑이 그리 극진한 것이 아니지 않았느냐는 날카로운 비판의 목소리도 나의 내부에서 들려왔다. 사랑은 물불을 가리지 않는다. 사랑은 빼앗는 것이다. 사랑은 해치우는 것이다. 이런 말들이 환청처럼 들려왔다. 그런 두억시니의 목소리가 자꾸 들려 오면 고문에 지쳐서 결국은 있지도 않은 사실을 자백하는 피의 자처럼 '그래, 나는 아마도 그녀를 사랑하지 않았었나 봐.' 하고 중얼거리기도 했다.

하지만 오랜 세월이 흐른 지금에도 그 날에 대한 내 생각에는 변함이 없다. 만약 시계 바늘을 거꾸로 돌려 다시 그때로 돌아갈 수 있다 하더라도 역시 그렇게 대답할 수밖에 없을 것이다.

어린 시절, 밥솥에 밥이 없는데도 어머니가 "애야, 한 공기 더 먹으려무나." 하실 때 "예." 하고 대답하면 당신이 드시던 것을 퍼 주시므로 "어머니, 저 배부릅니다."라고 대답했던 것처럼, 그렇게 대답하는 것이 그녀와 나, 우리 두 사람의 인간적 품위에 대한 헌사라고 생각하기 때문이다.

그렇지만 내 마음에 어떤 미진한 기억이나 아쉬움이 영 없는 것은 아니었다. 그것을 꾹 누르고 있었기 때문에 보이지 않았을 뿐, 마음 속 한 구석에 여전히 남아 있었던 것이다. 나는 그것을 작은 에피소드를 통하여 확인할 수 있었다.

내가 당시 잘 다니던 중대 앞 흑석동 헌책방은 지금은 없어졌다. 그 집의 주인은 알코올 중독자인데 술을 안 마실 때 책을 수집하러 돌아다녔고 펜트하우스의 섹스 경험 모음집인 《포럼》같은 책을 명작이라고 내게 은근히 권하던 사람이었다. 그가 술에 절어 있는 날에는 그 아내가 대신 책을 팔았다. 그 아주머니에게서 명작이 들어왔으니 사 가세요, 라는 말을 들으면 나는 괜히 부끄러워졌다. 하지만 그 집의 어려운 사정을 잘 알기 때문에 일부러 찾아가 책을 사주고는 했다.

그런데 거기서 우연히 그녀가 대학 시절 쓰던 책 한 권을 발견하였었다. 신대방동 집에서 내버린 책이 흑석동까지 흘러온 것일까. 책의 제목은 《Five Romantic Poets(다섯 명의 낭만파 시인)》이었고 한국영어영문학회에서 펴낸 소책자였다. 문고판 크기의 까만색 하드 커버였고 책의 발간일은 1977년 3월이었다. 책의 속표지에 ○○대학 영문과 3년 김○○이라고 쓰여져 있는 것을 보니까 그 해에 나온 책을 사서 공부한 것이었다.

입을 약간 다물고 푸른색 모나미 볼펜으로 자기 이름을 또박또박 적어 넣었을 그녀의 야무진 표정이 내 눈앞에 선히 보였다. 이 책에는 영국의 대표적 낭만파 시인들인 워즈워드, 콜리지, 바이런, 셸리, 키츠의 대표적 명시가 각 시인별로 10편쯤 들어 있는데, 그녀는 주로 콜리지와 키츠의 시를 읽었다. 그 시들의 행간에 눈에 익은 그녀의 필체가 빼곡 들어 있었다.

콜리지의 시는 〈노수부의 노래〉와 〈쿠블라 칸〉을 읽었는데 후자의 경우 맨 첫 연에 ab aab cc로 되어 있는 각운을 표시해 놓았다. 그러고 보니 그녀가 내게 해준 말이 생각났다. 그녀가 학교 다닐 때 영시 시간에 자주 우는 선생이 있었다는 것이다. 그 선생은 특히 〈노수부의 노래〉를 강독할 때에는 어김없이 학생들 앞에서 부끄러운 줄도 모르고 펑펑 운다는 것이었다. 나는 그녀에게 혹시 그 선생의 아버지가 어부가 아니었을까 하고 물어보았으나, "일제 강점기에 아들을 일본 유학까지 시킨 분이 과연 어부였을까요?" 하고 의문을 표시했다.

그렇다면 왜 울었을까? 그녀의 말이 계기가 되어 나는 〈노수부의 노래〉를 읽을 때마다 왜 그 분이 울었을까를 생각하게 되었다. 이 시는 결혼식에 참석하러 온 하객들을 앞에 놓고 노수부가 자신이 헤쳐 온 험난한 항해를 얘기해 주는 것으로 되어 있다. 신천옹, 물뱀, 피와 비, 환한 빛 등이 등장하면서 선과 악, 행운과 불행, 아름다움과 더러움의 반복 속에서 결국 그 험난한 항해를 이끌어 온 것은 하느님의 사랑이라는 말로써 끝난다.

나는 자연스럽게 이런 상상을 해보았다. 아름다운 여학생으로 소문 높은 그 대학 학생들을 앞에 두고 노교수는 자신을 노수부라고 생각하지 않았을까. 강의를 받으러 나온 학생들은 그가 젊은 시절 결혼하려 했으나 꿈을 이루지 못했던 신부에 비겨볼 수 있지 않을까. 이렇게 볼 때, 그 교수는 자신의 젊은 시절, 꿈 많고 희망 많았던 순수한 사랑의 시절이 이제는 가 버리고 다시 돌아오지 않는다는 것을 알고서 눈물을 흘린 것이 아니었을까.

키츠는 다섯 명의 낭만파 시인들 중 가장 연소자이기 때문에 그의 시편은 맨 마지막에 들어 있었다. 첫 번째가 〈채프먼의 호머를 처음 읽었을 때〉였고 이어 두 번째가 〈오래 도시에 갇혀 있는 사람에게〉였다. 도시에 갇혀 있던 사람이 자연의 풀밭으로 나가 조용한 사랑의 이야기를 회상하면서 그 흘러간 날을 아쉬워한다는 내용이었다. 나는 이 시의 맨 마지막 3행을 읽고서 170년 전에 키츠가 나의 운명을 예고해 놓은 것을 그녀가 다시 베껴 쓴 것이 아닌가 하는 생각이 들었다.

> He mourns that day so soon has glided by,
>
> E' en like the passage of an angel' s tear
>
> That falls through the clear ether silently.
>
> 그는 그 날이 그토록 빨리
>
> 흘러간 것을 슬퍼한다.
>
> 맑은 하늘에 조용히 떨어지는
>
> 천사의 눈물처럼 흘러간 그 날.
>
> - 존 키츠, 〈오래 도시에 갇혀 있는 사람에게〉

그녀는 앞 행에 나오는 gentle tale of love는 '조용한 사랑의 이야기' 로, angel' s tear 밑에는 '천사의 눈물' 이라고 노트했고 falls through the clear ether silently 밑에는 '맑은 하늘에 조용히 떨어지는' 이라고 약간 아치형을 그리는 노트를 적어 넣었다. 나는 이 책을 틈나면 들춰보면서 그녀가 공부했을 신촌의 강의실, 그 강의실에서 내려다보이는 화암개명花暗開明 : 꽃그늘이 짙어 앞이 잘 보이지 않았는데 곧 환히 열리며 아름다운 풍경이 나타남한 라일락 핀 길 등을 상상했다. 어린 날 영시 책 위에 푸른 색깔의 모나미 볼펜으로 열심히 노트를 해 넣는 그녀의 순진한 모습이 그렇게 아름답게 떠오를 수가 없었다. 그럴 때마다 한숨이 나오고 더러 눈물이 흐르는 것을 느꼈다. 나는 내가 아직도 그녀를 사랑하고 있다는 것을 알았다.

어느 주말 강남에서 일을 보고 바로 퇴근을 하게 되었다. 화창한 가을날 오후였다. 시내 버스에 사람들이 별로 없었고 나는 창측의 자리를 잡고 앉았다. 차창 밖으로 강남의 아파트와 빌딩들이 스쳐 지나갔다. 버스가 충현 교회 앞 큰길을 지나는 순간, 버스 바로 옆을 따라붙는 검은색 레코드 로얄 승용차를 보았다. 뒷좌석에는 검은 옷을 입은 신랑과 하얀 면사포를 쓴 신부가 함께 앉아 있었다. 오후의 이 시간에 식장으로 가는 것일까, 아니면 식을 마치고 강변도로를 타러 가는 길일까? 여기가 충현 교회 앞이니까 교회에서 결혼식을 끝내고 김포공항으로 나가는 길일까? 나는 알 수 없었다. 그러나 신부와 신랑이 같이 앉아 있는 것을 보고서 아마도 결혼식이 끝났나 보다고 짐작하였다. 신부의 뺨에는 옅은 홍조가 떠올라 있었다. 그 순간 곧잘 얼굴을 붉히며 부끄러워하던 그녀가 생각났다. 단정하게 뒤로 빗어 넘긴 검은 머리카락과 갸름한 얼굴과 약간 치켜 올라간 눈 그리고 적당히 도톰하면서 옆으로 퍼진 넓은 입술이 상당히 그녀와 닮았다.

1~2분 정도 버스와 나란히 달리던 승용차는 순간적으로 버스를 앞

질렀고 9월의 신부는 사라졌다. 나는 계속 그 신부의 이미지를 마음속에서 뒤쫓다가 어쩌면 면사포의 여인이 그녀일지 모른다고 생각하기 시작했다. 그러다가 홍조 띤 얼굴을 옆으로 돌리면서 고개를 까닥거리는 모습을 다시 떠올리며 그녀가 틀림없다고 확신했다.

그녀와 헤어진 후 그녀를 연상시키는 사람이나 사물을 만나면 숨이 막혀 오는 증세가 있었다. 아까 그 얼굴에 떠오른 홍조와 신부 면사포를 본 순간부터 숨을 잘 쉴 수가 없었다. 그건 그녀를 생각할 때면 어김없이 찾아오는 증상이었다. 그녀의 존재를 확인해 주는 더 이상의 다른 증거가 필요할까. 이러다가 내가 죽을지도 모르겠다고 느꼈던 예전의 공포가 나를 덮쳐 왔다. 왜 이 시간에 이런 식으로 나타나 내 마음의 평화를 이처럼 뒤흔들어 놓는 것일까. 나는 마치 유령을 향해 속삭이듯, 방금 전 가뭇없이 사라져 버린 그 면사포의 여인을 향해 중얼거렸다. 잊게 해줘. 나를 놓아줘. 나를 숨쉬게 해줘. 그러자 그 여인이 홍조 띤 얼굴을 옆으로 돌리면서 보일 듯 말듯 고개를 끄덕거리는 환상을 나는 보았다.

그 주말 이후 내 마음에 맺혀 있던 매듭이 천천히 풀려 나가기 시작했다. 그리고 조용한 사랑의 이야기를 잊어버릴 수 있었다. 그 신비한 만남 이후, 가을이 깊어 가던 11월에 나는 선을 보았고 다음해 봄에 결혼을 했다. 그녀가 내게 보낸 편지들과 〈다섯 명의 낭만파 시인〉 책은 새로 만난 사람과 결혼하기로 결심하고서 모두 불태워 버렸다.

인과론은 결혼에도 적용될까

소설 창작 이론에서는 '왕이 죽어서 그 슬픔으로 왕비도 죽었다.'라고 말하는 것이 플롯이고 모든 이야기는 이 플롯을 따라 움직여야 한다고 가르친다. 그러니까 세상의 일은 원인과 결과라는 인과론에 의해 움직이고 그렇게 이야기를 해 나가야 독자가 믿어 주고 또 그런 믿음을 전제할 수 있어야만 독자에게 있지도 않은(다시 말해 소설가가 머릿속에서 상상해 낸) 사건을 납득시킬 수 있다는 것이다.

이 논리대로라면 '사람은 즐거우니까 춤을 춘다.'라고 말해야지, '사람은 춤을 추다 보면 즐거워진다.'는 좀 설득력이 떨어지는 얘기가 된다. 그런데 소설이 아닌 현실에서는 인과론을 초월하는 일이 많이 벌어진다.

가령 '사랑하니까 결혼한다.' 보다 '결혼하고 나니까 사랑하게 되더라.' 가 실제로 더 흔하다는 것이다.

아내와 첫선을 보고 두 번째 만나기로 한 날은 우연찮게도 최근에 결혼한 회사 동료의 집들이 날이었다. 집들이에 가면 좋은 술을 얻어 마실 수 있고 고스톱도 할 수 있으므로, 어떻게 될지도 모르는 여자와의 두 번째 만남보다 한결 나은 카드처럼 보였다. 당초 선을 본 것도 회사 동료의 강권과 회유에 마지못해 나갔던 것이었다. 선을 보면 그 거북하고 어색한 분위기며 상대방을 탐색하는 피곤한 과정은 여간 부담스럽지 않았다. 아무튼 대강 통성명을 하고 시간을 좀 보내다가 다시 만나자고 내 쪽에서 제안하는 것이 내가 선을 운영해 나가는 일반적 절차였다.

상대방 여자가 두 번째 만남 제의에 대답을 하지 않으면 퇴짜를 맞은 것이고, 응낙을 하면 2라운드의 탐색전으로 들어가게 되는 것이었다. 그러나 어떤 여자는 두 번째 만남에 나오겠다고 하고 약속한 하루 전날, 혹은 약속 시간 한 시간 전에 전화를 걸어와 못 나오겠다고 하기도 했다. 면전에서 거절하기가 어려워서 그런 식으로 완곡하게 거절하는 것이었다. 아내와 두 번째로 만나기로 되어 있던 날, 나는 내심 그런 거절의 전화를 기다리고 있었다.

그러나 전화는 걸려 오지 않았다. 약속 장소인 수송동의 난다랑 카페에서 먼저 기다리던 나는 여자가 지금이라도 안 왔으면 좋겠다는 생각을 하고 있었다. 그러면 집들이가 있는 여의도까지 곧 뒤따라 갈 수 있을 터였다.

　　아내는 15분 정도 늦게 약속 장소에 나타났고, 나는 집들이를 포기한 채 아내와의 탐색전 2라운드에 들어갔다. 그 후 만남이 서너 번으로 이어지자, 비록 키는 크지 않지만 눈이 시원하게 크고 세련된 말솜씨에 풍부한 유머 감각 그리고 교양도 높은 듯하고 특히 대학에서 미술을 전공했다는 것이 마음에 들어서 여자만 좋다고 하면 결혼을 할 생각이었다. 아내는 다섯 번 정도 만날 때까지 이제 그만 만나자는 말을 하지 않았고 그래서 나에 대해 호감을 갖고 있나 보다 생각하게 되었다. 나중에 안 일이지만 실제 사정은 그게 아니었다. 아내는 두 번째 만남에 아예 나오지 않으려고 했었다. 원인과 결과를 중시하는 인과론대로라면 회사로 전화가 걸려 오고 이어 여의도 행이 성사되어야 했었다.

　　그런데 왜 그렇게 되지 않았을까. 세상일에는 작용과 반작용 이외에 제3의 작용이라는 것이 있는 법인데 내 경우 그 힘은 우리 장모님이었다. 장모님이 안 나가려는 아내의 등을 떠밀어 한번으로 어떻게 아느냐, 최소한 삼세번은 만나 보라고 개입하면서 그 엄정한 인과론에 불확정성의 논리가 개입되었던 것이다.

　　나중에 결혼을 하고 나서 안 사실이었지만, 아내는 첫선을 볼 때 내가 별로 마음에 들지 않았다고 한다. 어디가 그렇게 마음에 들지 않았느냐고 물어 보았더니 우선 잘 생기지 못했고, 화술이 유창하지 않으며, 돈도 많아 보이지 않고, 학교도 경기 고등 학교를 졸업하지 못했고, 다니는 회사도 건설회사이고, 시부모를 모시고 살아야 할 가능성이 높고, 살고 있는 집도 종암동으로 그리 부유한 동네가 아니고 등등 중간에 막지 않았더라면 한없이 열거할 것 같은 기세였다. 이십대 후반의 아름다운 처녀가 소망할 수 있는 남자의 조건을 들라면 수천 가지는 될 터인데 그것을 한번 말해 보라고 한 내가 잘못이었다.

하지만 그런 것들이 물색 모르는 처자의 순진한 소망 사항에 불과하다는 것을 정확하게 꿰뚫어 본 분이 바로 장모님이었다. 장모님이 막내딸에게 상당한 영향력을 행사할 수 있었다는 사실은 분명 나에게 유리하게 작용했다.

장모님은 내가 '믿을 만한 직장에 다니는 보통 남자' 라는 점 하나만 보고서 딸을 나에게 줄 생각을 하셨다는 것이다. 당시 아내는 은행에 다니던 잘생긴 남자와 이중으로 선을 보고 있었는데, 장모님이 그 남자는 나중에 바람둥이가 되어 너를 무척 속상하게 할 게 분명하니까, 아예 잊어버리고 이 속 썩이지 않을 듯 싶은 보통 남자를 잡으라고 간곡히 타일렀다는 것이다. 만약 이러한 제3의 힘이 작용하지 않았더라면 우리 부부는 맺어지지 못했을 것이다. 그리고 장모님의 예상은 적중하여 결혼 이후 나는 여자 문제로 아내를 속 썩인 일은 단 한 번도 없었다.

나는 그 잘 생긴 남자 얘기를 듣는 순간 너무나 자존심이 상해서 그가 경기고 출신인지는 절대로 물어 보지 않겠다고 다짐을 했다. 아무튼 이렇게 해서 우리는 결혼을 하게 되었다.

당시 아내는 스물 여덟이고 나는 서른이었으니 우리 부부는 벼락을 맞은 듯한 사랑의 기쁨에 도취하여 결혼에 골인한 것은 아니었다.

아내는 신혼 9개월 동안 도곡동의 영동 아파트에서 단 둘이 살던 시절을 제외하고는 고생의 연속이었다. 당시 건설회사를 다니던 나는 결혼 9개월 만에 사우디아라비아로 파견되어 3년 동안 헤어져 살아야 했다. 해외 근무를 하면 월급이 국내보다 더 많으니 그 돈을 모아 강남에 아파트 한 채를 사자는 약속으로 아내를 달래려 했으나 그것은 차가운 위안밖에 되지 못했다(당시만 해도 해외 생활 3년이면 강남에 35평 아파트를 한 채 살 수 있었으니 그때는 정말 태평연월이었나 보다). 1년에 한번 귀국하는 한 달의 휴가를 가지고 1년 간의 상호 적적함을 달래야 했다. 내가 없는 동안 아내는 매운 시집살이를 했다. 그때 아내가 보낸 편지들은 사우디아라비아 생활을 견디게 해준 큰 힘이었는데 지금 읽어보아도 아내의 인내와 희망이 느껴진다.

여보

어제는 오빠 사구재*를 끝내고 아버님**과 함께 성바오로 병원에 다녀왔어요. 실제 아버님의 증세가 호전되는 것은 아니나 당신이 약을 드심으로써 정신적 위안이 되고 점점 호전되어 가고 있구나 하는 착각이 드시나 봐요. 반포에서는 유일한 무신론자였던 아버지가 성당에 나가시게 되었어요. 성당에 온 식구가 다녀오는 것을 보니 무척 좋아 보이더군요. 우리 곁에 없는 단 한 사람도 끼어 있었으면 그 풍경이 더욱 아름다웠을텐데…….

우리 가족도 당신이 귀국하면 모두 영세를 받아 성당에 나갈 수 있다면,*** 노인들의 여지껏 닫힌 마음이 조금은 열릴지도 모르고 세상에 믿을 사람 아무도 없다는 생각도 조금은 변화되고 누군가에게 의지하고 있다는 기쁨을 느끼게 되지 않을까요.

오늘은 고모와 어버이날 선물을 사러 재욱이와 함께 명동에 나가 어머니 홈웨어와 구두를 샀어요. 이번 어버이날 선물은 아버님께는 티셔츠와 담배, 어머님께는 구두를 선물하려고 해요. 어머님은 왜 이런 비싼 구두를 샀느냐고 펄펄 뛰셨지만 속으로는 기뻐하시리라 믿어요. 어머님도 앞으로 자식들의 선물을 기쁜 마음으로 받아들일 수 있는 자연스러운 마음가짐을 갖게 되었으면 좋겠어요. 때마다 한번 선물을 드리려면 여간 마음에 부담이 되는 게 아니에요. 당신의 생일이 내일 모레이군요. 생일 축하합니다, 안녕, 화진.

1986년 4월 29일

---

* 서른 다섯의 나이에 심장마비로 타계한 처남의 사십구일재. ** 당시 위암 말기 판정을 받은 나의 아버지. *** 나는 아내의 간곡한 권유로 1995년 가톨릭 신자가 되었다.

여보

오늘은 5월의 첫날이며 당신의 생일이군요. 본의 아니게 결혼 후 제대로 생일 상을 차려 주지 못한 아쉬움이 있어요. 87년에는 성대한(!) 생일 잔치를 하도록 해요. 오늘은 봄비가 무척 많이 내렸어요. 이제는 우리의 기다림이 막바지에 도달했지요. 당신이 무척 보고 싶어요. 오늘 같이 비 오는 날이면 비닐 우산에 떨어지는 빗소리가 몹시도 듣기 좋다던 당신의 말이 생각나는군요. 도곡동 집에 누워 있으면 당신은 유난히도 빗소리를 잘 알아 맞추었지요. 우리 집 마당에는 사과나무, 라일락, 난초의 꽃들이 활짝 피었어요.

재욱이 녀석이 꽃을 꺾어 놓는 바람에 마당의 예쁜 모습을 오래 두고 볼 기회를 많이 놓쳤어요. 오늘 내린 비에 꽃들이 마당에 눈처럼 떨어져 무척 낭만적인 분위기예요. 참 민속촌에서 찍은 사진이 나왔어요. 배가 많이 나와 맹꽁이 같은 모습이어서 누구에게 보여주기 창피하지만 당신에게 가까운 시일 내에 부쳐 드릴게요. 어제는 병원에 다녀왔어요. 두 달만에 다녀오는데 그렇게 싫을 수가 없어요.

빨리 5, 6월이 지나 뱃속의 둘째 아이 동욱이가 세상 구경을 했으면 좋겠어요. 제일 불편한 것이 마음대로 엎드려 편지를 쓸 수 없는 점이에요. 사람들이 내 배를 보고 아들을 낳을 것 같대요. 아들이건 딸이건 상관은 없지만 딸이었으면 좋겠어요. 아주 예쁘고 총명한 딸을 낳아 귀하게 키워 보고 싶어요. 요즘은 길을 가다가 딸아이 옷을 보면 그렇게 예쁠 수가 없어요. 딸을 좋아하면 딸을 낳을 가능성이 있다니 한번 기대해 봐야지요. 우리 둘째 아이도 재욱이 못지 않게 총명하리라 기대해 봐요. 안녕, 화진.

1986년 5월 1일

내게는 15년 터울의 누나를 둔 친구가 있는데 그 누님을 만나는 듯한 기분을 아내의 편지에서 느끼곤 했다. 비록 맞선 볼 때는 나를 별로 신통치 않게 생각했으나 일단 결혼하고 난 이후에는 자신이 선택한 결혼이라는 대전제 아래 혼신의 힘을 다하여 그 결혼을 성공시키려 했던 아내의 굳건한 의지도 읽을 수 있었다.

그 후 내가 사우디아라비아에서 돌아오고 아버지가 돌아가셔서 홀로 되신 어머니를 시중들며 사는 생활도 아내로서는 커다란 부담이었다. 아무튼 이런 생활을 23년 해 오는 동안 아내에게 점점 상승하는 사랑을 느끼게 되었다. 당대唐代의 시인 맹동야孟東野는 자모慈母의 커다란 사랑을 봄날 석 달 동안 어린 풀을 비추는 삼춘휘三春暉에 비유했는데 아내에게는 분명 삼춘휘 같은 사랑이 있었다.

그 후 종암동 - 반포 - 분당으로 이사를 다니면서 두 번 모두 아내의 의견을 경청하여 아파트를 구입 혹은 당첨되었고 그것이 신통하게도 모두 성공작이었다. 아내의 이런 행동거지를 유심히 지켜본 나는 아내가 정말 현명하고 자애로운 사람이라는 걸 알게 되었다. 아침에 일어나 화장실까지 아장아장 걸어가는 모습, 여학생 시절의 즐거웠던 일을 유쾌하게 회상하며 두 팔을 마구 흔드는 모습, 불쾌한 일은 돌아서면 금방 잊어버리는 유익한 건망증, 아이들과 조카들에 대한 한없는 자애심. 이런 것들을 보면서 좋은 사람임을 알게 되었다.

그런 만큼 나는 모든 면에서 아내에게 물어 보고 또 의지하게 되었다. 그래서 얼마 전 새해 모임에 처가 식구들이 모두 모였을 때 처형들과 잡담을 나누다가 우연히 이런 말을 했다.

"제가 학교 다닐 때 K라는 철학 교수가 있었습니다. 학교 졸업한 후에 그 분이 신문에 대문짝만하게 난 일이 있었어요. 그 분의 아내가 경희대 병원에서 투병하다가 사망했는데, 그 교수가 충격을 이기지 못해 병원 14층에서 투신자살한 것이었어요. 애도 둘이나 있는데 말입니다. 당시 그 기사를 읽고서 저는 그 양반을 매우 비난했어요. 명색이 철학 교수요, 애들까지 있는 가장이 그 정도의 충격을 못 이겨서 자살을 하다니 이해할 수 없다, 라는 것이었지요. 그랬는데 세월이 어느덧 흘러 제 생각이 바뀌게 되었어요. 이제 어렴풋이 K교수의 그런 심정을 이해하겠더라 이겁니다. 아내를 너무 의지하다 보면……."

내가 이렇게 말하자 큰 처형은 "아유, 저 아부!" 하면서 나를 놀려댔고 작은 처형은 "야, 누구는 좋겠다!" 하면서 아내를 놀리는 것이었다. 하지만 이 말은 아주 우연히 나온 것이었으므로, 그 순간 내 머릿속에 들어 있던 생각을 솔직하게 표현한 것이었다.

요즘 결혼을 앞둔 남녀가 사랑이 없으면 죽어도 결혼하지 않겠다, 일생에 단 한 번뿐인 결혼을 결코 소홀히 할 수 없다, 고 말하는 것을 많이 본다. 물론 이 말은 맞는 말이다. 가능하다면 사랑하는 사람과 결혼을 하는 것이 좋고 일생에 단 한 번뿐인 행사를 멋지게 치르는 것이 좋다. 하지만 너무 오래 기다리는 것은 곤란하다. 그렇게 기다리다가 쉰 다섯 살이 된 총각도 있다(과연 쉰 다섯의 초로를 총각이라고 불러도 될지 의문이지만).

그 총각을 아는 사람에게서 들은 이야기인데 왜 아직까지 결혼을 하지 않았냐고 물어 보니까 어릴 적에 사귀던 여자가 미국으로 이민을 갔는데 그 여자 생각이 나서 못한다는 것이다. 다른 여자와 혼담이 무르익어 결혼이 성사될 법하면 그 이민간 여자의 환상이 떠오르고 이렇게 결혼을 해 버리면 그 여자를 배신하는 것 같고 또 이제라도 그 여자가 나타날 것만 같아 자꾸 기다리게 된다는 것이다. 사랑도 병인가 하여 잠 못 들어 하노라(이조년)는 시조가 있지만, 사랑도 정말 이쯤 되면 ‘병’ 이 되어 버린 경우라 할 것이다.

또 우리 동네의 어떤 아름다운 처자는 서른 중반을 훌쩍 넘기도록 아직 미혼이다. 저처럼 키 크고 어여쁜 처녀가 아직도 시하侍下에 있다니 얼마나 적적할까, 이런 탄식이 저절로 나온다. 그 어머니는 딸을 결혼시켜야 한다는 집념이 어느 정도인가 하면, 가령 월드컵에서 한국 대표팀의 경기를 보다가 프리 킥을 해서 한국팀이 점수를 얻는 기회가 오면 “저 공이 들어가면 우리 딸이 시집 가고 못 들어가면 시집 못 간다.”라고 말할 정도라고 한다. 그런데도 정작 당사자가 지금까지 기다린 것 조금 더 못 기다리랴 하면서 요지부동이니 어떻게 해볼 수가 없다는 것이다.

이런 남녀를 보면 “그렇게 기다리다가는 지옥이 얼어붙을 때까지 기다려야 한다.”라는 영어 속담이 저절로 생각난다. 이들은 철저한 사랑

신봉자인데 사실을 털어놓고 말해 보자면 결혼은 사랑만 가지고는 충분하지 못한 것이다. 남녀간에는 사랑의 감정보다 사랑을 실천하겠다는 의지가 더 강력하게 작동해야 한다. 감정은 순간적이어서 그것에만 의존하다 보면 낭패를 보기가 쉽다. 가령 사랑하기 때문에 요란뻑적지근한 결혼식을 했는데도 1, 2년 후에는 슬금슬금 이혼을 하는 경우가 얼마나 많은가.

그러니 시작은 좀 무색무취했더라도 세월이 흘러가면서 힘들게 다져나가는 사랑도 괜찮은 것이다. 지혜는 어렵게 얻은 지혜요, 사랑은 겨울의 사랑이라고 하지 않는가. 게다가 일생에 단 한번이라는 말도 맞지 않는 말이다. 따지고 보면 우리가 살고 있는 하루하루가 실은 일생에 단 한 번뿐인 것이다.

그런데 우리는 그 단 한 번뿐인 나날을 얼마나 치열하게 살고 있는가? 오지 않는 사람을 기다리며 속절없이 보내고 있는 것은 아닌가? 내일은 무수하게 많고 그 내일은 금방 돌아온다, 이렇게 생각하면서 무한정 기다리기만 하는 것이 아닌가. 왜 숲 속의 새 열 마리보다 손 안의 새 한 마리가 더 값지다고 생각을 전환하지 못하는가.

결혼과 그 후의 부부 생활은 궁극적으로 말해서 애정의 문제라기보다 인내의 문제라고 생각한다. 다시 말해 인생에서 제 마음대로 안 되는 일이 더 많다는 것을 마음에 새기며 참고 견디어야 한다는 것이다. 좋은 가정 - 좋은 학교 - 좋은 식장 - 좋은 배우자 - 좋은 자식 - 좋은 노년, 이렇게 '좋은' 자字만으로 뽑은 사람을 주변에서 자주 보았는가? 그런 사람이 되기를 바라기보다는 한두 군데의 단계에서 '나쁜' 자가 들어가도 그것을 이겨내는 지혜를 갖는 것이 훨씬 더 바람직하다.

그리고 우연찮게도 그 나쁜 자가 결혼의 문제에 끼었다고 해도 실망할 필요는 없다. 그것을 극복하여 더 훌륭한 어떤 것으로 만들어 내면 되는 것이다. 좋고 나쁜 것이 따로 정해져 있는 것이 아니라 사람의 마음이 그렇게 구분하는 것이다.

부질없는 상대적 비교로 자신의 마음을 괴롭히고, 엉뚱한 기대와 예상으로 자신의 인생을 단련시킬 필요가 없다. 가장 중요한 것은 어떤 일이 있어도 행복한 결혼 생활을 하겠다는 의지이다. 이것만 있으면 나머지는 다 참아낼 수가 있다.

만약 아내와 결혼하지 않았더라면 어떻게 아내의 훌륭한 점들을 알아볼 수 있었겠는가. 이건 개인적 경험에서 유추한 것인데, 여성은 고통에 대하여 참을성이 강하고, 이노센스innocence : 불쾌한 일은 돌아서면 금방 잊어버리는 유익한 건망증가 깊으며, 사랑하는 마음이 남성보다 훨씬 많다.

또 아내 쪽에서 보면 남편의 좋은 점이 분명 있을 것이다. 따라서 결혼하지 않고 언제까지나 혼자서 인생을 감당할 수 있다고 말하는 사람은 우물 안 개구리이고, 서울 안 가 본 사람이 서울 구경한 이야기와 비슷한 것이다. 나는 지금까지도 '결혼하니까 사랑하게 되더라.' 는 비인과론이 나에게 적용된 것을 아주 자랑스럽게 생각하고 있다.

파에테, 논 돌레트
Paete, non dolet

아내가 내 여동생한테서 생일선물로 받은 스테퍼에 올라가 열심히 운동을 하더니 갑자기 가슴 통증을 호소하며 내려와 건넌방으로 들어가 자리에 누웠다. 사실 아내는 벌써 몇 달 전부터 간헐적으로 아침에 일어나면 가슴이 싸하게 아프다는 얘기를 했다. 연통에 연기가 흘러 나가면서 연통 내벽에 달라붙어 있는 검댕이 우수수 떨어지는 듯한 그런 느낌이라는 것이었다.

아무래도 예사롭지 않은 것 같아서 동네 병원에 가볼 것을 권했다. 평소 아내나 나나 병원 가는 것을 싫어해 웬만한 통증은 저절로 사라지겠지 생각하며 무시하는 경향이 있었다. 하지만 그 날은 아내가 너무 아파서 병원 갈 생각을 했는데 마침 시간이 오후 4시경이어서 다음날 찾아가 보기로 했다. 물론 마음 속에는 그러다가 말겠지 하는 막연한 희망이 아직도 남아 있었다.

　사실 아내는 내 앞에서 아프다고 말하는 것을 그리 좋아하지 않는다. 아내가 머리 아프다고 하면 나는 손목이 아프다고 하고, 배가 아프다고 하면 허리가 아프다는 식으로, 이 세상에 아프지 않은 사람이 어디 있느냐고 농담 비슷하게 대응한다는 것이다. 물론 내가 의식적으로 그렇게 말한 것은 아니었다. 아프다고 얘기하니까 나도 평소에 느끼던 가벼운 고통을 습관적으로 말한 것뿐이었다.

　한번은 아내가 아침 밥상에서 "왜 이렇게 목이 뻣뻣하지?" 하고 말했는데 내가 무의식적으로 "나는 요즘 왜 이렇게 오줌이 자주 마려운지 모르겠어. 혹시 당뇨가 아닐까." 하고 대답하니, 아내가 씩 웃으면서 저 인간 앞에서는 아프다는 얘기를 통 못 하겠어, 하고 대답한 적도 있었다.

　그 다음날 아침, 아내는 고통이 좀 덜한지 이러다가 말겠지 하며 동네 병원 가기를 망설였다. 나는 아내가 왜 그렇게 망설이는지 잘 안다. 우리 집 안방에는 병중의 어머니가 무의식 상태로 누워 계신데 자기가 아프면 누가 어머니를 간병할 것인가 하고 걱정하는 것이다. 사실 나는 아내에게 너무 미안했다. 하루에 서너 번씩 변을 받아 내야 하는데, 물론 그때마다 내가 어머니의 다리를 들어주기는 하지만, 똥을 치우고 다시 엉덩이를 닦아 내려면 여간 고역이 아니다.

　옆에 가만히 서서 다리를 들고 있기만 하는 나도 가끔 손등에 똥이 묻는데 아내의 경우는 더 말할 것도 없었다. 하지만 아내는 그 일을 아무 불평 없이 했다. 한번은 거실에 함께 앉아 텔레비전을 보다가 아내가 졸리는지 내 어깨에 기대 왔다. 그 순간 아내의 머리카락에서 똥 냄새가 나는 듯했다. 나는 그 냄새의 역겨움보다는 아내의 고생이 먼저 생각나서 갑자기 목이 메어 왔다.

그 날 아침, 아내가 병원 행을 망설이는 순간, 나는 느닷없이 그 똥 냄새가 생각나면서 약간 화난 음성으로 병원 행을 강요했다. 아무 병이 아니라면 그걸 확인만 하면 되는데 왜 그리 망설이냐며 강력하게 권했다. 결국 아내는 아침 일찍 동네 병원에 갔고 한 시간 후 엑스레이 촬영 사진을 가지고 집으로 돌아왔다. 의사가 빨리 서울대 병원의 폐 센터로 가보라고 했다는 것이었다. 엑스레이 사진을 불빛에 비춰 보니 왼쪽 폐의 가장 자리를 길이 4센티미터 정도에 두께 1센티미터의 하얀 선이 가로지르고 있었다. 의사 소견은 심장의 혈관이 늘어난 경우이거나 종격동(폐의 중간 부분 뒤쪽에 있는 빈 공간)에 혹이 발생한 경우일 것이라고 되어 있었다. 그리고 소견서 맨 마지막에 써 놓은 suspected of tumor(종양으로 의심됨)이라는 영어 논평을 보자 나는 가슴이 덜컥 내려앉았다. 의사가 cancer(암) 대신에 tumor(종양)라는 완곡어법을 쓴 것이 아닌가 하는 의심이 더럭 들었다.

급히 아내를 데리고 서울대 병원에 가려는데 마침 여동생이 집에 찾아와 아무래도 간호사 출신인 여동생이 동행하는 것이 더 낫겠다 싶어 아내와 함께 병원에 보내고 나는 집에서 기다리기로 했다. 기다리는 동안, 나는 위기에 부닥친 인간이 보이는 반응 그대로 최악의 시나리오를 예상하고 있었다. 아내는 암에 걸린 게 틀림없다. 아, 이걸 어떻게 하면 좋지. 나는 불현듯 10년 전 생각이 났다. 당시 아내는 심한 복통으로 고생을 했다. 나는 그게 다 매운 시집살이 때문이려니 짐작하며 너무나 미안했었다. 그때 아내는 동네 병원에 가서 내시경 검사를 했는데, 자신도 뭔가 심상치 않다고 생각하는 듯했다.

이틀 뒤에 검사 결과를 보러 가는 날 아침이 되었다. 나는 원래 새벽 일찍 일어나는 사람이고 아내는 나보다 새벽잠이 좀 많아 늦게 일어나는데 그 날 따라 아내가 먼저 깨어 있었다. 그러더니 나를 보고 이렇게 말하는 것이었다.

"여보, 우리 사랑하자."

그것은 결혼 15년 동안 아내가 먼저 섹스를 요구해 온 유일한 경우였다. 아마도 자신의 병을 위암으로 의심하던 아내가, 오늘 병원에서 암으로 판명된다면 그 전에 병 없고, 허물없고, 근심 없는 상태로 자신의 사랑을 나에게 주고 싶다는 그런 뜻이었을 것이다. 다행스럽게도 아내의 병은 심한 위염으로 판명되었다.

나는 그때 생각이 나면서 이번에는 기다란 운명의 그림자를 피해 가지 못할 것 같은 느낌이 들었다. 아내가 암으로 죽을지도 모른다는 불길한 사실에 상도하자 문득 내 앞에는 두 개의 선명한 이미지가 스치고 지나갔다. 물에 빠져 죽거나 절벽에서 떨어져 죽게 된 사람의 의식 속에서 고속 회전하는 필름 같은 것이었다. 하나는 회사 앞 커피숍이었고 다른 하나는 우리 집 화장실이었다.

커피숍은 내가 다니던 출판사 옆에 있던 2층 커피숍이었다. 당시는 1987년 봄으로 시민항쟁이 피크를 이루던 시기였다. 내가 소속된 편집국에서 시대적 흐름에 힘입어 노조를 결성했고 드디어 5월말, 파업에 들어갔다. 일이 그렇게 되려고 그랬는지, 노조가 파업을 벌인 날 사주의 아들이 결혼하였는데 나를 위시하여 노조원 대부분은 그 사실을 알지 못했다. 하지만 사주는 일부러 그런 날을 골라 파업을 했다며 인간적 배신감을 토로했고 결코 노조를 용서하지 않으려 했다. 당시 나는 과장이었는데, 회사는 노조에 가담하지 않은 차장에서 부장급까지 편집국의 고참 직원들에게 일괄 사표를 받더니 부하 관리가 부실했다며 모두 해고해 버렸다. 노조에 절대로 밀리지 않겠다는 초강수였다. 여의치 않으면 회사 문을 닫을 수도 있다는 말까지 들려 왔다. 일이 이렇게 돌아가자 노사 양측의 대립은 점점 강경해졌다.

회사가 그토록 힘으로 찍어누르니, 노조도 여기서 밀리면 전원 해고를 걱정해야 할 판이었다. 그래서 아예 퇴근을 하지 않고 편집국 사무실에서 철야 농성하면서 투쟁을 계속하게 되었다. 그렇게 집에 들어가지 않은지 이틀째 되던 날 아침, 노조원들과 회사 정문에 모여서 시위를 하려는데, 저기 대로변에서 걸어오는 한 여자의 모습이 보였다. 아내였다.

나는 얼른 대열에서 빠져나와 아내를 데리고 회사 근처의 커피숍으로 갔다. 아내는 자리에 앉자,

"여보, 힘들지 않아요?"

이렇게 한 마디 하고서 아무 말 없이 앉아 있다가 집으로 돌아갔는데, 아내의 흰자위가 깨끗한 커다란 눈에는 근심하고 걱정하는 눈빛이 어려 있었다.

노조는 그 후 투쟁의 강도를 높여 사주의 사무실을 강제 점거하고 계속 농성을 벌였고, 회사는 구사대를 동원하여 강제 해산을 시도하다가 그 와중에 여직원 두 명이 부상을 입는 불상사가 발생했다. 이것이 중앙 일보에 크게 보도가 되면서 여론화되자 노동부의 과장급 감독이 급히 현장에 파견되어 그의 중재 아래 노사 양측은 합의를 보았다.

화장실은 최근에 새로 수리를 한 우리 집 화장실이다. 욕조를 들어내고 그 자리를 평평하게 만들어서 샤워를 하기 좋게 했다. 그런데 샤워를 하다 보면 수채 구멍으로 흐르는 물이 잘 빠지지 않고 발목까지 차는 경우가 있었다. 나는 아내를 부르기가 뭣해서 내가 그 수채 구멍을 주물럭거려 어떻게든 물을 빼 보려 했으나 잘 되지 않았다. 아파트 입주 당시의 수채 구멍은 깔판을 치우고 그 안의 노즐을 가볍게 들어내면 되었는데, 이번 것은 인테리어 업자가 고급품을 설치한다고 그랬는지 통 열 수가 없었다. 할 수 없이 아내를 불렀다. 아내는 바닥에 고여 있는 물을 보더니 가볍게 말했다.

“이거? 아주 간단해. 이렇게 하는 거야.”

아내는 먼저 뚜껑을 옆으로 치우고 그 안에 있는 노즐 옆의 나사를 비틀더니 정말 간단히 물을 빠지게 했다. 발목까지 차 있던 물은 제법 쉬쉬 소리를 내며 잘 빠졌다. 아내는 그렇게 물을 빼 주고 난 뒤, 한심하다는 표정을 지으며 “당신은 번역을 안 했더라면 영락없이 굶어 죽었을 사람.”이라고 말했다.

커피숍과 화장실의 이미지가 떠오르면서, 아내 없는 인생을 어떻게 견딜꼬 하는 생각이 들기 시작했다. 이 세상에 나를 이해해 주고 격려해 주고 걱정해 주며 나의 모든 허물을 눈감아주고 또 잘못을 용서해 주는 그런 사람이 없어진 상태. 그런 상태로 나 혼자서 인생을 감당해야 한다는 생각이 들자 너무나 막막해졌다. 참으로 우스꽝스럽게도, 화장실 바닥에 물이 차면 누가 물을 빼 주느냐는 생각부터 났다.

아내는 한 시간도 못되어 다시 돌아왔다. 서울대 병원에 사람이 너무 밀려 있어서 사흘 후로 진료 예약만 하고 왔다는 것이었다. 내가 당신처럼 위중한 사람한테도 그렇게 하냐고 묻자, 옆에 있던 여동생이 환자들 중에 수술 날짜를 기다리다가 죽는 사람도 있다면서, 빨리 의료 사업도 외국 병원에 개방되어야 한다고 말했다.

그 날 오후 홍익대 앞 출판사에 일이 있었다. 전혀 외출할 기분이 아니었지만 약속을 지키기 위해 집을 나섰다. 지하철에서 아내의 건강을 걱정하다가, 아까 화장실 수채 구멍을 떠올렸던 게 생각났고, 이어 목월의 시가 생각났다.

40대의 목월이 갑상선 수술을 위해 아내를 세브란스 병원에 입원시켜 놓고 허전한 마음을 읊었다는 이 시에서, 나는 평소 하얀 나선 통로를 내려가는 것이 어떤 기분일까 의아했었다. 하지만 그 날은 그 이미지를 선명하게 그려낼 수 있었다. 비누 거품이 섞인 샤워 물이 화장실의 수채 구멍을 빠져 내려가는 것이 정말 하얀 나선 통로를 내려가는 것과 비슷했다. 그리고 그 날, 나는 바로 그 나선형 통로를 따라 한없이 밑으로 추락하는 물이었다.

지하철 2호선은 선릉역에서 환승하는데, 신대방역에서 당산역까지는 대부분 지상 구간이다. 이 지상 구간을 지나갈 때마다, 인근에 아파트가 나타나면 혹시 베란다에 사람이 나와 있는지, 하천 변을 지나가면 산책하는 사람이 있는지 유심히 살피는 버릇이 있다. 하지만 그 날은 내 눈에 아무것도 보이지 않았다. 풍경은 풍경이고 나는 나일뿐이었다. 당산

역에서 합정역으로 향해 가면서 한강 철교를 지나면 서쪽으로 하중도河
中島의 하얀 2층 건물이 보이는데, 평소 같으면 그 건물을 보고서, 아 내
게 저런 하중도의 성城 같은 집이 있었으면 하고 공상하기 좋아했겠지만
그날따라 전혀 공상을 할 수가 없었다.

한강 물을 내려다보면서 느닷없이 자꾸 내 입에서 상스러운 말과
욕설이 튀어나왔다. 군대 시절 이래 그렇게 욕을 많이 해본 건 처음이었
다. 왜 내게 이런 일이 벌어지느냐는 원망과 저주와 발악의 욕설이었다.
홍익대 입구 역 근처에 있는 출판사에서 어떻게 번역 계약서에 서명을
했는지 지금도 잘 기억이 나지 않는다.

나는 아내가 혼자 있는 집으로 빨리 돌아오고 싶었다. 귀가하니 아
내는 이런 말을 해주었다. 인터넷으로 자신의 병을 검색해 보았는데, 그
런 병을 흉선종이라고 한다는 것이었다. 흉선종 1기는 대부분 양성으로
혹을 잘라 내면 생존율 90퍼센트 이상이고, 2기는 양성과 악성의 경계선
상으로 이때부터 항암 치료와 화학요법을 받아야 하는데 생존율 70퍼센
트이고, 3기는 악성으로 중증이며 생존율이 50퍼센트 이하로 떨어진다
는 것이었다. 아내의 종양이 무려 4.5센티미터라고 하니 아무래도 1기는
아닐 것 같은 불길한 느낌이 들었다.

그 날 밤 이런 기도를 했다.

"하느님 아버지, 이번 한번만 면제해 주시면 다시는 당신에게 부탁
하지 않겠습니다. 그러나 제 뜻대로 하지 마시고 아버지 뜻대로 하소서."

아내는 그 후 병원에서 시키는 대로 각종 검사를 했다. CT(컴퓨터 단층촬영)도 찍었고 MRI(자기공명 단층촬영)보다 더 진전된 버전이라는 PET(양전자 복사 단층촬영)도 찍었다. 특히 PET를 찍고 나서는 악성이 아닐지도 모른다는 가느다란 희망을 갖게 되었다. 그러나 흉부 외과의 과장은 즉시 수술할 것을 권했다. 가슴에 오리 알 크기의 혹이 들어 있는데 밑동만 간단히 잘라 내면 되는 그런 것이 아니라, 두부 덩어리를 땅에 떨어트렸을 때처럼 조각난 형태로 분포되어 있어서 수술이 오래 걸린다는 말도 했다. 또 종격동에 들어가기 위해 흉골을 절개해야 하기 때문에 수술 후에 상당한 고통이 따를 것이라고 미리 일러주기도 했다.

그리하여 8월초 아내를 병원에 입원시키게 되었다. 아내의 입원 중에, 나 혼자서 어머니를 간병하는 것은 아무래도 힘들어서 지난 번 중풍 치료를 받았던 병원에 다시 입원시켰다. 수술을 받기 위해 입원하러 가던 날 아침, 아내는 내게 말했다.

"여보, 난 암이래도 겁나지 않아."

그러면서 자신의 투병 의지를 말했다. 아내는 무엇이 겁나지 않는다는 것일까. 아내의 도움이 없으면 집안에서 아무것도 못하는 남편과, 천방지축인 두 아들을 두고 자기가 아직 이 세상을 떠날 때가 아니라는 말일까. 그래서 어떻게든 암을 이겨야겠으며 겁먹지 말아야 되겠다는 뜻일까.

아내는 자기가 삼재에 들었나 보다며 지난 해 8월 깨진 유리에 발등을 찍힌 얘기도 했다. 서재에 걸려 있던 아내의 판화 작품을 떼어내 그 유리를 갈다가 낡은 유리가 깨어지면서 아내의 발등에 떨어졌던 것이다. 그때 아내의 발등 주위로 스멀거리며 번지던 그 암홍색 피는 심한 모욕을 당한 사람의 볼에 떠오르는 붉은 노을을 연상시켰다. 분당 서울대 병원에 급히 달려가니 수술 담당 의사가 없어서 길동의 미세 접합 전문 병원으로 이첩되어 접합 수술을 받았다. 아내는 이 병원 저 병원 돌아다니느라고 피를 너무 많이 흘려 정신이 아득해지던 그 순간을 회상하며, 이번에도 결국 지나갈 거라는 말을 했다. 삼재에 들어간 이상 이런 일이 앞으로 한 번 더 벌어지더라도 놀라지 않겠다는 말도 했다.

그러면서도 나를 걱정하여 자기가 입원해 있는 동안, 내가 집에서 해야 할 일을 자꾸만 일러주었다. 가령 내의는 매일 갈아입어야 한다, 밥통은 어디에 있다, 비타민 알약을 아침마다 먹어라, 술을 많이 먹지 마라 따위를 당부했다.

아내는 무사히 수술을 받았고, 혹의 일부를 떼어내 조직 검사를 해 본 결과 흉선종 1기로 판명 났다. 그래서 화학 치료나 항암 치료는 하지 않아도 되었다. 나의 기도가 통했는지 이번 한 번은 면제를 받았다. 참으로 참으로 속된 마음이지만, 요한 성당, 마태오 성당, 성모성심 성당에 돌아가며 성당 신축금을 착실히 낸 것과, 교무금 이외에 아내가 연말마다 성당에 내는 특별 봉헌금이 조금도 아깝지 않다는 생각이 들었다.

이제 아내도 어머니도 다 퇴원하여 집으로 돌아왔다. 요즈음 나는 아내의 입원과 수술을 계기로 회상하거나 듣게 된 "여보, 힘들지 않아요?", "이거? 이렇게 하는 거야.", "난 암이라도 겁 안나." 같은 말들을 자주 떠올린다. 그러면서 이런 말들이 결국 아리아의 "파에테, 논 돌레트."와 동일한 원천에서 나온 것이라고 생각한다.

아리아는 로마제국 클라우디우스 황제 시절에 집정관을 지낸 세시나 파에투스의 아내이다. 파에투스는 서기 42년 달마티아에서 2개 군단을 지휘하던 스크리보니아누스 군단장의 반란에 가담했다. 하지만 군단장의 부하가 반란을 밀고하면서 병사들은 나흘만에 황제 편으로 돌아섰고 연대장 볼라기니우스는 군단장을 살해했다. 이때 파에투스는 황제의 군대에 사로 잡혀 로마로 돌아와 가택 구금이 되었다. 아리아는 남편에게 자결 명령이 떨어지면 따라 죽겠다는 말을 자주 했다. 사위인 트라세아가 아리아를 찾아와 간곡하게 만류했다. "어머님, 만약 제가 장인 어른과 같은 운명에 놓인다면, 나의 아내 즉 당신의 딸이 나를 따라 자결하기를 바라십니까?" 아리아가 대답했다. "물론이지. 자네 부부가 우리처럼 오랫동안 서로 사랑해 왔다면 말이야."

드디어 클라우디우스 황제는 파에투스에게 자결하라는 명령을 내렸다. 로마의 귀족들이 자결에 순종한 이유는 일차적으로 처형대를 두려워했기 때문이었다. 자결 명령이 떨어졌는데도 자결하지 않으면 처형대가 들이닥쳐 머리를 곤봉으로 때려 실신시키고 그 다음에 무자비하게 칼로 찔러 죽였다. 뿐만 아니라 그렇게 처형당한 자의 재산은 자동적으로 국가에 몰수가 되었고 시체는 땅에 묻지 못하고 화장해야 했다. 반면에 자결한 자는 매장이 허가되고 유언에 따라 재산이 처리되는 것을 허용하었다.

이미 남편을 따라 죽을 각오를 하고 있던 아리아는 남편에게 명예로운 죽음을 조언했다. 그러나 파에투스는 스스로 목숨을 끊을 용기가 없었다. 그런 남편을 지켜보던 아리아는 최후의 조언으로, 파에투스의 허리에 매달린 단도를 갑자기 꺼내들어 "여보, 이렇게 하는 거예요." 라고 말하며 자신의 가슴을 깊숙이 찔렀다. 그녀는 숨이 끊어지기 전 "파에테, 논 돌레트(여보, 아프지 않아요)."라고 말했다. 생애 마지막 순간에도 남편 걱정을 먼저 하면서 그가 느끼고 있을 죽음의 고통을 덜어 주려 애썼다. 파에투스는 아내의 피가 묻은 바로 그 칼로 자신의 가슴을 찔렀다.

파에테, 논 돌레트.

아내가 내게 한 말들은 이와 똑같지는 않으나 그에 못지 않게 내 마음을 안정시키는 효과가 있다. 아내가 나에게 섭섭하게 하거나 혹은 바빠서 소홀히 할 때 그 말들을 떠올리면 서운한 마음이 많이 가셔진다. 전철 타고 한강 다리 넘어갈 때의 슬픈 마음, 이번 한 번만 면제해 주면 다시는 부탁하지 않겠다던 그 날 밤의 절박한 기도, 그런 것들이 생각나면서 내 마음을 자제하게 된다. 그렇지만 아내가 수술 후유증에서 서서히 회복하여 건강해지면서 긴장이 이완되어 그런지 때때로 나의 신경질 버릇이 튀어나온다. 하느님에게 다시는 부탁하지 않겠다고 했으니 이제는 자나깨나 아내의 건강만 생각해야 할 터인데도 때때로 그것을 잊어버린다.

군대 시절, 고참으로부터 이런 얘기를 들었다. 그가 신병이었을 때 고참 2명과 우리 부대 북쪽의 하천으로 수류탄 던져 고기 잡는 놀이를 간 적이 있었다. 그때 고참 사병이 물 속의 고기를 노려보며 핀을 뽑아 들었는데, 그만 물고기가 다른 곳으로 도망가는 바람에 자신의 손에 수류탄이 들려 있다는 사실을 잊어버리고, 눈으로 고기를 뒤쫓았다. 그러는 와중에 수류탄이 터져서 그 사병은 크게 부상을 당했다. 아내에게 신경질 부리는 나는 손에 수류탄을 들고 있다는 사실을 잊어버린 그 사병과 비슷하다.

사실 신경질적인 말을 내뱉는 그 순간부터 후회하지만, 나도 모르게 그리 된다. 아니면 아내가 너무 잘 받아 주어서 그걸 믿고 그러는 것인지도 모르겠다. 사형장(교수대)에 올라가기 직전 차르의 특사로 목숨을 건진 도스토예프스키는, 처형 직전 다시 살게만 된다면 남은 날들을 지금 이 순간의 치열한 심정으로 살겠다고 각오했다고 한다. 그렇지만 살아난 이후 이 위대한 소설가는 자신의 나날이 또 다시 평범한 나날로 흘러드는 것을 매우 부끄럽게 여겼다고 한다. 나는 도스토예프스키의 좋은 점은 닮지 못하고, 옛날의 절박한 심정을 금방 잊어버리는 나쁜 것만 닮은 듯하다.

그래도 아내의 입원과 퇴원은 내게 하나의 커다란 스토리로 남았다. 미국 시인 뮤리엘 루카이서는 "이 세상은 원자로 구성되어 있는 것이 아니라 스토리로 구성되어 있다."는 명언을 남겼는데, 아내의 입퇴원 스토리는 나라는 사람을 구성하는 훌륭한 요소다. 그 사건을 계기로, 오래 전부터 불과 몇 달 전의 것까지 다시 환기된 아내의 말들은 오늘날 내게 하나의 진언眞言이 되었다. '먹구름 속에 은빛 라이닝.' 이라는 서양 속담이 바로 이런 것인가 보다. 티베트 사람들은 관세음보살을 기리는 "옴 마니 반메훔."(오, 연꽃 속의 보석이여)을 외우며 마음의 위로를 얻는다고 한다. 이제 나도 그에 못지 않은 위로의 말씀을 갖게 되었다.

파에테, 논 돌레트.

직업의 발견

대림산업에 다닐 때였다. 3년 해외 근무를 마친 뒤 본사에서 근무한 지 겨우 3개월째였는데 또 해외 발령을 받았다. 당시 해외는 혼자 가야 했으므로 아내는 이혼을 하든지 해외로 가든지 택일하라고 말했다. 10년 다닌 회사를 그만두기 망설여졌으나 아내를 더 사랑했기에 급히 알아보아 옮겨간 곳이 출판사였다. 그곳에서 나는 번역에 눈을 뜨기 시작했다. 점점 번역이 좋아졌고 이 세상에서 내가 가장 잘 할 줄 아는 일 같았다. 그래서 번역만 하면서 살고 싶었다.

1994년 봄, 세 번째이자 마지막 직장인 한국 브리태니커를 그만 두고 집에 돌아와 어머니와 아내에게 이제 번역을 하면서 생계를 꾸려가겠다고 말하자 두 사람은 아주 난감해 했다. 당시만 해도 직장이 곧 직업이었기 때문이다. 당시 아이들은 초등학교 4학년과 2학년으로 모두 어렸고, 새 아파트로 이사하는 바람에 집에 모아 놓은 돈도 별로 없었기 때문이다. 두 사람의 그런 표정을 본 나는 어떻게든 번역으로도 충분히 먹고살 수 있다는 것을 입증해야만 했다. 당시 전문 번역가로 활동한 지 여러 해가 되었던 선배 이창식 씨를 찾아가 조언을 구했다. 그는 이왕 이 길로 들어선 것, 열심히 해보라고, 부자가 되기를 바라지 않는다면 번역으로도 충분히 먹고살 수 있다는 믿음직한 답을 해 주었다. 그러나 어머니와 아내는 영 납득하지 못하는 눈치였다.

결국 아내는 내가 전업 번역가 생활을 시작하는 것과 거의 비슷한 시기에 아동복 가게를 내어 생활 전선에 뛰어들었다. 당시 돈이 부족하여 수천만 원을 친척에게 빌려 왔는데 아무튼 아내의 아동복 장사 3년과 나의 번역가 생활 3년은 완전히 나의 판정승으로 결판이 났다. 아내는 빚만 간신히 갚는 수준에서 가게를 정리했고, 그 후 나의 예금 계좌에 송금되는 출판사의 번역료가 얼마나 늘어났나 확인하는 것이 생활의 한 가지 즐거움이 되었다. 아내는 "번역은 말이야, 가게도 필요 없고, 대리점 가입비나 재고도 없고, 컴퓨터 빼놓고는 특별히 들어가는 시설비도 없고, 권리금도 없고, 그야말로 없는 것 천지이면서 동시에 순수익이니, 옷 장사보다 백 번 나은데." 하고 여러 번 말했다.

번역업의 높은 진출 장벽과 진출 이후의 치열한 경쟁에 대해 아내는 알 턱이 없다. 당초 번역에 내하여 지극히 회의적이었던 아내. "여보,

남자는 모름지기 밖에 나가서 일을 해야지. 이렇게 매일 집에 죽치고 있으면 아파트 수위가 뭐라고 하겠어요?" 그런 식으로 말하며 나의 재취업을 강권하더니, 3년쯤 지나서는 그 얘기가 쑥 들어가 버리고 말았다.

이렇게 된 데에는 아내가 옷 장사 실패로 기가 죽은 탓도 있지만, 가장 강력한 힘을 발휘한 것은 예금 계좌에 한 번에 일곱 단위 숫자로 찍히는 번역료의 누증 덕분이었다. 3년이 지나면서 매해 말 그 숫자의 누계는 여덟 단위를 유지했다. 그리고 당시 운전을 못하던 아내는 학교, 은행, 동사무소, 구청, 세무서, 건강보험공단, 연금공단 등 온갖 바깥일에 나를 동원할 수 있기 때문에 오히려 편안하게 생각하기 시작했다.

한번은 초등학교 4학년이던 둘째 아이가 교통 사고로 오른쪽 다리 골절을 당해 2학기 내내 휠체어에 태워 등교와 하교를 시켜야했다. 아들의 교실은 4층이었는데, 현관에서 교실까지 아이를 업어 책상에 앉히고 다시 1층의 휠체어를 들어다가 교실로 옮기는 힘든 일이었다. 그 시중을 내가 다 들어주는 것을 보고 아내는 "여보, 당신이 번역을 안 했더라면 이 위기를 어떻게 넘겼겠어요?"라며 번역가 되기를 잘 했다고 칭찬까지 해주는 것이 아닌가.

이런 경험 때문에 번역을 시작하려는 사람이 "과연 번역으로 먹고 살 수 있을까요?"라고 물으면 나는 자신 있게 "그럼요, 살 수 있고 말고요."라고 대답한다. 그리고 어김없이 내가 13년 전 우리 집 두 사람에게서 읽었던 그 회의적인 표정과 직면하게 된다. 비록 그가 입 밖으로 말하지는 않지만, "격려하기 위해서 일부러 저렇게 말하는구나." 하는 머릿속 생각까지 함께 읽게 된다. 그는 또 어떻게 하면 번역가가 될 수 있느냐는 질문도 빠트리지 않는다. 그때마다 나는 등용되지 못할 것을 걱정하지 말고 자신의 실력이 급제할 정도로 충분한지를 먼저 걱정해야 한다고 간곡하게 타이른다.

그렇다. 외국어 실력이 뛰어나고 아울러 우리말 구사 능력이 탁월하다면 누가 끌어주지 않아도 그는 저절로 번역가가 될 수 있다. 아름다운 한국어 문장을 구사하는 실력이 있다면 그에게 일을 줄 출판사는 얼마든지 있다. 단지 자신의 외국어 실력이 곧 번역 실력이라고 착각하는 사람들이 많은 것이 문제다.

모 출판사 편집장에게 들은 이야기인데, 서울 시내 모 대학에서 영문학 박사과정을 마친 이가 그 출판사의 인문학 관련 서적을 번역해 왔다고 한다. 너무 형편없는 번역이어서 번역료를 줄 수 없다고 했더니 그는 충격을 받으면서 "내 영어 실력을 어떻게 보고 그런 말을 하느냐?" 며 반발하더라는 것이다. 다시 한번 말하지만 외국어 실력이 곧 번역 실력은 아니다. 번역을 시작하려는 많은 사람들이 이렇게 오해하고 있는데 그런 사람일수록 자신의 번역 실력을 테스트 받는 것이 필요하다. 시내 대학의 사회교육원에는 번역 강좌가 있고 또 시내 신문사 문화센터도 그런 문화교양 강좌를 열어놓고 있다니 그런 곳에 가서 자신의 번역 실력을 테스트해 보기 바란다.

나의 경험을 말하면, 건설 회사를 다니다가 급히 옮겨간 회사가 출판사인 시사영어사였다. 이 회사는 〈시사영어연구〉와 〈영어세계〉라는 잡지를 만들었는데 편집자의 주된 일이 영어 원문 바로 옆에 붙이는 한국어 번역문을 작성하는 것이었다. 편집자가 번역을 해 가면 50대 후반의 교열위원인 임진택 선생이 그 번역문을 원문과 일일이 대조해가면서 빨간 펜으로 고쳤는데, 지금 말하기도 창피하거니와, 내가 해간 번역은 매번 원고지가 딸기밭이 되어 돌아왔다. 그렇게 일년 가까이 문장 교열을 받고 나니 그제야 번역을 어떻게 해야 하는지 어렴풋이 감이 잡히기 시작했다. 그러나 자존심의 상처는 이루 말로 할 수 없었다.

나는 이 회사에 입사할 당시만 해도 영어실력이 꽤 괜찮은 축이었다. 국내에 막 도입되던 토익 시험에서 좋은 점수를 얻었고(건설 회사 경력뿐인 사람을 출판사에서 뽑아준 것도 바로 이것 때문이었다.) 면접에서 미국인 면접관으로부터 회화가 유창하다는 칭찬을 들었지만 번역가로는 초보에 지나지 않았던 것이다. 이처럼 자신의 모습을 제대로 깨달아야만 잘 할 수 있는 길로 나아가게 된다. 번역가가 되고 싶다면 먼저 자신의 실력을 테스트하고 부족하면 보완해야 한다.

그리고 13년이 흘렀다. 나는 이제야 번역이 무엇인지 알겠다. 번역은 모국어를 통한 아름다움의 추구이다. 이집트의 고대 신화에 이런 이야기가 있다. 최고 여신 이시스가 자연을 만들고 이어 최초의 남자를 탄생시켰다. 하지만 자연은 그를 만족시키지 못한다. 그러자 여신은 최초의 여자를 탄생시켰다. 여자의 아름다움에 매혹된 남자는 그제서야 비로소 인생을 견딜 만하다고 생각하게 되었다.

따라서 여성은 아름다움의 시작이요 끝이고, 인생을 지탱하는 알파이며 오메가이다. 호메로스의 〈일리아드〉에 나오는 "헬렌을 위하여 싸운다."라는 말이나, 괴테의 〈파우스트〉 맨 마지막에 나오는 "영원히 여성적인 것이 우리를 높이 들어 올린다."라는 말도 다 같은 뜻이다. 아름다운 여성은 가만히 서 있어도 몸 전체에서 율동의 카리스마가 뿜어져 나온다. 그리고 그런 여성이 활발하게 걸어가면 그것은 곧 움직이는 향연이 된다. 나는 그런 아름다움과 생의 의욕을 번역에서 느낀다. 활발하게 걸어가는 여성에게서 느껴지는 에로스의 감정이 내 생활 속에서 펑펑 솟구친다. 이렇게 재미나고 즐겁고 보람 있는 일을 너무 늦게 시작한 게 후회되기도 한다. 그러나 이것이 나의 진정한 직업이라는 확신이 생겼으니, 기왕 늦게 시작한 거 더 오래 더 많이 번역하자는 각오를 다진다.

영혼은 그 스스로의 즐거움을 위해 지상에 왔다는 말이 있다. 인간은 탐구하고 창조하기 위해 태어난 존재이지 남의 지시를 받으며 하기 싫은 일을 억지로 하는 존재가 아니라는 뜻이다. 번역은 내게 그 영혼의 즐거움을 가르쳐주었다. 고전 연구가 페트라르카는 연구에 몰두하다가 고전을 손에 든 채 죽었다. 가능하다면 나도 번역 일을 하는 중에 이 세상을 떠나고 싶다.

번역가로 산다는 것

번역가로 사는 것은 고단함도 있지만 보람도 크다. 그 중 첫 번째가 출판 경영자, 출판 기획자, 편집자, 출판 저작권 중계업자, 동료 번역가 등 많은 사람을 만날 수 있다는 것이다. 특히 출판사의 젊은 편집자들과 만나서 얘기를 나누는 것은 커다란 즐거움이다. 다 알다시피 출판사의 편집자들은 정말 책을 사랑하고 보람과 자부심 하나로 버티는 문화계의 소중한 존재들인데, 그들과 만나서 얘기를 나누는 것은 정말 즐겁다. 나도 그들 덕분에 다시 젊은이가 되는 듯한 기쁨이 있다.

번역을 하면서 만난 이들 중에 편집자 김미성 씨와 동료 번역가 양은모 씨가 있다. 미성 씨에게 일거리를 맡으러 갔던 것은 약 10년 전이었다. 그녀는 번역할 책을 내어놓고 책의 내용을 이리 저리 설명한 다음 난

처한 목소리로 이렇게 말했다.

"선생님, 죄송하지만, 이 책의 한 챕터만 번역해서 일주일 이내에 보여주시겠어요?"

그제야 그녀가 내민 계약서의 해당 조항을 살펴보니 우선 한 챕터만 해보고 번역이 시원치 않으면 이미 해온 분량만큼만 번역료를 지불하고, 계약은 자동적으로 해지된다는 내용이었다. 번역가의 개인적 성실성은 전혀 인정하지 않고 그의 번역 능력을 의심부터 하고 보는 계약서 조항이었다. 여기서 문제는 그 '시원치 않음' 의 정도인데, 만약 번역의 신神이 있다면 이 지상에 있는 그 어떤 사람이 번역을 해가도 그 결과는 모두 다 '시원치 않을' 것이기 때문이었다. 그런 우려를 말했더니 그녀는 그 기준은 아주 합리적으로 설정되어 있다고 말하면서, 그 기준이 바로 '자신' 이라는 것이다.

"우리 출판사에 엉터리 번역으로 쌓여있는 원고가 여러 권이고 2중, 3중으로 번역료를 지불한 타이틀도 꽤 돼요."

그녀는 그렇게 말하면서 지금 장안의 화제가 된 인생 처세술 책도 3번씩이나 재번역하여 간신히 읽게 만들었노라고 설명했다. 출판사의 그런 사정은 알겠지만 번역가의 실력을 의심부터 하는 계약서에 서명을 강요당하고 보니 영 기분이 나빴다. 그러나 그녀는 자신의 조건을 말하고 나서 "싫으면 그만둬." 의 자세를 취했다. 그래서 그녀가 번역의 신이 아니기를 바라면서 그 게야서에 서명할 수밖에 없었다.

책을 가지고 집으로 돌아오면서도 영 기분이 찜찜했지만 하루 이틀이 지나면서 마음을 고쳐먹었다. 야구 경기에서 투수가 얼마나 빠르고 강한 볼을 스트라이크 존 안으로 던질 수 있느냐가 중요한 것이지, 저기저 만큼에 스트라이크 존이 설치되어 있다는 사실이 무어 그리 불쾌한일이겠는가.

그래서 자존심은 모두 접어두고 오로지 200자 원고지 50매 분량의한 챕터를 성실히 번역하겠다는 생각만 했다. 그리고 그녀에게 번역본을건넸더니 다음 날 전화로 역시 난처한 목소리로 이렇게 말했다.

"선생님, 괜히 시험을 치르게 해서 정말 죄송합니다. 쓸데없는 걱정을 한 것 같습니다. 정말 만족스럽습니다."

이렇게 해서 미성 씨와 친해지게 되었는데, 그녀가 윤문潤文하여 내놓은 나의 번역 책을 유심히 읽어보는 것이 큰 취미가 되었다. 딱딱한 문장을 그녀가 부드럽게 고쳐놓은 부분이 여러 군데 있다는 것을 깨달았던것이다. 바르고, 쉽고, 아름다운 우리말을 구사하여 무명을 비단으로 만들어 놓은 그녀의 솜씨 때문에 번역을 할 때마다 미성 씨의 쉬운 문장을머릿속에 떠올리게 된다. 또한 그녀를 가상 독자로 생각하여 번역을 해나가며, 아무래도 이런 단어는 모르겠다 싶은 것, 구닥다리라고 생각할법한 것, 이렇게 고칠지도 모르는 것 등은 걸러내고 있다. 정지용은 〈백록담〉이라는 시에서 "쫓겨온 실구름 일말에도 백록담은 흐리운다."는명구를 남겼는데, 미성 씨는 나의 번역에 그런 백록담이 되어 주었다.

그 후 미성 씨는 랜덤하우스중앙의 간부가 되었다. 그녀가 랜덤하우스에 들어간 지 얼마 안 되어 점심 식사를 했는데, 그동안 내가 번역한 책들을 유심히 관찰하고 있다며 더욱 번역에 정진할 것을 격려해 주었다. 그리고 보니 10년 전 그녀 앞에서 마음을 졸이면서 번역 타이틀을 따내기를 간절히 바라던 내 모습이 생각나서 유쾌한 한편, 이제 그때로부터 멀리 떠나 왔구나 하는 생각이 들었다. 나는 새로 알게된 출판사의 편집자를 만나러 갈 때마다 늘 겸손하고 남을 격려해 주는 그녀의 이미지를 떠올리며 가슴이 설렌다. 그리고 실제로 그런 사람을 많이 만났다.

양은모 씨는 내가 1998년 성균관대학교 사회교육원 산하의 번역가 양성 코스에 겸임교수로 나가면서 만났다. 당시 나는 학생들에게 철저히 실습 위주의 첨삭 강의를 했었는데 그는 단 한번도 빠지지 않고 번역 숙제를 제출하여 나를 감동시켰다. 그리고 실력이 일취월장하는 것이 눈에 보였다. 그가 제출한 번역문의 하단에 "실력이 늘어나는 것이 눈에 보이는 듯하니 비록 번역업의 진출 장벽이 높다고 하더라도 절대 좌절하지 마시고, 지금처럼 노력하면 반드시 성공하실 것이니 계속 정진하시기 바랍니다."라고 논평했는데, 그는 거기에 자만하지 않고 "저의 작은 실력으로 과연 번역가가 될 수 있을까요?"라며 겸손해 하던 모습이 지금도 선하다.

해마다 스승의 날이면 과거 성대 번역 클래스 학생들이 점심 혹은 저녁 식사 자리를 마련하여 당시의 겸임교수들을 부르는 데, 양은모 씨는 그때마다 꼭 참석해 학교에서 가르쳐 주신 은덕을 잊지 않고 있다고 내게 말하곤 했다. 나는 그런 말을 들을 때마다 너무나 부끄러웠다. 지금 솔직히 고백하거니와, 그가 내게 배웠다기보다 내가 그에게 배운 것이 훨씬 더 많기 때문이다.

나는 번역이 귀찮아지고 시들해지면 때때로 그를 떠올린다. 나보다 8살 연상에, 뒤를 보아주어야 할 미혼의 장성한 두 아들이 있고, 남편이 있고 또 모시고 사는 시어머니도 있다. 이렇게 여러 가지 모자를 쓰고 있으면서도 훌륭한 번역을 해내고 있다. 게다가 그 초지初志의 일관됨이라니! 온갖 생활 속의 어려움에도 불구하고 아이들이 다 크면 꼭 나만의 일에 도전해 보겠다는 그 젊은 패기를 그토록 오랫동안 간직할 수 있었을까?

내 나이를 기준으로 역산해 보면 그가 성대에 학생으로 다녔을 때 이미 쉰이 훌쩍 넘었다. 지금의 나보다도 나이가 많았던 듯하다. 그런데도 "기도는 내일 죽을 것처럼 하고 공부는 백 살을 살 것처럼 하라."는 격언을 그는 실천했다. 도하 신문의 주말 북 섹션에 은행나무와 문학세계 등에서 그가 번역한 책들이 소개되는 것을 볼 때마다 정말 마음이 흐뭇해지면서 동시에 자극을 받는다.

인생에서 어떤 사업을 시작하든 너무 늦었다는 얘기는 하나의 핑계이자 나이 탓을 하며 게을러지려는 자의 안일한 변명에 지나지 않는구나, 라고 생각하게 된다. 아울러 그가 현재의 건강을 지켜 백 살까지 번역할 수 있기를 바라며, 늦게 시작한 만큼 남들보다 더 오래 더 많이 번역하기를 희망한다.

양은모 씨 생각은 '이제 나의 번역 경력이 13년 차에 들어가는데 나도 좀 관록을 인정받아야 하지 않을까.' 하는 안일한 마음가짐에 따끔한 일침을 가한다. 번역에 무슨 관록이 필요하며 무슨 전관예우인가. 번역가는 매번 그가 맡은 번역 작품이 자신의 최고 작품이 되어야 한다. 장인의 명성은 그가 만들어내는 물건에 달린 것이지, 그의 이력에 달린 것이 아니다. 항상 이번 작품이 마지막이 될지 모른다는 치열한 정신으로 매달려야 한다. 번역의 붓끝이 무디어져 더 이상 잘 하기 어려우면 깨끗이 그만두고 하산해야 한다.

여기에 번역가 개인의 관록이나 연령 따위는 전혀 고려 사항이 될 수 없다. 얼마나 젊은 패기와 도전 정신을 갖고 있느냐 그것만이 중요하다. 양은모 씨를 지켜보고 있노라면, "바람이 분다, 이제 살아봐야겠다."는 폴 발레리의 시로써 나 자신에게 최면을 걸게 된다.

번역의 두 번째 보람은, 아름다움이 무엇인가에 대하여 깊이 생각하게 된다는 것이다. 번역가의 재산은 그가 가지고 있는 말 혹은 문장뿐이다. 그의 글이 얼마나 아름다운가에 따라 그의 능력과 자질이 판단된다. 이것은 필연적으로 아름다움의 문제로 귀결된다. 일찍이 프랑스의 소설가 귀스타브 플로베르는, 단어가 생각에 빨리 달라붙을수록 그 효과는 아름다워진다 the faster the word sticks to the thought, the more beautiful is the

effect고 말했다. 즉 문장 속에서 기막히게 구사된 몇몇 단어만을 가지고
도 독자들에게 충분히 아름다움의 모습을 연상시킬 수 있다는 것이다.
이렇게 말하면 너무 추상적이므로 구체적인 문장을 살펴보자.

황신혜는 한국 사회에서 미인 개념의 터닝 포인트가 된 배우이다. 1983년
에 데뷔한 황신혜는 올림픽과 세계화가 화두였던 1980년대 말~1990년대 초 새로
운 시대적 감성과 문화의 상징이었다. 이전까지 미인형은 온갖 고초를 참고 견디
는 현모양처 상이었다. 이들은 어려운 가정 환경에서 태어나 집안을 일으키거나
좋은 남자를 만나 팔자를 고치는 업그레이드형 미인이었다. 그러나 황신혜는 원
래 유복한 집안에서 태어나고 자란 미녀처럼 보였다. 그에게는 울고불고 하는 것
이 전혀 어울리지 않고 마냥 웃는 모습만 어울렸다. 진짜 자본주의형 미인인 것
이다. 이런 얼굴형이 미인으로 꼽힌다는 사실은 한국 사회가 비로소 가난에 대한
열등감을 씻어냈다는 느낌을 주었다. 황신혜는 결혼 뒤에도 성적 긴장감을 잃지
않았다. 그는 남성들로 하여금 구질구질하지 않은 로맨스와 판타지를 꿈꾸게 한
다. 황신혜는 요즘 말로 쿨한 여성의 원조다.
　－김형태, '황신혜 밴드' 리더

나는 이 글을 내 수첩에 스크랩해 놓고 자주 읽는다. 아니 너무나도
많이 읽어서 이제 거의 암송할 정도이다. 이 짧은 글에서, 업그레이드형
미인, 자본주의형 미인, 쿨한 여성이라는 세 단어는 저 험난한 1960~70년
대의 보리 고개를 넘어 잘 살게 된 80~90년대, 그리고 2002년의 월드컵 4

강이라는 약진하는 한국의 모습을 절묘하게 형상화하고 있다. 한국 현대사의 파노라마가 일목요연하게 전개된다. 이 세 단어가 적당한 간격을 두고 내 눈 속에 뛰어들 때 그 효과는 너무 아름다워 나는 거의 황홀경 비슷한 상태에 빠지게 된다.

그런데 이 글의 아름다움이 번역과 어떤 관계가 있다는 것인가? 이 글은 황신혜라는 여배우의 외모를 묘사한 것이 아니라 그녀를 번역하고 있다. 즉 황신혜에 대하여 저자 특유의 해석을 가하고 있다. 모든 번역은 텍스트에 대한 논평translation is a commentary on the text이라는 말이 있는데 바로 그 논평을 하고 있는 것이다.

이 황신혜론을 어떤 사람이 영어로 번역한다고 해보자. 그러면 그 번역가는 영어의 틀 내에서 황신혜의 아름다움을 새롭게 형상화할 것이다. 김형태의 황신혜는 실제에서 한 단계 떨어진 아름다움the beauty once removed from reality이 되고 영어 번역 속의 황신혜는 실제에서 두 단계 twice떨어진 아름다움이 되는 것이다. 한번once과 두번twice의 차이가 있을 뿐 둘 다 번역이기는 마찬가지이다. 구약성서 전도서 1장 9절에는 “하늘 아래 새로운 것은 없다.” 라는 말이 나온다. 이것은 대자연 앞에서 인간이 해놓은 것(가령 창작 혹은 예술)은 모두 번역에 지나지 않는다는 뜻이다. 다음의 시는 중국 당대의 시인 이백의 〈독좌경정산〉이라는 오언 절구이다.

衆鳥(중조)는 高飛盡(고비진)이요

孤雲(고운)은 獨去閒(독거한)이로세

相看(상간)하며 兩不厭(양불염)이니

只有敬亭山(지유경정산)이라

온갖 새들은 다 높이 날아가고

홀로 가는 외로운 구름 한가로와라.

둘이 서로 바라보며 싫어하지 않으니

오직 이 경정산이 있을 뿐이네.

이 시의 한국어 번역은 월하月下 김달진金達鎭의 《당시전서唐詩全書》에서 인용한 것이다. 월하는 이 시에 특히 감명을 받았는지 다음과 같은 해설을 실어놓고 있다. 약간 길지만 그대로 인용한다.

'온갖 새들'이란 명리를 구하는 세간의 무리들에 비유한 것이니, 그들은 다 뜻을 얻어 모두 흩어져 갔다. '외로운 구름'이란 세상을 버리고 숨어사는 한 부류의 사람에 비유한 것이니, 그들은 비록 세상을 멀리 했다고 하나, 그래도 아직 오가는 자취가 있다. 끝의 두 구는, 새와 구름이 다 떠나고 눈앞에는 오로지 경정산이 있을 뿐이다. 그러나 이 산도 또한 내게 집착이 있는 것 같아서[나를 좋아하는 것 같아서] 서로 싫어하지 않는다. 이 산 이외에 내 마음의 눈을 열어 줄 어떤 무엇이 없을까. 여기 비로소 '홀로 앉음獨坐'의 뜻이 있을 것이다.

그러면 똑같은 시를 가지고 미국인 샘 해밀Sam Hamill이 번역한 영시를 한번 보자.

The birds have vanished into the sky
and now the last cloud drains away

We sit together, the mountain and me,
Until only the mountain remains.

이 번역된 영시의 경우, 앞의 두 구는 월하시와 별로 차이가 없으나 뒤의 두 구는 아주 파격적인 비약을 하고 있다. 우선 샘 해밀은 안휘성安徽省 선성현宣城縣의 북방에 있는 명승지인 경정산의 이름을 영어로 번역하지 않았다. 그 뿐만이 아니라 '서로 싫어하지 않는다.' 는 '서로 앉아 있다.' 로 바꾸어놓았다. 그리고 마지막 구인 '지유경정산' 을 완전히 독창적 표현으로 바꾸었다. 원문을 굳이 직역한다면 '내게는 오직 경정산이 있을 뿐이다.' 이지만 샘 해밀은 '산만이 남아 있다.' 로 번역하였다. 다시 말해 나와 산, 이렇게 둘이 앉아 있다가 나는 없어지고 산만 남았다는 뜻으로 번역한 것이다. 월하는 자기의 눈을 열어주는 데 독좌의 의미가 있다고 말하고 있다. 하지만 이 해설의 도움이 없으면 우리는 월하시의 뜻을 제대로 이해하기 어렵다. 이에 비해 샘 해밀의 시는 긴 해설 없이도 자기 = 공^空임을 번역문 속에서 훌륭하게 살려 놓았다. 플로베르 식으로 말한다면 생각이 빨리 머리에 달라붙어 아름다움의 효과를 내고 있는 것이다.

앞서 번역이란 결국 저자 – 역자 – 독자의 3자 관계라고 말한 바 있다. 월하의 시는 저자 – 역자의 2자 관계, 자크 라캉의 용어를 빌린다면 상상계에 머무르고 있다. 그러나 샘 해밀의 번역은 독자를 의식한 원만한 3자 관계로서 상징계에 진입하고 있다. 상상계와 상징계를 간단히 설명하면, 어린아이는 어머니와 자기를 일체一體라고 생각한다.

하지만 아버지는 그런 2자 관계(상상계)가 아이의 개성화를 방해한다고 생각하여 그 관계에 개입하여 아버지 – 아이 – 어머니의 3자 관계(상징계)를 강제한다. 여기서 아버지는 사회의 법률 혹은 소통의 규칙을 가리킨다. 아이는 아버지에 대한 공포(의사소통이 안 될지 모른다는 공포) 때문에 어머니와의 일체감(원문에 대한 지나친 집착)으로부터 벗어나 아버지 – 아이 – 어머니의 3자 관계로 진입하여 비로소 원만한 개인(의사소통이 잘 되는 번역문)으로 성장하게 된다.

그런데 반대로 아버지에 대한 공포가 아이로 하여금 더욱 어머니에게 매달리게 하는 정반대의 현상도 벌어진다. 이것이 소위 상상계의 고착 혹은 속된 말로 마마 보이로서, 번역의 언어로 표현해 보자면 "나는 원문대로 충실히 번역했고, 그것을 이해하지 못하는 것은 독자의 문제다."라고 말하거나 혹은 번역에 대한 독자의 시비를 예상하여 "원문이

그렇기 때문에 번역문도 그럴 수밖에 없다.”라며 원문 핑계를 대는 경우
가 그것이다.

　　번역을 처음 시작한 번역가는 이처럼 상상계에 머무르는 경우가 많
다. 그러나 제대로 된 번역이 되려면 무서운 아버지의 이름, 즉 독자를 의
식하지 않으면 안 된다. 독자를 설득하지 못하는 번역은 아무리 원문에
충실하다고 해도 결국은 원저자와 번역가, 이렇게 두 사람만 좋은 2자 관
계에 지나지 않는다. 위에 예를 든 월하시처럼 원문에 충실하지만 독자
로서는 별 정취가 없는 그런 번역이 된다. 반면에 샘 해밀의 번역시는 어
떻게 보면 이백의 원시보다 경정산의 풍취를 더 잘 살려놓았다. 다시 말
해 번역이 원문을 개선하고 있는 것이다.

　　이렇게 볼 때 번역이 원작보다 못하다는 얘기는 오해에 지나지 않
는다. 원작이라는 것도 이미 리얼리티(실제 : 보다 구체적으로 위에서 예
를 든 황신혜나 경정산)로부터 한 단계 떨어져 있으므로, 원작과 번역이
서로 리얼리티를 다투는 경우는 얼마든지 있을 수 있다. 바로 이런 근거
에서 번역은 제2의 창작 혹은 아름다움의 창조가 되는 것이다. 영국의 저
명한 셰익스피어 학자인 스탠리 웰스는 이렇게 말한다.

　　셰익스피어 드라마를 번역해 놓으면 그 가치가 모두 사라진다고 말하는 것
은 셰익스피어 희곡에 대한 중대한 모욕이 되리라. 확실히 리듬, 운율, 말장난 등
에 의존하는 스타일 상의 특질은 피해를 입을지 모른다. 그러나 뛰어난 번역가라

면 이러한 특질을 번역어의 그것으로 대체할 수 있으리라. 그리하여 원문의 언어적 연극성을 충실히 재현할 수 있을 것이다. 아무튼 영어를 말하는 관객들이라고 해도 일정 부분(가령 셰익스피어 시대의 고어古語나 폐어廢語에 대한 현대어 번역)은 번역을 필요로 하는 것이다. 번역된 셰익스피어 드라마를 읽고 보는 독자는 나름대로 이점이 있다. 원어민들이 원어극을 보거나 읽을 때 잘 이해 안 되는 부분을 번역이 말끔히 해소해 주니까. 이렇게 말하면 좀 황당하게 들릴지도 모르지만 번역이 원본을 개선하는 경우도 있을 것이다.

번역이 원본을 개선하는 경우? 의문을 표하는 이도 있을 것이다. 그러나 이런 경우는 얼마든지 있다. 마르틴 루터의 독일어 성서가 그러하고 에드워드 피츠제럴드의 《루바이야트》가 그러하다. 아니, 멀리 갈 것도 없이 우리 나라의 고전《동문선東文選》국역國譯이 그러하다.

따라서 번역서가 원서보다 열등하다는 생각은 편견일 가능성이 많다.《백년 동안의 고독》을 쓴 가르시아 마르케스는 아주 영어를 잘 하는 사람인데, 영어 원서와 잘된 스페인어 번역서가 동시에 있으면 자기는 번역서를 읽는다고 말했다. 나도 셰익스피어를 원서로 읽을 수 있지만, 그보다는 김재남 교수의 3정판《셰익스피어 전집》을 더 즐겨 읽는다. 잘된 번역서에는 우리말 특유의 아름다움이 깃들어 있기 때문이다. 번역 과정에서 외국어(원서의 언어)와의 경쟁을 뚫고 살아남은 우리말의 결정체인 번역서, 거기에는 황신혜 못지 않은 한국어의 매력과 아름다움이 있다. 남이 번역해 놓은 책을 읽는 것도 이런데 하물며 자신이 직접 한국어를 구사하여 번역하는 데 있어서랴. 이런 연유로 나는 번역을 아름다움의 추구라고 말하는 것이다.

최근 두 권의 번역서에서 그런 아름다움의 느낌을 얻을 수 있었다. 한 권은 정영목 씨의 번역서 《칭기스칸, 잠든 유럽을 깨우다》이고 다른 한 권은 양억관 씨의 번역서 《식스티 나인》이다. 앞의 번역은 칭기스칸의 어머니가 타 부족에 납치되어 가는 장면이 인상적이었고, 뒤의 것은 구수한 유머가 일품이었다. 아마 나도 그 시절에 고등학교를 다녔기 때문에 감회가 남달랐던 것 같다. 웃는 얼굴의 정영목 씨는 늘 겸손하지만 만날 때마다 그의 예리한 지적과 통찰에 후생가외의 심정을 느끼게 된다. 양억관 씨와는 요사이 만나지 못했지만 전에 전화로 통화하면서 무라카미 류의 소설에는 유머가 많은 것 같다고 하니까, 류 소설의 유머를 알아본다면 그건 소설 읽을 줄 아는 사람이라면서 자신이 류의 유머를 번역에서 살릴 수 있었음을 기쁘게 생각한다고 말했다.

번역도 번역이지만 그의 역자 후기는 뛰어난 문장인데, 나는 서점에서 그의 번역서를 만날 때마다 제일 먼저 그 후기를 읽고 고개를 끄덕거리게 된다. 간혹 후기 없이 나오는 책도 있는데 그럴 때마다 어릴 적 용돈을 손꼽아 기다리다가 이번 주에는 용돈이 없다는 어머니의 이야기를 들을 때처럼 섭섭했다.

아무튼 그의 역자 후기에서, 우리 나라 번역가도 이 정도로 수준 높은 산문을 쓸 수 있는 경지에 와 있다는 것을 다시금 확인하고서(그가 번역을 하지 않았더라면 어떻게 그런 문장을 구사할 수 있었겠는가!) 그와 같이 번역업에 종사하게 된 것을 자랑스럽게 생각한다. 얼마 전에는 한국의 오필리아라 불리는 강혜정 씨가 동아일보 인터뷰에서 자기는 김난주, 양억관(두 분은 부부)의 번역 소설이 아니면 읽지 않는다고 했는데, 양억관 씨의 인기가 이제 젊은 사람들에게까지 확산되고 있는 것을 보고서 한편으로는 기쁘면서 한편으로는 부러운 마음이 들었다.

번역가로 산다는 것은 생활의 고단함도 있지만 그 못지 않게 보람 있다. 번역가 생활을 하면서 내게 큰 힘을 주었던 말이 있다. 번역가 여러 명이 강화의 석모도에 놀러 갔다. 아이들은 자꾸 크는데 생활비 걱정이 많아 그런 속내를 같이 간 동료 번역가인 정회성 씨에게 털어놓았다. 그는 석모도 앞 바다를 무심히 바라보며 이렇게 말하는 것이었다.

"아니, 이 선생님. 뭘 그런 걸 그렇게 걱정하십니까. 어떤 번역가는 임대 아파트에 살기도 하는데……." 그는 더 이상 말을 하지는 않았지만 번역하다가 생활비 모자라면 아파트 팔아서 쓰면 되지, 소위 아름다움을 추구한다는 번역가가 그런 것을 가지고 그렇게 심란하게 생각하느냐는 언외의 뜻으로 이해되었다. 나의 아내가 들으면 그리 바람직한 노선은 아니겠지만, 그날 나는 귀가 번쩍 뜨이는 듯한 느낌이었다. '그래, 내가 평생을 써도 다 못 쓸 재산을 갖고 있는데, 뭐가 그리 걱정이야.' 하는 생각이 들었던 것이다. 이는 재산이 많다는 뜻이 아니라 가난한 사람도 죽을 때는 약간의 재산을 남기니까, 누구나 자기 재산을 완전히 다 쓰고 죽지는 못한다는 그런 뜻이다.

조선시대의 선비들은 관직에 나아갈 때 "몸이 진구렁(죽음)에 빠질 각오를 해야 한다."는 신념을 갖고 있었다는데, 비록 그처럼 비장하지는 못할 망정 번역하다가 좀 가난해지기로서니 그것이 무어 그리 대수이겠는가 하는 생각이 들었다. 이 글의 앞에서 번역으로도 충분히 생계를 유지할 수 있다고 확언했는데, 지금의 이 말은 어쩌면 모순처럼 들릴지도 모르겠다. 하지만 '충분히'를 어떻게 정의할 것이냐에 따라 그 말의 정오正誤가 결정된다고 본다. 나는 운 좋게도 아파트를 팔지 않았고 또 두 아들을 모두 대학에 보냈다. 순전히 손가락 끝에서 떨어지는 글자를 가지고 이렇게 한 것이다. 석모도의 조언을 굳이 말하는 것은 번역을 하면서 남보다 가난하게 사는 것을 조금도 개의치 않으며 내가 가장 잘 알고 또 잘 할 수 있는 것은 번역뿐이라는 다짐을 말하기 위해서이다.

번역이란 무엇인가?

아름다움의 추구이다.

그것을 어떻게 얻을 수 있나?

아무 생각도 하지 않으면 된다.

왜 생각하지 않는가?

그것이 행복의 상태이기 때문이다.

아버지를 원망했던 어린 시절의 내 모습을 아버지의 거울에 비추면 얼마나 모자라고 건방진 아들이었는가를 다시금 깨닫게 된다. 그럴 때마다 더 노력하지 않으면 안 된다고 자신을 타이르게 된다. 때늦은 깨달음이지만, 아버지 돌아가시기 전의 그 온유한 눈빛은 나의 교만한 마음을 격정한 마지막 가르침인 듯하다.

강물처럼 흐르는 추억 이야기 2

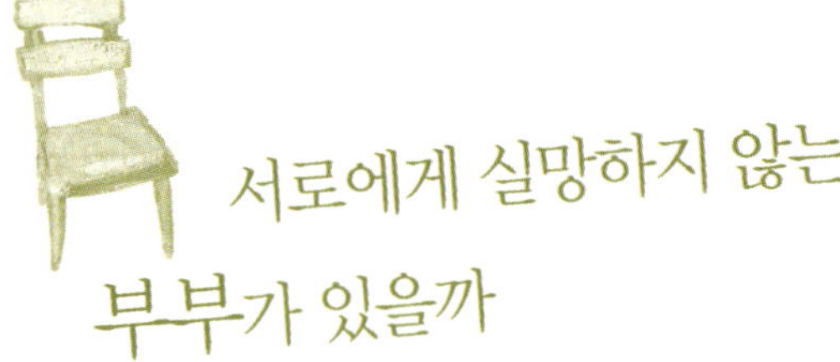

서로에게 실망하지 않는 부부가 있을까

요즈음의 기대 수명이라면 부부는 대부분 40년, 길면 50년 정도를 함께 살게 된다. 이렇게 오랜 세월을 하다보니 때로는 다투어 얼굴이 붉어지기도 하고 또 도저히 저 사람하고는 같이 못살겠다고 생각하여 이혼 법정까지 갔다가 마음을 고쳐먹고 다시 결합하여 전보다 더 금실 좋게 살기도 한다.

어떤 부인은 정말 남편과 헤어지려고 마음먹었는데 그때가 마침 김 장철이어서 에라, 불쌍한 인간, 김치나 한번 더 담궈 주고 가자던 것이 그냥 계속 눌러 앉게 돼 50년 해로를 했다고 한다. 어떤 남편은 아내가 하도 이혼이라는 말을 노래 불러서, 그것을 몰래 기록해 놓고 다 세어 보았더니 도합 300번이었는데, 아내가 말할 때마다 즉시 실천했더라면 자기는

300번 이혼했다가 301번째로 다시 결혼한 사람이 될 뻔했다고 농담하기도 했다. 또 어떤 부부는 이혼을 확정하는 공증 각서를 주머니에 넣은 채 변호사 사무실을 나서는데 마침 비가 와서 하나뿐인 우산을 서로 양보하다가 연애 시절 얘기가 나와서 그 회고담이나 마저 끝내자며 다시 집으로 돌아오는 바람에 이혼이 물 건너가 버렸다. 나는 그렇게 치열하게 싸운 경우는 없지만 딱 한 번 위기를 겪은 적이 있었다.

반포에 살 때인데, 처가가 흑석동이어서 처가 나들이를 자주 했다. 아내는 처가에만 가면 아연 기가 살아나서 말도 빨리 하고 유머도 많이 구사하고 또 생기가 돋아났다. 시집살이를 힘들어하는 아내가 그렇게 재충전되어 오면 아내도 좋고 나도 좋다는 기분으로 자주 명수대에 놀러 갔다. 그런데 어느 주말에 처가에 갔다가 가벼운 사안이 빌미가 되어 대판 싸움이 벌어지게 되었다. 평소의 가벼운 언쟁이나 냉소적 설전이 아니라, "난 정말 당신이라는 인간하고는 도저히 같이 못 살겠어!"라는 선언이 행동으로 터져 나온 경우였다.

1990년대 초였는데 그 해 여름 비가 아주 많이 왔다. 회사에 출근했다가 신문을 보니 경기와 충청 일대 묘역이 많이 유실되었다는 기사가 실려 있었다. 유심히 보니, 천주교 안성공원 묘지의 피해가 특히 심하다는 것이었다. 그곳은 35세로 요절한 처남이 묻혀 있는 곳이라 얼른 처가로 전화를 했고, 장인 어른은 그 다음날 안성공원을 둘러보러 갔다. 과연 처남이 영면하고 있는 입구 쪽의 계단식 묘역이 유실되어 무려 4~5백

미터나 아래쪽으로 흘러가서 흙더미를 이루고 있었다. 거기서 어떻게 처남의 시신을 찾을지 막막하더라는 것이다. 다행히 처남에게는 한 가지 후천적 특징이 있었다.

처남은 어느 주말 친구 집에서 밤새 술을 마시고 새벽 4시경에 다른 친구와 함께 버스를 타고 집으로 돌아오던 중, 갑자기 가슴에 심한 통증을 느껴 버스에서 먼저 내렸다. 같이 타고 가던 친구는 토하려나 보다 생각하고 따라 내리지 않았다. 처남은 버스에서 내려 10미터도 채 못 가 고꾸라졌는데 그 자리에서 절명했다. 급성 심장마비였다. 그런데 경찰에서는 젊은 사람이 갑자기 죽은 것을 이상하게 여겨 시체 부검을 했다. 이 부검의 결과로 처남의 이마에는 십자(十字)의 절개 자국이 있다고 한다. 당초 처가에서는 일찍 죽은 것도 억울한데 부검은 당치 않다고 강력 반대했으나, 그것이 하나의 단서가 되어 여러 구의 엉켜 있는 시체들 가운데서 장인은 수월하게 처남을 찾아낼 수 있었다. 그리고 이번에는 산 쪽 높은 곳, 아주 배수가 잘 되는 곳에 다시 모셨다.

장인은 내게도 선친의 유택이 잘 있는지 한번 가보라고 권했다. 그래서 아내를 데리고 병천의 풍산 공원 묘지를 다녀왔는데 충청도에도 비가 많이 와서 일부 묘역이 유실되었다. 다행히 아버지 묘는 별 피해가 없었다. 풍산 공원은 약 300평 크기의 여러 묘역들이 테라스 형태를 이루며 층층이 산 위쪽으로 올라가는데 각 테라스에는 4열로 묘가 들어서 있었고 아버지의 것은 제3열에 있었다. 가장자리이면서 앞쪽인 제1열에는 일부 유실된 묘지가 보였다. 우리는 가지고 간 꽃을 아버지 묘 앞의 항아리에다 꽂고 술을 부어 드린 후, 묘 앞에 약간 움푹하게 패인 물웅덩이의 물을 퍼내고 흙을 덮어 금방 고르게 했다.

그렇게 산소 나들이를 한 그 주말에 아내와 함께 명수대로 놀러 갔다. 당연히 화제는 처남 묘역과 아버지 묘역에 관한 것이었는데, 사실 피해의 크기를 놓고 보면 우리는 거의 피해가 없는지라 할 말이 별로 없는 상황이었다. 아내는 말발이 좀 달린다고 생각했는지, 그 물 웅덩이를 약간 과장되게 묘사하는 것이었다. 그때 진실에는 역사적 진실과 서사적 진실(이야기의 극적 효과를 높이기 위해 사실을 약간 과장한 진실) 두 가지가 있다는 것을 알았더라면 그냥 무심히 넘겨듣고 말았을 텐데, 내게는 아내의 서사적 진실이 좀 과하게 들렸다. 아내의 묘사대로라면 아버지 묘는 물 위에 둥둥 떠 있는 것처럼 들릴 수도 있었다. 처가 식구들은 다들 재미있게 그 얘기를 들었고, 이내 다른 화제로 넘어갔다.

나는 명수대 처가에서 나올 때까지도 아내의 그 극적인 스토리텔링 능력에 감격한 것이 아니라 격분하고 있었다. 어떻게 아버지 묘역을 재미있는 얘기 거리로 삼을 수 있으며 그것도 모자라 침소봉대까지 하느냐는 것이었다. 차 안에서 나는 아내에게 그 점을 지적했다. 그러자 그 얘기는 잊어버린지 한 시간도 넘는 아내는 뜨악한 표정을 지으며 이렇게 말했다.

"당신 자신이나 당신 가족을 너무 진지하게만 생각하지 말아요."

"뭐야, 이게 내가 목에 힘주는 얘기라는 거야? 당신이 말도 안 되게 허풍을 떨었잖아."

"허풍? 내가 뭐 없는 얘기했어? 이거 왜 이래? 아까 내가 아버지 앞에서 얘기할 때는 한 마디도 안 하더니."

내가 몰던 엑셀 승용차는 이제 국립묘지 앞을 지나 이수교 쪽으로 흘러가고 있었다. 그렇게 해서 구반포를 지나 신반포 네거리에 도달할 때까지의 언쟁은 계속되었다. 나의 언성이 서서히 높아졌다. 아내도 불쾌하다는 표정이 역력했다. 아내는 화가 나면 반말을 하는 것은 물론이고, 씨나 님이라는 호칭 없이 내 이름을 마구 부르는데, 벌써 세 번이나 이름을 불렀다. 이제 차는 반포 4단지 안으로 들어섰고 드디어 우리가 사는 203동 주차장 바로 앞까지 왔다. 그때 나는 너무 화가 난 나머지 결정적인 말실수를 했다.

"그렇게 정신없이 떠들지 좀 말라고. 꼭 미친년 같이."

"뭐, 미친년?"

아내는 폭발해 버렸다. 차가 주차장에 들어서자마자 아내는 조수석 문을 쾅 하고 열더니 "야, 이종인, 어디 미친년 아닌 년하고 잘 살아봐!" 하면서 쏜살 같이 203동 앞의 버스 정류장 쪽으로 달려가는 것이었다. 아내의 말이 참 묘했다. 그 날의 앞 뒤 상황으로 보아 나(아내)를 미친년이라고 하는 너는 얼마나 잘났냐. 그럼 미친년 아닌 년과 살아라. 나는 더 이상 너와는 살지 못하겠다, 이런 뜻이었을 것이다. 그렇다면, 그게 나

(아내)보다 더 잘 시집살이 할 여자 있으면 어디 나와 보라는 자부심에 가득 찬 말인지, 아니면 그런 정신없는 와중에서도 남편의 두 번째 부인까지 걱정하는 자상함인지 알 수가 없었다. 게다가 내가 어디서 난데없이 두 번째 부인을 모셔 온단 말인가.

아무튼 이것은 아주 한참 뒤에 생각난 것이고, 그 순간에는 아이쿠, 이거 큰일났다, 당장 집에 들어가서 저녁을 지어야 하고 애들 숙제를 거들어 주어야 하는데, 내가 너무 가볍게 입을 놀렸구나, 하는 후회가 물밀 듯 밀려왔다. 나는 차의 시동을 끄고 버스 정류장 쪽으로 달리면서 어떻게 해야 이 위기를 돌파할 수 있을까, 머리를 굴리기 시작했다.

정류장에 가보니 아내는 아직 버스를 잡지 않은 상태였다. 내가 헐레벌떡 달려오는 것을 보고서도 아는 척하지 않았다. 당신과 나는 오늘부로 완전 남남, 그러니 내게 말을 걸지 마세요, 그런 표정이었다. 아내가 "어디로 갈까?" 난감한 표정으로 버스를 둘레둘레 살피면서 서 있었는데 그 모습이 장모님과 상당히 비슷해 보였다.

나는 우선 지연 작전을 써야겠다고 생각했다. 좋다. 네가 언제 나와 함께 있을 때 자유가 아닌 적이 있었냐. 너는 완전 자유, 네 마음대로 해라. 이렇게 수작을 붙이며, 이왕 가기로 한 거 언제든지 갈 수 있다, 하지만 정류장 뒤의 벤치에 가서 잠깐 얘기나 하자고 했다. 아내는 노기등등하여 뭐 더 이상 할 말이 남았냐는 듯이 노려보더니, 앞으로 영원히 안 볼 사람인데 잠깐 정도야 시간을 못 내주겠냐는 표정으로 따라왔다. 하지만

30분 동안 나의 온갖 사죄와 간원과 읍소에도 불구하고 아내는 요지부동이었다. 뭔가 극약 처방이 필요하다는 느낌이 점점 절박해졌다. 그 순간 어떤 경로로 생각났는지 몰랐지만, 그 말이 하나의 영감처럼 떠올랐다.

"여보, 당신은 미친년 운운에 그처럼 분개하고 있지만, 당신은 그런 적 없었어? 도곡동 살 때 나보고 개새끼라고 했잖아!"

"내가 언제!?"

나는 우리가 결혼할 때 김포공항까지 따라 나왔던 아내의 절친한 친구 이름을 대며 그 여자 때문에 나보고 그런 말을 한 적이 있었다고 말했다. 아내는 잠시 멍한 표정을 짓더니, 이렇게 반문하는 것이었다.

"내가 ○○이 때문에? 왜?"

아내는 자기가 그 말을 한 것이 언제였는지 잘 기억하지 못하는 듯했다. 사실 마음속으로만 그렇게 말했을지도 몰랐다. 아무튼 그 말에 아내는 한 풀 꺾이는 것 같았다. 그러면서 나는 아이들 숙제를 아직 도와주지 못했다, 애들이 기다리고 있다, 이런 식으로 모정에 호소했다. 아내는 그제서야 마음을 누그러뜨리고 못 이기는 체하면서 집으로 같이 들어갔다.

이렇게 하여 '미친년' 과 '개새끼' 의 커플은 간신히 위기를 넘겼다. 아내는 그때 내게 좀 실망했을 것이다. 어떻게 자기 아내를 미친년이라고 욕할 수 있을까. 하지만 부부 치고 상대방에게 실망하지 않는 부부가 있을까. 그래서 유대인의 지혜에는 이런 우화가 있다.

여러 해 동안 평화롭게 살아온 부부가 있었다. 남편은 못 생겼지만 귀가 먹었다. 아내는 바가지를 잘 긁는 사나운 여자였으나 어릴 때부터 눈이 멀었다. 아내는 앞을 못 보기 때문에 자기 남편이 얼마나 못생겼는지 잘 몰랐으며, 남편은 귀가 먹었기 때문에 아내의 바가지가 얼마나 지독한지 잘 몰랐다.

어느 날 부부는 귀 먹은 사람과 눈먼 사람의 장애를 고쳐 주는 귀신같은 의사가 있다는 소문을 들었다. 부부는 그 의사를 찾아가서 자신들의 장애를 고치기로 마음먹었다. 그리고 의사가 요구하는 치료비가 아무리 고액이라도 지불하기로 결심했다.

그 의사의 수술은 성공했고 아내는 더 이상 눈먼 사람이 아니고, 남편은 더 이상 귀먼 사람이 아니게 되었다. 불행하게도 이 수술은 부부의 화목한 금실을 끝장내고 말았다. 남편은 아내의 바가지를 다 듣게 되어 인내할 수 없게 되었고, 아내는 남편의 못생긴 얼굴을 보고서 더 이상 참아줄 수 없다는 생각이 들었다.

그런 와중에 의사가 수술비 청구서를 보내 왔다. 부부는 그 비용의 지불을 거부했다. 부부는 행복한 결혼 생활을 파탄낸 그 의사가 오히려 손해 배상을 해 주어야 한다고 주장했다. 의사는 부부가 돈 낼 의사가 없음을 보고서 한숨을 지으며 말했다.

"만약 내가 수술로 당신들을 불행하게 만들었다면 당신들에게 행복을 다시 돌려 드리겠습니다. 원한다면 사장님은 귀먼 분으로, 사모님은 눈먼 분으로 다시 만들어드리겠습니다. 그렇게 하면 나를 만나기 이전의 행복한 생활로 돌아갈 게 아닙니까."

이 말에 부부는 더욱 강력하게 거부의 뜻을 표시했다. 의사가 말했다.

"자 보십시오. 당신들은 예전의 상태로 돌아가려 하지 않습니다. 그러니

내 수술이 당신들을 전보다 더 행복하게 만든 게 틀림없습니다. 그러니 수술비를
지불하세요."

이 우화 속의 의사는 원래 하느님을 가리키는 것이나, 우리 부부에
적용해 보면, 그 날의 언쟁으로 얻은 인생의 지혜를 가리키는 것이리라.
그 싸움을 통하여 각자의 눈먼 점과 귀먼 점을 알게 되었고, 일단 상대방
의 결점을 알았어도(실망을 했어도), 수술비를 지불하고(서로의 결점을
인정하고) 살아가게 된 것이다.

그런데 도곡동 살 때 아내가 실제로 내게 그 말을 했을까. 신혼 때의
어느 주말, 토요일이었다. 회사로 아내가 전화를 걸어와 자기의 제일 친
한 친구 ○○이가 결혼할 남자를 보여준다고 하니 오후 몇 시까지 어느
커피숍으로 나오라는 것이었다. 나는 그런 당일치기 약속에는 응할 수
없다고 말했다. 아내가 이유를 묻자 그 날 삼미 수퍼스타즈의 장명부 선
수가 등판하는 날이어서 집에 일찍 가서 야구 경기를 봐야 한다고 답했
다. 아내는 그 말에 무척, 무척 화를 냈다. 지금 생각하면 어떻게 그런 이
유로 아내의 부탁을 거절할 수 있었는지 정말 간 큰 남자였다.

오후 4시 무렵 집에 왔을 때 마침 장모님이 "언제나 올까?" 하며 1시
간 정도 아파트 입구에 서서 우리를 기다리고 계셨다. 장모님은 나를 보
자 반가워하며 같이 아파트로 들어갔다. 아내는 혼자 친구를 만나고 1시
간 뒤에 집으로 왔다. 그때 장모님이 우리 집에 계셨기 망정이지 아니었

더라면 대판 싸움이 벌어질 뻔했다. 옆방에서 혼자 중얼거리는 아내를 보고서 틀림없이 내 욕을 하고 있을 거라고 생각했다. 그리고 아내의 중얼거리는 말이 대충 이런 내용일 거라고 내 멋대로 상상했다. "개새끼, 암만 그래도 그렇지, 내가 야구만 못한 년이야."

여러 해 뒤, 내가 위기의 버스 정류장 벤치에서 그 말을 생각해 낸 것은 정류장에 서서 버스를 기다리던 아내의 모습이 도곡동 영동 아파트 앞에 서서 우리를 기다리던 장모님과 비슷했고, 아내의 "어디로 갈까?" 표정이 장모님의 "언제나 올까?"와 흡사했기 때문인 것 같다. 당시에는 그 말을 멋지게 생각해 내서 간신히 살았다고 생각했으나 요즘 와서는 내 생각이 달라지고 있다.

아내는 자기가 실제로 그런 말을 하지 않았다는 것을 알고 있었던 것 같다. 나의 그럴 듯한 둘러대기에 못 이기는 척하고 넘어가 준 것이었다. 없는 말도 꾸며가며 하소연하는 나를 불쌍하게 여겼던 것이다. 에라, 불쌍한 인간, 김장이나 한번 더 담궈 주자는 심정, 그것이 더 정확한 표현일지 모른다.

아내는 이처럼 남편의 억지를 잘 받아 준다. 나의 아내만 그런 것이 아니라 대부분의 아내들이 다 그러하다. 또한 아내들은 한국에서만 그런 것이 아니라 다른 나라에서도 그런 것 같다. 미국에도 남편의 엉성한 변명을 믿어 주는 아내가 있다는 것을 이런 기사를 통해 알게 되었다.

나카토 토미타 부인이 사거리에서 신호를 받아 좌회전을 하고 있는데 반대편의 차가 신호를 무시하고 직진해 와 그녀의 차 옆구리를 들이받았다. 부인은 화가 나서 얼굴이 붉어진 상태로 차에서 내려섰다. 사고를 낸 운전사는 자신이 노란 불 예비 신호를 무시하고 마구 달렸다는 사실을 시인하지 않았다. 그 대신, 자기 집의 잔디밭에 물을 주다가 급한 용무로 외출하는 바람에, 젖은 발이 그만 미끄러져 브레이크 대신 액셀러레이터를 밟았다고 변명했다. 토미타 부인은 그 얘기를 받아들일 수밖에 없었다. 사고를 낸 운전사는 그녀의 남편 제임스 토미타였다. 로스앤젤레스(UPI)

물 새는 변기와 썩은 사과

창신동에 살던 무렵 우리 집 화장실은 푸세식이었다. 그 전에 우리 가족이 서울로 이사 와서 살았던 혜화동 전셋집도 푸세식인데다 남의 집이었으므로 더욱 신경 쓰지 않았다. 화장실이 나의 고민으로 등장하기 시작한 것은 수세식 변기가 달린 종암동 집으로 이사 오면서부터였다. 어머니는 내가 때때로 변기의 물 내리는 레버를 잘못 눌러 밤새 변기통 속의 물이 빠지는 경우가 있다고 지적을 했다. 당시 나는 아침에 밥을 먹으면 무섭게 회사로 나가서 저녁 늦게 들어오는 일이 많았기 때문에 어머니의 지적을 귓등으로 들어 넘겼다.

그러나 결혼을 하고 반포 아파트로 이사 와서는 아내에게도 그런 실수를 지적당하자 이제는 신경 쓰지 않을 수 없었다. 레버를 잘못 눌러

물이 빠져 봐야 수도 요금이 얼마나 더 나오겠는가마는, 두 사람이 그처럼 시정해 주기를 바라니 성의껏 대응하지 않을 수 없었다. 다 아는 얘기지만, 레버를 누르면 그 힘으로 변기통 속의 검은 뚜껑이 열리고, 이어 물이 어느 정도 빠진 다음에 뚜껑이 다시 닫히면서 다음 번에 쓸 물이 담기게 된다. 그런데 내가 레버를 누르면 그 검은 뚜껑이 열린 채 그대로 있다는 거였다.

그래서 레버를 누르고 그 뚜껑이 닫히는지 유심히 소리를 듣고 있다가 소리가 들리지 않으면 변기 뒤쪽의 덮개를 열고서 손으로 그 뚜껑을 가볍게 눌러주었다. 정말 억울한 일이지만, 내가 유심히 듣고 있을 때는 뚜껑이 잘 닫히다가 바쁜 일이 있어서 급히 나가 봐야 하는 그런 때에만 뚜껑이 닫히지 않는 것이었다.

아내는 내가 하도 물을 잘 흘리니까 한번은 변기의 구조를 설명한 후, 누르는 시범을 보이면서 몇 번 실습을 시키더니 그만 하면 됐다면서 흡족해 했다. 그런 가르침이 있은지 겨우 일주일도 안 되어 또 물을 흘리자 아내는 적이 실망하면서 농담 삼아, 역시 아무리 가르쳐도 안 되는구면. 그래서 고등학교를 좋은 데 나와야 한다니까, 라고 말하기도 했었다.

우리 집이 반포에서 분당으로 이사 오게 되었을 때, 제일 기뻐한 사람은 나였다. 아파트 시세 차익을 올려서가 아니라, 반포 집의 오래된 화장실 변기에서 해방되어 이제 내가 어떻게 레버를 누르든 물이 잘 빠지고 뚜껑도 잘 닫히게 되리라는 희망 때문이었다.

과연 분당 집은 나의 기대를 저버리지 않았다. 어떻게 눌러도 물은 잘 빠졌고 엉성한 실수에서 해방되어 여간 기쁘지 않았다.

그런데 분당 집에서 13년을 살고 나서 지난 해 봄 집수리를 하면서 화장실 변기를 바꾼 것이 다시 문제가 되었다. 새 변기이므로 아무 문제 없겠지 했는데 한 3개월쯤 지나자 이상하게도 내가 누르면 변기에서 물이 새는 것이었다. 나는 이번에도 아내의 조롱을 감내하면서 새 변기의 구조에 대해 강의를 들어야 했다. 이번 변기의 레버는 밑으로 누르는 형태가 아니라 단추처럼 톡 튀어나와 가볍게 밀면 되는 것이었다.

아내의 말은 내가 너무 강하게 밀거나 아니면 너무 약하게 민다는 것이었다. 이번 문제는 검은 뚜껑의 개폐가 아니라, 물이 빠진 다음 물이 비어 있음을 감지하고 자동적으로 물을 흘려 보내는 센서가 제대로 작동하지 않는 것이었다.

아내는 변기의 뚜껑을 들어내어 보이며 센서가 제대로 작동하지 않는 이유를 설명했다. 그러면서 앞으로 물이 새는 것 같으면 이 검은 막대 모양의 센서를 오른쪽으로 45도 정도 밀면 자동적으로 물이 차 오른다고 일러주었다. 내가 감탄하면서 "당신은 어떻게 이런 것을 그리도 잘 알지?" 하고 말했더니 아내는 또 그 소리, 다 고등학교와 관계가 있다는 것이었다. 따지고 보면 나는 보성고, 자기는 계성여고로서 거기서 거긴데, 내가 이런 소리를 묵묵히 들어야 하는 것은 다 이 변기 레버 때문이었다.

우리 집에는 안방과 거실 두 곳에 화장실이 있다. 거실의 변기는 제대로 된 물건임에 틀림없는 것이 내가 아무리 약하게 혹은 세게 눌러도 물이 새는 법이 없다. 문제는 안방 화장실의 변기이다. 이놈은 때때로 내가 가장 취약한 순간에 나의 기대를 배반해 버린다. 가령 술을 많이 마시고 잠든 밤, 새벽 2시에 목이 말라 잠깨어 일을 보고 나오면 그 다음 날 아침 어김없이 물이 새고 있다.

나는 수도 요금보다 아내의 조롱이 두려워서 어떻게든 이 사태를 피해 보려고 애쓴다. 가장 손쉬운 방법은 조금 귀찮더라도 거실 화장실에 가서 일을 보는 것이다. 하지만 지금껏 단 한 번도 새벽에 거실 화장실에 가 본 적이 없다. 내가 그렇게 하려고 들면 마음속에서 '당신, 지금 비겁하게 도망치고 있잖아?' 하는 소리가 어김없이 들려 오기 때문이다.

아예 저 놈의 변기를 확 바꾸어 버릴까 하는 생각도 들었으나, 그렇게 주장할 수도 없는 것이 아내나 다른 식구가 사용하면 제대로 작동되기 때문에 고장이라고 볼 수도 없다. 그래서 생각해 낸 것이 물이 차 오르는 동안 기다리는 것이다. 그렇게 여러 번 기다리다보니 물이 차 오르는 소리와 새는 소리를 어느 정도 구분할 수 있게 되었다.

물 차 오르는 소리는 학교 가기 싫어하는 아이처럼 꾸물거리며 느긋한 소리가 나는 데 반해, 새는 소리는 빠르게 달려가는 듯한 찢어지는 소리가 난다. 하지만 물 자체의 소리가 정작 그러한지는 알 수가 없다. 사물을 구분하여 질서를 부여하고 싶은 내 생각이 그런 소리의 형태를 상상해 낸 것인지도 모르겠다. 아무튼 그 두 소리는 단숨에 구분할 수 있는 것이 아니고 한참 들어보아야 알 수가 있다. 고여 있던 물이 빠져나가는 데 대략 10초, 센서가 변기의 비어 있음을 감지하고 물 흘리기를 작동시켜 물이 완전 차오르기까지 30초가 걸린다.

야밤에 변기와 대결하고 있노라면 때로는 비참한 기분이 들기도 한다. 어서 물이 차기를 기다리고 있노라면 지금 물이 안 차고 계속 빠지는 것이 아닐까 하는 의심이 더럭 들기도 한다. 의심을 이기지 못해 거의 변기 덮개를 열어서 확인하려는 그 순간, 물이 다 찼다는 표시로 삐삐빅 하는 저음의 신호가 들려 온다. 그 소리가 그렇게 아름답게 들릴 수가 없다.

요즘에는 변기가 제대로 고정되었는지 물이 새는 경우가 거의 없다. 약 달포 전에 마지막으로 물이 샌 것 같았는데, 그때 나는 센서를 45도 기울이면서 문득 김종삼의 〈원정園丁〉이라는 시를 생각했다.

몇 개째를 집어 보아도 놓였던 자리가
썩어 있지 않으면 벌레가 먹고 있었다.
그렇지 않은 것도 집기만 하면 썩어 갔다.
거기를 지킨다는 사람이 들어와
내가 하려던 말을 빼앗듯이 말했다.
당신 아닌 사람이 집으면 그럴 리가 없다고.

과수원에서 사과를 집어 드는데, 내가 집어 들기만 하면 썩은 사과였다는 얘기이다. 멀쩡한 변기도 내가 누르면 물이 새니, 바로 나를 두고 한 얘기가 아닐 수 없다. 물새는 변기와 썩은 사과를 생각하고 있자니, 어릴 적 시골 학교 운동회 생각이 났다. 나는 달리기는 싫어했지만, 콩 주머니를 던져서 깨트리는 흥부의 박 놀이는 정말로 좋아했다. 기다란 장대 위에다 두 개의 박을 매달아 놓고 청팀과 백팀으로 나뉘어진 어린 학생들이 계속 자기 팀의 박에다 콩 주머니를 던져 상대팀보다 먼저 박을 깨트려 형형색색의 색종이들을 공중에 흩어지게 하면 이기는 놀이였다.

운동회 때마다 내가 던진 콩 주머니가 그 박을 깨트리는 마지막 공이 되기를 간절히 바랐으나 한 번도 그렇게 된 적이 없다. 하지만 다른 학생의 공에 그 박이 깨어져도 여전히 흥분과 황홀을 느꼈다.

그 가을 운동회에 어머니는 늘 밤을 삶아 오셨다. 아버지, 어머니, 여동생, 나 이렇게 밤을 먹는데 이상하게도 내가 집어 드는 것은 썩은 밤이었다. 그럴 때마다 "넌 어떻게 그런 것만 집어 드니?" 하면서 의아해하시던 어머니의 표정이 지금도 생생하다.

지금까지 변기 레버 누르는 얘기를 해 왔는데, 따지고 보면 우리가 가장 취약한 시간에 우리를 공격하거나 배신해 오는 이런 일은 인생의 어떤 패턴과 유사하다고 생각되지 않는가? 그래서 나는 요즘 어려운 일이 닥쳐오면 이번에도 내가 레버를 잘못 눌렀다고 생각하지 변기가 잘못되었다고 생각하지 않는다. 어머니가 운동회 날 순수한 의도에서 삶아 오신 밤이었지만, 개중에 썩은 밤이 들어 있었던 것처럼 말이다.

그와 마찬가지로 인생은 원래 선량한 의도로 충만해 있는 것이나,

우리가 잘못하여 어려운 일을 초래했다고 생각하면 마음도 편하고 고칠 의욕도 생기게 된다. 그러고 보면 인생의 어려운 일은 나의 오랜 친구, 내가 레버를 너무 세게 누르거나 너무 약하게 누를 때마다 나를 지적해 주는 고마운 친구이다.

아버지 생각

아버지는 실향민이었다. 함경남도 흥남에서 부산을 거쳐 강원도 삼척에 정착하신 아버지는 피란 생활의 어려움 때문에 나를 다른 아이들보다 두 살 일찍 초등학교에 입학시켰다.

비록 시골 학교이긴 하지만 두 살 어린 아들이 그런 대로 공부를 잘하고 졸업반에 가서는 일등을 하자 아버지는 그 아들을 더욱 귀여워했다. 그래서 서울에 연고가 있는 것도 아닌데 보성 중학교에 시험을 치게 했다. 그러나 시골 학생의 실력은 도회지의 아이들보다는 모자랐는지 시험에 떨어졌다.

그리고 3년이 지나 아버지는 나에게 3년 전 떨어졌던 보성 중학교의 동계 고등학교에 또다시 시험을 치게 했다. 어릴 적에 함남고보(함흥에 있었던 구제 5년제 중고등학교) 입시에 두 번 실패하여 국졸이 학력의 전부였던 아버지는 나에게 일부러 같은 학교에 응시하도록 했다. 아들은 3년 동안 면학을 했는지 이번에는 합격이 되었다. 한번 실패 본 후 합격을 해서였는지 아버지는 배로 기뻐하였다. 고교에 입학하기 전 서울에 아들을 데리고 와, 학교 근처인 와룡동에 하숙을 정해주고 교복과 교모를 사주었다. 그런데 아들은 머리가 약간 커서 그 교모가 잘 들어가지 않았다. 아버지는 그 모자의 테를 늘리기 위해서 당신의 머리가 아들보다 더 크다면서 시골로 내려갈 때까지 하숙집에서 내내 그 모자를 쓰고 계셨다.

또다시 3년이 지나 아들이 대학 시험을 칠 때의 일이다. 두 해 전 아들의 학업을 뒷바라지하기 위해 아예 서울로 이사해 온 아버지는 변변히 과외를 시키지도 못한 아들이 그저 제 힘으로 대학에 들어갈 수 있기만을 빌었다.

그리고 입학시험을 치러 가는 날, 아들이 싫다는 데도 아버지는 부득부득 아들을 데리고 나와 이른 새벽 안암동으로 가는 택시를 잡아타고 학교 앞까지 왔다. 고려대학교 정문까지 약간 비탈진 길을 천천히 걸어 내려가면서 아버지는 아무 말이 없었다. 그리고 그 비탈진 길이 끝나는 지점의 정문에서 아버지는 시험이 끝날 때까지 아들을 기다렸다.

그리고 15년이 지나 이번에는 아들이 아버지를 모시고 항암 치료 전문의 공릉동 원자력 병원까지 모시고 가 통원치료를 도와 드렸다. 아버지는 2년 동안 위암으로 고생하다가 생일 잔치를 받아 잡수신 며칠 후의 어느 가을날 오후 조용히 숨을 거두었다. 사망 직전의 몇 달 동안은 계속 모르핀을 주사해야 할 정도로 고통이 심했다.

평소 체격이 좋았던 아버지는 병을 앓으면서 몸이 쇠꼬챙이처럼 수척해졌다. 그리하여 사망 당시에는 배가 등에 가서 붙을 정도로 여위어져 이 세상에서 받은 영양분을 모두 이 세상에 되돌려 준 상태였다. 돌아갈 당시에도 1.4후퇴 때 북한 땅에서 헤어진 아버지의 생사를 모르는 것을 안타까워했다. 어떤 때는 흰자위만 드러나는 눈알을 고통스럽게 굴려대면서,

"아버지, 아버지."

하고 헛소리 비슷하게 말하기도 했다. 돌아가시기 몇 달 전의 아버지에 대한 추억 중, 내가 가장 잊지 못하는 것은 아버지의 눈빛이었다. 한없이 온유하고 한없이 겸손하던 그 눈빛. 자기가 가진 것을 모두 내어놓고, 모든 잘못을 용서해 달라고 비는 듯한 사람의 눈빛이었다. 아버지는 그렇게 2년을 투병했고 마지막 6개월은 자리를 보전한 채, 가족의 정성스런 간호를 받다가 돌아갔다. 아버지가 마지막으로 한 말은 "이북에 계신 아버지에게 인사도 못하고 떠나왔는데……." 였다.

아버지 가신 지 어언 20년. 아버지는 내게 테 좁은 모자요, 비탈진 길이며, 온유한 눈빛이 되었다.

내가 초등학교 4학년 여름, 우리 가족은 강원도 북평 해수욕장으로 놀러 갔었다. 그 해수욕장에는 해변에서 바다 안쪽으로 약 3백 미터쯤 떨어진 곳에 임시 다이빙대가 설치되어 있었다. 어린 내 눈에는 다이빙대에서 뛰어내리는 사람들이 그렇게 멋지게 보일 수가 없었다.

그래서 부모님이 잠시 한눈을 파는 사이, 군용 고무 튜브를 타고 그 다이빙대를 향해 갔다. 당시 해변가에서는 고무 튜브를 시간당 돈을 받고 빌려주었는데 헤엄을 칠 줄 모르는 나를 위해서 아버지가 빌려다 준 것이었다. 150미터쯤 바다 안쪽으로 들어가자 해변가에서 아버지가 나를 부르는 소리가 희미하게 들려 왔다.

"얘야, 종인아, 돌아와. 위험해."

아버지는 양손을 입가에 갖다 대고 있는 힘을 다해 소리치고 있었다. 나는 트렁크 수영복을 입은 아버지의 노출된 가슴이 심하게 울렁거린다고 생각했다. 아버지의 목소리가 하도 간절하여 고무 튜브를 돌려서 멀리 해변가에 서 있는 아버지를 한번 쳐다보기까지 했다. 그러나 다이빙대에 가보고 싶은 마음이 너무나 강했다. 나는 아버지를 안심시키려고 한 손을 들어 흔들어 보인 다음 다시 바다 쪽으로 나아갔다.

이제 다이빙대는 150미터 앞쪽으로 다가와 있었다. 나는 다이빙대로 바싹 다가가기 위해 튜브 위에 엎드린 채 양손으로 물을 저었다. 아버지의 희미한 울부짖음은 계속 들려 왔다.

"종인아, 흐흐흐. 돌아와!"

그때 커다란 파도가 덮쳐 나를 바다 한 가운데로 떨어트렸다. 그 곳은 해변가의 얕은 물과는 달리 아무리 내려가도 보드라운 모래가 발바닥에 닿지 않았다. 북평 바다의 짠물이 모두 입 속으로 몰려오는 것 같았다. 나는 이러다가 죽을지도 모른다는 의식조차 없었다.

멀리 아버지가 서 계신 해변이 가물가물 보일 뿐이었다. 그렇게 물 속에서 물 위로 다시 물아래로 세 번쯤 처박히고 숫구치다가, 마지막 네 번째 물 속으로 가라앉았을 때, 온몸이 포근해지면서 아련한 느낌이 들었다. 더 이상 숨도 차지 않았다. 오줌을 밤새 참았다가 아침에 시원하게 눌 때 같은 황홀감이 전신에 퍼졌다. 나는 의식을 잃으면서 물 속 깊이 가라앉았다.

눈을 떠보니 해변가 백사장이었다. 넋이 나간 듯 당황하면서 어쩔 줄 모르는 아버지, 엉엉 울고 있는 어머니, 괜히 어머니를 따라 같이 우는 두 살 아래의 여동생이 보였다. 나를 구출해 주었던, 다이빙대 근처에서 헤엄치던 건장한 남자 두 명은 어디론가 가 버리고 없었다. 그들이 나를 구조한 후 재빨리 사라져 버려 부모님은 고맙다는 인사도 제대로 못했다고 한다. 아버지는 그 날 저녁, 휴가 기간을 이틀이나 단축하여 가족들을 데리고 집으로 돌아갔다.

아들을 잃어버릴지 모르는 비탈에 서 계셨던 아버지, 해변에서 목이 메어 부르던 아버지. 그때 얼마나 목이 아프셨을까. 아버지는 내가 자라는 동안 얼마나 여러 번 그렇게 소리쳐 부르셨던 것일까.

내가 아버지를 원망했던 적이 두 번 정도 있었다. 지금 돌이켜 보면 원망 거리조차 되지 못하는 것이었으나 부끄러움을 무릅쓰고 그 때 얘기를 해보겠다. 고등학교 시절 나는 수학이 약했다. 다른 과목들은 그런 대로 잘 하는 편이었는데 수학만큼은 내 마음대로 되질 않았다. 동급생들 중에는 과외를 받는 아이들도 꽤 있었다. 나는 고교 2학년 때부터 영문과 진학을 원했기 때문에 서울대에 가려면 수학 보강이 꼭 필요했다. 그래서 아버지에게 과외 얘기를 꺼냈더니, 우리 형편에 무리라면서 미안해하는 표정으로 거절했다.

나는 그때 우리 집이 지금보다 좀 부자라면 얼마나 좋을까 하고 아버지를 원망했다. 아버지와 어머니가 자식들을 키우기 위해 모든 것을 절약하고 계신 것을 잘 알면서도 그런 생각을 했던 것이다.

당시 우리 집 냉장고에는 문을 열어 보면 김치와 보리차 물병을 제외하면 먹을 것이 하나도 없었다. 아버지는 그토록 술을 좋아하면서도 돌아가실 때까지 고급술을 한 번도 마신 적이 없었다. 동네 수퍼에서 1리터 짜리 됫병 소주를 사 와서 그것을 조금씩 나누어서 들었다.

그런 형편인 줄 뻔히 알면서도 과외를 시켜 주지 않은 것이 섭섭했다. 부모가 되어 아이들의 월사금, 교복, 학용품, 용돈을 제대로 마련해 주지 못할 때 가장 가슴 아파한다는 것을 그때는 전혀 알지 못했던 것이다.

졸업하던 해에 대학원 진학을 해서 공부를 더 해 볼까 하는 생각도 있었으나, 당시 대학에 다니던 여동생과 집안 형편을 생각하여 내 쪽에서 먼저 그 생각을 접어 버렸다. 4학년 2학기 등록금을 당시 막 신설된 학자금 융자 제도 덕분에 안암동 국민은행에서 대출 받아 납입했는데 그것을 내가 갚아야 했던 것이다.

사실 아버지로서는 자녀가 둘 다 대학에 다니니 하나라도 먼저 직장 생활을 하여 집안의 부담을 덜어 주었으면 하는 바람이 간절했을 것이다. 그런데도 나는 우리 집이 지금보다 좀 더 잘 살면 좋았을 텐데 하는 한심한 생각을 하면서 아버지를 원망했었다.

두 아들의 아버지가 된 지금에는 아버지가 나와 여동생을 키우기가 얼마나 힘이 들었을까 절실히 깨닫게 된다. 만혼하여 이미 연세 높았던 아버지가 무슨 큰돈이 있어서 자식을 둘이나 대학에 보낼 수 있었겠는가. 지금 돌이켜 보면 그런 형편에 대학을 졸업시켜야 한다고 생각하신 것이 대단한 일이었다. 공부를 시켜야 한다는 일념으로 안 먹고 안 써서 겨우 모은 돈으로 학비를 대신 것이다.

그리스의 철학자 소크라테스는 청년들에게 거울 속의 자신을 들여다보라고 충고하면서, 만약 거울에 비친 자신의 모습이 아름답다면 그 아름다움에 걸맞게 행동해야 하고 반면에 보통이라면 미덕으로써 그 부족한 점을 보완해야 한다고 말했다. 이 거울은 '너 자신을 알라.' 는 말과 한 짝을 이루는 물건이다.

아버지를 원망했던 어린 시절의 내 모습을 아버지의 거울에 비추면 내가 얼마나 모자라고 건방진 아들이었는가를 다시금 깨닫게 된다. 그럴

때마다 더 노력하지 않으면 안 된다고 자신을 타이르게 된다. 때늦은 깨
달음이지만, 아버지 돌아가시기 전의 그 온유한 눈빛은 나의 교만한 마
음을 걱정한 마지막 가르침인 듯하다.

장모님과의
마지막 제주도 여행

　지난 해(2005) 봄 장모님을 모시고 제주도 여행을 다녀왔다. 아내의 세 자매가 오래 전부터 어머니를 모시고 여행갈 계획을 했었는데, 공교롭게도 둘째 처형이 중국에서 돌아오는 남편을 맞이해야 했기 때문에 내가 대타로 가게 되었다. 아내도 큰 처형도 운전을 그런 대로 하지만 그래도 남자가 운전하는 게 좋다고 하여, 말하자면 '운전기사' 로 차출이 된 것이었다.

　숙소는 표선에 있는 호텔형 콘도를 잡았고 32평 짜리를 얻은 만큼 방도 넉넉했다. 큰 방 두 개가 있었는데 장모님과 큰 처형은 우리 부부에게 한 방을 쓰라고 했으나, 아내가 여기까지 와서 부부를 따지냐며 장모님과 큰언니 그리고 아내가 큰 안방에서 자고 나는 좀 작은 방에서 혼자 자게 되었다.

평소 술을 좋아하는 내가 바다를 내려다보는 콘도 방에서 어떻게 술을 한 잔 하지 않을 수 있겠는가. 자연 술을 많이 먹게 될 텐데, 아무래도 대취 후에는 코를 골게 된다. 그러니 여행지를 많이 돌아다녀 피곤한 아내가 나의 코고는 소리를 참아 주기보다, 모녀가 오래 얘기를 나누다가 잠드는 것이 더 좋겠다고 생각했다. 집에서 지겹게 코골기를 봐주었는데 여행지까지 와서 그럴 필요는 없었으므로 나는 그런 방 배치를 다행스럽게 여겼다.

제주도는 신혼 여행 때 가 보고 그 후에 1990년대 후반에 우리 가족과 여동생 가족이 함께 다녀온 적이 있었다. 신혼 여행 때는 정신없이 시간이 지나가서 관광을 제대로 하지 못했으나 두 번째는 10여 년이 지난 후라 그런지 볼 만한 게 많았다. 관광지도 80년대 초반과는 달리 새로 단장한 곳이 많아졌고 또 신혼 여행 때 없었던 곳도 한 군데 있었다. 바로 남제주군 대정읍에 있는 추사 유배지였다. 추사 김정희가 8년 간을 보냈다고 하는 유배지 숙소를 그대로 복원하여 기념관으로 건립해 놓았다.

나는 추사 유배지 숙소의 남루한 모습에 충격을 받았다. 추사가 주로 독서를 하거나 그림을 그렸다는 안방과 건넌방은 책상을 하나 놓고 사람이 앉으면 제대로 눕기조차 불편할 정도의 협소한 공간이었다. 게다가 마당이라는 것도 대단히 비좁았다. "야, 아무리 귀양을 왔다지만 일국의 차관을 지낸 사람이 이런 데서 어떻게 8년을 보냈지?" 하는 탄성이 저절로 나왔다.

　유배지 숙소 앞의 추사 기념관에는 세한도의 복사본이 걸려 있었다. 과연 그 세한도에 나오는 조그마한 집이 과장이 아님을 알게 되었다. 나는 그림 속의 집 왼쪽 옆에 있는 휘영청 늘어진 소나무와 오른쪽에 있는 꼿꼿한 잣나무의 대비에도 강렬한 인상을 받았다. 귀양 온 자신의 처지에 분노하는 것이 저 휘영청 소나무라면 아무렇지도 않은 듯이 고고한 자세는 빳빳하게 서 있는 저 잣나무일까. 나는 추사기념관을 나오면서 귀양살이가 이처럼 비참한 것이로구나 하고 생생하게 느낄 수 있었다.

　지난 해 장모님을 모시고 세 번째로 가서도 역시 대정의 추사 적거지謫居地를 둘러보았고 또 서귀포에 새로 생긴 이중섭 미술관도 찾아가 보았다. 그 미술관에서 이중섭 그림을 보고 화가의 가족이 살았던 집의 단칸방과 부엌을 둘러보았다. 그 방이라는 것이 너무나 협소해 어떻게 중섭과 그의 아내, 그리고 두 아들이 살았을까 의아한 생각이 들었다. 그러면서 이거 뭐 추사 선생의 유배지랑 비슷하구먼 하는 생각이 들었다.

　사실 꼭 관청의 관보에 실려야만 유배가 되는 것은 아니다. 인생의 어느 때에 자기가 원하지 않는 곳에 살게 되면 그게 유배지, 뭐 다른 게 유배일까. 또 이 험악한 세상과는 도무지 어울리지 않는 분이 이 세상에서 살고 있다면 그것 역시 유배가 아닐까 하는 생각도 들었다. 그러나 이중섭 미술관 언덕에서 내려다 본 서귀포 앞바다는 역시 아름다웠다. 대정 앞바다가 추사 선생의 분노하는 마음을 다스려 주었던 것처럼, 서귀포의 바다는 화가 이중섭을 위로했으리라.

이중섭 미술관을 보고 난 다음에 영화 〈쉬리〉에 나온, 신라호텔 뒤의 벤치에 가 보았다. 큰언니와 아내는 조개 껍데기를 줍는다면서 벤치 아래 해변까지 내려갔고 장모님과 나는 벤치에 앉아 바다를 바라보았다. 드넓은 바다를 내려다보니 바다를 형용한 말로 대정大靜 : 아주 조용함이라 함은 정말 그럴 듯하다는 생각이 들었다.

봄날의 바다는 장모님은 물론이요 그 옆에서 시봉侍奉하던 내게도 많은 위안을 주었다. 그러면서 22년 전 아내와 결혼할 때, 결정적으로 나의 편을 들어주신 장모님에게 한없는 고마움을 느꼈다. 장모님의 백락일고伯樂一顧 : 감정가가 한번 돌아다 봄가 아니었더라면 우리 부부는 맺어지지 못했을 것이다. 하지만 "어머님, 저희 부부는 어머님의 자애를 늘 고맙게 생각하고 있습니다."라고 입 밖에 내어 말하지는 못했다.

여행을 마치고 돌아오는 날은 서둘러야 했다. 임대한 승용차를 아침 9시 제주 공항에서 반납하기로 했기 때문이다. 그래서 아침 7시쯤 표선을 출발하여 제주를 남북으로 관통했는데 환한 아침 햇살에 아이들이 책가방을 들고 학교에 가는 모습, 큰 길 양옆에 도열한 지난밤의 정적에서 덜 깬 농장들, 점점 달려갈수록 앞이 환해지는 들판의 풍경 등은 정말 별유천지別有天地에 와 있어서 내가 인간이 아닌 자연물의 일부가 된 듯한 느낌이었다.

나는 운전을 하면서 뒤에 앉아 계신 장모님에게 "어머님, 편안하세요?" 하고 물었고 장모님은 고개를 끄덕이며 좋다는 표시를 했다. 제주도 여행은 성공이었고 제주도는 정말 보물, 보물섬, 천국이었다.

장모님의 건강과 장수를 기원하는 여행이었지만 세상 일은 참으로 알 수가 없다. 장모님은 올해(2006) 1월에 둘째 딸의 집에 다니러 오셨다가 뇌중풍을 맞았고 병세가 악화되어 2월에 별세하셨다. 향년 여든 넷. 우리 집 근처의 금곡동 성당에서 마지막 영결 미사를 드릴 때 촛불을 들고 장모님 영정 앞에 한참 서 있으면서 지난 해 봄, 제주도에서 있었던 일들이 자꾸 떠올랐다. 추사의 유배지와 이중섭 미술관을 둘러본 일, 신라 호텔 뒤에서 함께 조용한 바다를 내려다 본 일, 표선에서 제주로 돌아오는 별유천지 비인간의 목장 길을 내가 차로 모신 일, 이런 것들이 생각나면서 마치 내가 망자亡者를 모셔간다는 뱃사공 카론의 역할을 그때 예행 연습했던 것이 아닌가 하는 느낌마저 들었다.

요즘 텔레비전에서 제주 남쪽 바다에 파고가 높아서 배들이 부두에 묶여 있다는 뉴스를 보거나 신문에서 우도까지 가는 새로운 배편이 개발되었다는 등의 소식을 읽으면 자연스럽게 연상의 날개 위에 올라타게 된다. 그러면 먼저 중섭의 서귀포西歸浦를 떠올리고 이어 추사 적거지가 있는 대정大靜을 상상하면서, 마지막으로 바다 건너 서쪽으로 해배解配: 유배에서 풀려남되셔서 아주 조용하게 계신 장모님을 추모하게 된다.

기주성질

신혼 초의 주말은 매번 즐거운 일이 벌어졌다. 장인 어른이 반포 처갓집에 사위 셋을 불러 놓고 저녁 한때 술을 베푸는 것이었다. 장인 어른은 양주를 좋아했는데 특히 〈올드 파〉를 즐겨 드셨다. 올드 파라는 노인이 생명의 물인 위스키를 마시고 120세까지 장수했다는 얘기를 들은 것도 장인 어른에게서였다.

아내는 세 자매 중 막내였기 때문에 내 위로 형님이 두 분 계셨는데 장인이 형님들에게는 "자네들은 구랑이니까 저만치 가 있고 이제 신랑을 좀 대접해야지." 하시면서 내게 술을 담뿍 따라 주시던 일이 기억난다. 얼음 덩어리 위에 퍼져 내리는 위스키는 과연 스코틀랜드 어느 계곡에서 흘러내리는 생명수였다. 이렇게 안방에 넷이 모여 앉아서 술을 마시고 있으면 장모님과 세 자매는 거실에서 이야기의 꽃을 피웠다. 그토록 술을 좋아하시던 장인 어른은 결국 술 때문에 병(치매)이 나서 10년 전에 돌아가셨다.

나의 아버지 또한 술을 좋아하셨고 그 때문에 병을 얻어 돌아가셨다. 얼마나 술을 좋아했느냐면 이런 일도 있다. 돌아가시기 두세 달 전이었던 것 같은데, 계절로 따지면 여름이 지나가고 약간 선선해지기 시작하던 때였다. 당시 아버지는 모르핀 없이는 통증을 견디기 어려운 지경이었다. 그러던 어느 날 통증이 약간 덜하셨던지 막걸리를 반 병 정도 드시다가 나한테 발각이 되었다. 내가 아버지에게 짜증을 내며 다시는 이러면 안 된다고 말씀드리자, "얘야, 먹다가 죽은 사람은 혈색도 좋다더구나. 너무 그러지 말아라." 하셨다.

이런 두 분 어른을 모시고 살아왔기 때문에 나 역시 술을 좋아한다. 비록 말술은 아니지만 정말 술을 사랑한다. 가령 갈색의 스카치 위스키를 온더록스 술잔에 따라 마실 때면 일본식 정원에 주황색 지등^{紙燈}이 하나 둘씩 켜지는 환상을 본다. 붉은 색깔의 와인을 목구멍으로 넘길 때는 "이 포도주는 포도넝쿨에 스며드는 여름의 햇빛."(딜란 토마스)이라고 중얼거리기도 한다.

회사에 다닐 때는 점심 시간에 소주 한 병, 퇴근해 집에 와서는 반주하면서 소주 반병, 그리고 취침 무렵에 소주가 깰 만하면 목마르다고 하여 맥주 한 병, 이런 식으로 매일 마셨다. 아내는 술 많이 마시는 아버지

밑에서 자라서인지 나의 음주에 상당히 관대했다. 자연 체중이 늘어났고 간에 지방이 꼈다. 어느 해 직원 정기 신체검사에서 지방간 진단을 받기도 했다. 그때 병원의 의사가 한 달을 완전 금주하고 다시 검진을 받으러 오라고 했는데 그것마저 지킬 수가 없어서, 반달 정도는 계속 마시다가 반달 정도 남겨 놓고 할 수 없이 금주를 하여 조마조마한 마음으로 다시 검진을 받으러 간 적도 있었다.

이것은 30, 40대의 일이고 지금은 이런 식으로 매일 마실 수가 없다. 과음을 하면 그 다음날 머리가 아파서 번역을 할 수가 없고 번역을 하루하루 미루어 날짜가 쌓이면 나중에 지독한 원고 독촉을 받는다는 것을 알기 때문이다. 술 많이 마신 다음날 너무 머리가 아파서 "내가 다시 술을 먹는다면 사람이 아니다."라고 중얼거리다가도 혈관 속을 돌던 술 찌꺼기가 다 사라지고 머리가 맑아질 무렵이면 또 다시 술 생각이 나는 것이다.

그래서 하나의 절충안으로 생각해낸 것이 절주_{節酒}인데 이것 역시 쉽지가 않다. 가령 사흘을 억지로 참았다가 나흘째 되는 날 저녁에 술을 마시면 닷새째, 엿새째 되는 날 계속 마시고 싶고 또 실제로 그렇게 되어 버리는 것이다. 요즈음에는 내가 무슨 맥베스라도 되는 것처럼 "내일, 내일 또 내일."하면서 며칠 동안 간신히 음주를 연기하기도 한다. 그러나 이런 주문을 아무리 외워도 한없이 연기할 수는 없다. 나의 육체가, 아니 육체에 새겨진 기억이 발언하고 나서기 때문이다. 우선 내 온몸이 마치 사막처럼 바싹 마른 듯한 건조함을 느낀다. "의사 선생님, 지난밤에 제

몸의 피가 완전히 다 없어졌습니다."라고 말한 노이로제 환자가 있었다는데, 술을 오래 마시지 않았을 때의 나의 몸 상태는 그 환자와 비슷하다.

요즈음 우리 부부의 저녁나절 대화는 이러하다.

나 : "여보, 저녁이 되면 왜 이렇게 쓸쓸한 기분이 들지? 이런 기분을 달래려면 어떻게 해야 할까?"

아내 : (전혀 공감하는 표정 없이) "아니, 무슨 일 있어? 누가 죽었대? 쓸쓸하긴 뭐가 쓸쓸해?"

나 : "이거 말이야, 갑자기 과거의 슬픈 일들이 생각나면서 다리에 힘이 쭉 빠지고 의욕이 없어지면서 도통 인생을 감당 못하겠는 거라."

아내 : (더욱 한심하다는 표정을 지으며) "그런다고 내가 불쌍하게 생각해 줄 것 같아? 그거 다 쓸데없는 소리야. 당신의 그 심정을 내가 김자옥처럼 꼭 집어서 말해 볼까?"

나 : "그래, 한번 말해 봐. 나도 말에 대해서는 관심이 많거든."

아내 : (중병을 진단 내리는 의사의 음성을 흉내내며) "그게 바로 음주충동이라는 거야. 쓸쓸한 거 하고는 아무 상관도 없어."

아내의 말이 맞다. 술을 처음 마셨을 때는 아마도 쓸쓸해서 먹었을 것이다. 그런데 이제는 술을 마시고 싶어 일부러 쓸쓸함을 연출하는 것이다. 여자들이 열 받으면 쇼핑센터로 쳐들어가듯이, 나는 진짜든 연출된 것이든 이 쓸쓸함을 느끼면 와인을 넣어 둔 냉장고로 달려간다. 그럴 때마다 아내는 몇 번 견제를 하다가 앞으로 사나흘 안 마신다는 조건으로 와인 한 병에 동의한다.

나는 와인 잔을 들어 올리며 두 분 어른을 생각한다. 두 분은 술을 많이 마시면 결국 병에 걸리고 그로 인해 사망한다는 것을 몰랐을까. 아니다. 그렇지 않다. 분명 알았을 것이다. 그런데도 왜 계속 마셨을까. 장인 어른은 두 아들을 앞세우는 참척慘慽을 당하셨고 선친은 아들의 학업 뒷바라지를 위해 연고도 없는 서울로 이사 온 이후 온갖 고생을 다 하셨다. 술을 마시지 않으면 인생이라는 슬픈 다리橋를 건너기가 너무나 힘드셨던 것이다.

나는 기주성질嗜酒成疾: 술을 좋아하여 병에 걸림의 4자성어가 무슨 의미인지 잘 안다. 조선시대의 우리 할아버지들이 필수적으로 읽었다는 책,《통감절요》를 읽어보면 이 4자성어가 여러 번 나온다. 한 나라의 임금이나 지도자가 통치나 반란 제압이 너무 힘들어 술을 마시며 시름을 잊어버리다가 결국 병이 나서 죽었다는 얘기이다. 그런데 어떤 지도자의 경우에는 이 말 옆에 탁불면度不免:모면할 수 없음을 헤아리고 그에 순응하다이라는 말이 함께 나온다. 자신이 술병으로 죽게 되었을 때 그것을 담담히 받아들였다는 얘기이다. 어쩌면 그 임금이나 통치자는 감당하기 힘들었던 지도자 노릇에서 해방되었으니 오히려 잘 된 일이 아니냐며 흔쾌히 죽었을지도 모르겠다.

아내가 들으면 큰일날 소리지만, 나는 요즈음 두 아이가 다 컸으니 설사 기주성질하여 죽은들 어떠리 하는 생각을 할 때가 있다. 또 이것 때문에 병이 나서 죽게 된다면 탁불면 석자를 외치면서 받아들이면 되는 것 아니냐는 배짱도 내밀어 본다. 하지만 아내는 나의 이런 기미를 눈치 챘는지 가끔 송곳 같은 견제구를 던져 온다. 아이들이 결혼할 때까지 뒤를 봐 주어야 한다는 것이다. 그렇게 하지 못하면 도중하차요 직무유기라는 것이다. 정말 만만치 않은 견제구인데 요즘 들어 나의 이런 생각에 견제를 걸어오는 또 다른 현상이 발생했다. 그것은 내가 문자의 아름다움에 눈을 뜨게 되었다는 것이다.

여기서 말하는 아름다움은 구체적 형태를 띄고 있는 그런 것이 아니다. 머릿속에서 잠시 불이 반짝 켜졌다가 사라져 가는, 남에게는 보이지 않고 들리지 않고 말해 줄 수 없는 그런 아름다움이다. 그것은 벙어리가 꾼 꿈, 혹은 없는 손가락으로 쥐어 보는 주먹 같은 것이다. 너무 막연하게 들리는가? 내가 말하는 아름다움이란, 문장 속에서 기막히게 구사된 몇몇 단어가 환기하는 아름다움의 모습이다. 가령 미국 시인 윌리엄 카를로스 윌리엄스의 이런 시를 보자.

이것에 상당히 의존하고 있지.
하얀 병아리들 옆에서,
빗방울에 젖어 번들거리는
빨간 외바퀴 손수레.

단어의 아름다움에 대해서 아무런 감각이 없는 사람에게, 이 시는 "양계장 옆에 손수레가 있다."는 메시지밖에 주지 않는다. 하얀 병아리 - 빗방울 - 빨간 손수레는 인간의 스토리가 배제된 어떤 풍경을 노래한다. 나는 이 세 단어가 일으키는 아름다움을 이렇게 설명해 보겠다.

위암으로 공릉동 원자력 병원에 입원하여 투병 중이던 아버지에게 퇴원이 결정되었다. 주치의는 더 이상 해볼 도리가 없으니 집에서 편안하게 돌아가시도록 하라는 것이었다. 그때 내가 아버지의 병실에서 내다본 병원 뒷마당의 리어카(손수레). 거리에는 차(하얀 병아리)들이 달려가고 있었다. 오후의 햇빛(빗방울)이 따사로왔다(번들거렸다). 이것이 설사 아버지가 돌아가시더라도 계속될 삶의 풍경이로구나. 아버지의 죽음은 저 풍경에 아무런 영향도 미치지 못하겠구나. 결국 가는 것은 가고 남아 있는 것은 남아 있는 것이로구나.

아버지가 계시든 말든 해는 뜨고 비는 내릴 것이고 저 리어카는 저기 그대로 있겠지. 가만히 있는 것(본질)은 바쁘게 움직이는 것처럼 빨갛게 보이고(외양), 바쁘게 움직이는 것은 정지한 것처럼 하얗게 보이는 이 모순에 가득 찬 세상. 그 모순을 꿰뚫으며(번들거리며) 비가 내리는구나. 이런 사물들은 우리가 얼마나 작고 또 일시적인 존재인지 상기시키는구나. 그러니 우리에게 허용된 이 작은 시간, 그동안만이라도 더욱 사랑해야겠구나. 저런 사물들의 무심한 존재가 환기시키는 이런 감정은 얼마나 객관적이고 또 아름다운가.

나는 직업이 번역가이다보니 이런 아름다운 내용이 담긴 글들을 요즘 많이 번역하고 있다. 번역에 몰두하여 글자가 손에서 술술 떨어질 때에는, 마치 활발하게 걸어가는 여성의 걸음걸이에서 느끼는 에로스의 감정마저 갖게 된다. 어떤 때 이렇게 재미나고 즐겁고 보람 있는 일을 그만두고 세상을 떠나야 할 때가 온다는 생각을 하면 슬퍼지기까지 한다. 하지만 내가 즐겨 마시는 술은 이 아름다움의 향유를 방해하는 강력한 적수다. 술잔 속에는 선친과 장인 어른과 나의 귀중한 추억이 어려 있어 참으로 떨쳐 버리기가 어렵다. 진짜든 연출된 것이든 저녁이면 내게는 어김없이 쓸쓸한 느낌이 찾아온다. 내 집을 찾아온 오랜 친구에게 등을 돌리는 일이 여간 어렵지 않다.

요즈음 나는 기주성질과 아름다움을 내 마음 속에 올려놓고 조심스럽게 저울질한다. 어떤 날은 전자가 이기고 어떤 날은 후자가 무겁다. 어느 한쪽이 압승을 거두는 법은 없다. 그러나 결국에는 아름다움이 이길 것이라고 믿는다. 이 아름다움을 얻기 위해 때때로 물질에 폭력을 가하는 것은 불가피하다. 조각가가 청동 조각을 때려서 펴는 것처럼. 하지만 폭력을 가해야 된다고 해서, 밥을 먹고 잠을 자야 하는 육체를 가지고 있다는 사실을 증오했다는 그리스 철학자 포르피리처럼 되지는 않겠다. 술을 좋아하면서도 아름다움을 지킬 수 있는 길이 분명 있으리라고 본다. 기주성질은 오늘날 내게 많은 생각을 던져 주는 화두이다.

나이에 숨은 비밀

나는 1954년 생이다. 아버지가 두 살 일찍 여섯 살에 초등학교에 입학시켜 1959년에 초등학교 1학년, 1965년에 중학교 1학년, 1968년에 고등학교 1학년이었다. 초등학교 입학 때 나이가 너무 어린 것을 우려한 시골학교 선생님이 내게 오리와 닭과 개 같은 동물 그림을 보여주면서 이게 뭐냐고 묻던 기억이 희미하게 난다.

초등학교 때는 잘 몰랐는데 중고등학교를 다니면서 동급생보다 두 살이나 적다는 사실이 늘 부끄러웠다. 서울로 진학을 해서는 더욱 그 사실을 숨기고 싶었다. 시골 출신에다 나이마저 어리다면 아주 불리할 것 같았다. 그래서 궁여지책으로 생각해 낸 것이 6·25 난리 통에 호적 정리가 잘못되었고 실은 1952년 생이라고 거짓말을 했다.

대학에 입학(1971)해서도 나이가 어린 것은 나의 조그마한 비밀이었다. 당시 입학 동기생 35명 중에 3수생이 6명, 재수생은 10명이 넘는 상황에서 3수생(1950년생)과 맞먹으려면 아무래도 나이를 숨길 수밖에 없었다. 급우들과의 대화 중에 나이 얘기가 나오는 것이 나로서는 가장 괴로웠다. 대학교 2학년 때 같은 과의 친구인 박노민이 창신동의 우리 집에 놀러 왔다가 근처 중국집에서 자장면을 함께 먹으며, 아주 심각한 얼굴로 이렇게 묻는 것이었다.

"야, 너가 1954년 생이라는 말이 있는데 사실이니?"

"누가 그래? 아마도 학적부를 본 모양인데, 그건 호적대로 할 수밖에 없어서 그렇게 쓴 거야. 6·25 난리통에 아버지가 호적을 늦게 정리하신 거라니까. 실제로는 1952년 생이야."

나는 위기에 몰릴 때마다 사용하는 호적오류론을 기계적으로 읊어대면서 그 위기를 벗어나려 했다. 그리고 이렇게 역공을 가했다.

"학적부에 그렇게 적혀 있다고 너한테 말한 놈이 누구야?"

그도 대답하기 곤란했는지 영어로 답변했다.

"They say so(사람들이 그러더라)."

우리는 자장면을 먹고 당시 청계천 7가에 있던 청계 극장에서 같이 영화를 보았다. 당시에는 대한 뉴스 따위의 홍보성 뉴스와 실생활 계도용 뉴스가 상영 전에 많이 나왔는데 그 날은 쇠고기를 맛있게 요리하는 프로그램이 나왔던 것 같다. 그걸 보던 박노민이 "야, 저런 건 그냥 먹어도 맛있는데 무슨 요리냐."라고 말하던 게 기억난다. 그나 나나 가난한 집 출신으로 쇠고기 같은 것은 먹어 본 경험이 별로 없었던 것이다. 아무튼 어릴 적 나의 거짓말을 예리하게 지적해 온 인물이라고 하면 내 기억 속에서 박노민이 수위를 차지한다. 그는 영문과 입학할 때도 수위를 차지하더니 매사 수위 차지하기를 좋아했나 보다.

3학년이던 1973년 교직과목 이수를 위해 주민등록증을 제출하라고 했는데, 당시 만 20세가 되어야 나오던 주민등록증이 내게는 없었다. 그래서 학교 교무과에 가서 주민등록증이 없는데 어떻게 하면 좋으냐고 물으니, 동사무소에 가서 주민등록 번호를 알아 오면 된다고 하였다. 그래서 동사무소에 처음 가본 기억도 난다.

대학 동기 중에 나처럼 54년 생인 친구가 있었다. 나이 얘기가 나오면 그 친구가 어떻게 대응하는지 유심히 살펴보았더니 그 역시 궁색하게 호적오류론으로 힘들게 상황을 헤쳐 나가고 있었다. 나는 깊은 동병상련을 느꼈다.

대학 3학년을 마치고 군대를 갔는데 당시 교련 혜택이 있어서 36개월 근무를 석 달 단축 받아 33개월만에 제대했다. 그 덕분에 겨울에 군대 가서 가을에 제대를 했고 제대와 동시 4학년 2학기에 복학했으며 그 다음해인 1977년 가을에 졸업을 했다.

본디 동기들보다 두 살이나 어린데다 반년 먼저 졸업한 것이다. 졸업 직전에 건설 회사에 취직되어 만 스물 세 살에 사회인이 되었다. 회사

면접 시험을 볼 때, 면접관이었던 황인호 총무부장의 의아해 하던 얼굴이 지금도 눈에 선하다.

군대를 만기 제대하고 대학을 졸업한 사람이 어떻게 스물 세 살밖에 안 되냐는 것이었다. 얼마 전에 만난 도서출판 열린책들의 홍지웅 사장은 똑같은 1954년 생이니까 분명 같은 시기에 학교에 다녔을 텐데 왜 기억이 나지 않느냐고 묻기까지 했다. 나는 또 길게 나의 이력을 설명해야 되었다.

이런 경험이 있어서 그런지 나는 어린 사람이다, 라는 의식이 머릿속에 뿌리깊게 박혀 있고 그것이 어떤 때 미묘한 착각을 불러일으키기도 한다. 얼마 전 지하철을 타고 시내에 나갔다가 수서역에서 환승할 때의 일이었다. 오래 만나지 못한 고등학교 동창을 우연히 만났고 전화번호를 서로 교환하게 되었다. 마침 연필이 없었다. 친구는 환승 통로 옆을 지나가는 3, 4학년생쯤 되어 보이는 대학생을 불러 세웠다.

"어이, 학생, 여기 볼펜 잠깐만 빌려주게."

아들을 부르는 듯한 다정한 반말이었다. 순간 나는 움찔했다. 저 학생이 나보다 두 살 많을지 모른다는 어처구니없는 생각을 했던 것이다. 그리고 그런 나 자신에 실소하고 말았다. 지금은 어느 자리에 가나 나보다 나이 많은 사람을 찾아보기 어렵다. 그처럼 세월이 많이 흘렀다. 쉰 셋이면 스물 셋에서 30년이 흘렀는데 그동안 무엇을 해 놓았나. 아무것도 한 것 없이 세월만 흘려 보냈구나 하는 자괴감이 든다.

금년에 여든 둘이 되신 우리 어머니는 지금 병상에 누워 계신다. 어머니가 연전에 들려주신 이런 얘기가 생각난다. 어머니 열 다섯 살 때 동네 여든 되신 할머니에게 놀러가니까 "아야, 그 하얀 이빨이며 붉은 입술이 너무 곱구나." 하고 말했었는데, 어머니 자신이 이제 그 할머니의 나이가 되었다며 세월의 빠름을 한탄하셨다.

아무것도 해 놓은 것 없이 세월을 죽였지만 그래도 사는 것이 마냥 쉽지만은 않았다. 나도 살아있는 생명체인 만큼 스트레스를 겪었고 그것을 이겨내기 위해 나름대로 노력을 했다. 그러고 보니 살아있음의 스트레스를 빗댄 이런 농담도 생각난다.

어떤 사형수가 재수 없게 비가 억수로 퍼붓는 날 사형장으로 향하게 되었다. 그래서 형리들에게 정말 너무 한다 하필 이런 날 집행이냐, 라고 투정을 했다. 그랬더니 형리 왈, "이놈아 우리는 더 힘들어. 너를 집행하고 이 빗속에 교도소로 다시 돌아가야 하잖아." 라고 했다.

이런 저런 스트레스 중에 내가 능동적으로 그것을 이기기 위해 노력한 것도 있었다. 가령 회사에 입사하자 내 나이를 실제대로 밝힌 것이 그것이다. 회사 사람들뿐만 아니라, 학교 동창생, 그리고 거래처 사람들 모두에게 "너는 어리다."라는 얘기를 들을 각오를 하고 내가 1954년 생임을 밝혔다. 호적 오류론을 들이대며 거짓말하는 나 자신이 너무나 지루했기 때문이었다.

게다가 거짓말은 한번 하면 그것을 지키기 위해 계속 거짓말을 해야 하는 속성이 있어서 여간 신경 쓰이는 것이 아니었다. 가령 갑이라는 사람에게는 1952년 생이라고 말하고 을이라는 사람에게는 1954년 생이라고 사실대로 말했는데, 그걸 나중에 기억하지 못하고 을에게 1952년이라고 말하는 그런 경우가 종종 있었다. 나의 실제 나이를 고백하자 사람들은 한동안 신기해하더니 아무렇지도 않게 받아들였다.

그 고백은 따지고 보면 별 거 아닌 일이었지만 같은 54년 생 내 친구를 생각하면 그렇지도 않았다. 나는 그가 결혼할 때 나이를 어떻게 말했을까가 궁금했다. 다행히 아내는 나보다 두 살 아래여서 내가 54년 생임을 밝히는 데 별 어려움이 없었다. 하지만 그 친구는 그렇게 하지 못한 것 같았다. 아내로 맞이한 여자는 대학은 다르지만 학번이 같은 1952년 생이었다.

지금은 어린 남자가 오히려 대접을 받는 세월이지만 당시로서는 남자 체면에 아내보다 연하라는 것은 부끄러운 일이었다. 아마 그는 호적 오류론을 다시 써먹은 것 같았다. 부부 사이에 나이가 많고 적음이 무슨 문제이랴. 단지 친구들과 함께 만날 때가 문제였다. 우리들은 친구를 이렇게 놀리는 것이다.

"야, 네 마누라가 누나 같아 보인다."

그는 자기에게만 호적오류론을 들이대어서는 설명이 불충분하다고 생각했는지 이렇게 대답했다.

"야, 어떻게 이런 일이 있냐. 나는 호적이 잘못되어서 실제로는

1952년 생인데 1954년 생으로 되어 버렸어. 근데 말이야, 우리 마누라는 더 웃겨. 마누라는 실제론 1954년 생인데 처가에서 학교 빨리 집어넣으려고 호적을 1952년으로 두 살 당겨 버렸대. 그래서 실제로 따지고 보면 내가 마누라보다 두 살 위야."

우리는 그가 하도 간절히 설명해서 그의 말을 그대로 믿어 주기로 했다. 소설가 이상李箱은 비밀이 없는 사람은 시시한 사람이라고 말했다. 남에게 숨길 만한 비밀 하나 없는 사람이 무슨 중대한 인생을 영위했겠느냐는 뜻처럼 들리기도 한다. 또 어떤 사람은 자기에게 비밀이 있는데 그것을 무덤까지 가지고 가겠다고 말하기도 했다.

그러나 나는 이런 사람들과는 정반대의 생각을 갖고 있다. 구약성서 전도서 1장 9절에는 "하늘 아래 새로운 것은 없다."라는 말이 나온다. 다시 말해 세상에 고백하지 못할 비밀이라는 것은 본질적으로 없다는 뜻이다. 비밀이라는 것이 어느 개인에게 맡겨져 있는 특수인 것 같지만 실제로 "그런 일은 전에도 있었다."라는 보편의 변종에 지나지 않는 것이다. 내가 보기에, 이 세상에 평생토록 지켜야 할 비밀 같은 것은 있을 수 없고, 단지 그 비밀을 고백할 수 있는 용기가 있느냐 없느냐 차이만 있을 뿐이다.

나이는 어린 시절 나의 작은 비밀이었다. 나는 그것을 밝힐 때의 작은 용기를 아직도 가상하게 생각한다. 지금은 50대의 초로가 되었으니 돌아다보면 또 다른 비밀 - 부끄러운 일, 숨기고 싶은 일, 비밀스러운 일 -

이 나의 무의식 속에 혹은 잠재의식 속에 상당수 잠복되어 있을 것이다. 나는 이 세상을 떠날 때 그런 비밀을 모두 고백 · 정리하고 비밀이 하나도 없는 상태로, 공기처럼 가볍고 바람처럼 빠르게 떠나고 싶다. 그것이 나이를 생각할 때마다 다짐하는 각오이다.

아들의 교통사고가
가져온 일상의 기적

추석을 열흘 앞둔 1995년의 어느 날, 헬스장에서 운동을 마치고 주차장으로 걸어가던 나는 안쓰러운 얼굴의 헬스장 직원으로부터 둘째 아이가 교통사고를 당했다는 소식을 들었다. 헬스장으로 달려오신 어머니를 모시고 부랴부랴 아들이 실려 갔다는 병원으로 차를 몰고 갔다.

가는 동안 어려운 시절을 살아오신 어머니는 자꾸 최악의 경우를 생각하는 듯, "이를 어째……. 이를 어째……." 하면서 정신없는 말을 중얼거렸다. 나는 이상하게도 하얀 눈 위에 선명하게 찍힌 타이어 자국이 눈앞에 자꾸 어른거렸다. 가게에 나가 있던 아내는 사고 소식을 듣고 택시를 잡기 위해 쩔쩔 매던 중 경찰 순찰차를 얻어 타고 겨우 병원으로 달려왔다고 했다. 병원까지 오는 도중 아내가 하도 우니까 경찰관들은 어쩔 줄 모르며 아내를 위로하려 했으나 별로 소용이 없었다고 한다.

병원에 도착하여 아들을 보는 순간, 나는 나도 모르게 소리쳤다.

"하느님 아버지! 감사합니다!"

아들은 왼쪽 다리에 복합 골절을 당했고, 다른 곳은 이상이 없었던 것이다. 아들은 다친 것보다 야단과 꾸중을 당하면 어쩌나, 그것을 더 걱정하는 것 같았다. 그것이 왠지 내 마음을 아프게 했다.

마침 추석이 다가오는 때여서 나는 참담한 심정으로 추석절을 보내게 되었다. 어머니와 아내 나, 이렇게 셋이서 아들의 병상 옆에서 같이 잠을 자며 간호를 했는데, 어떤 때 어머니와 아내가 병원에 있고 나 혼자 집에서 잘 때는 그렇게 방안이 허전할 수가 없었다. 마치 네모꼴의 석관에 나 혼자 누워 있는 느낌이었다. 내가 죄를 많이 지어 어린것에게 저런 일이 벌어진 게 아닐까 하는 생각이 자꾸만 들었다.

아들과 내가 단 둘이 병실에 있을 때 이런 대화를 나누기도 했다.

"아빠, 마취가 풀린 다리가 너무 아파요."

"애야, 조금만 참으려무나. 나는 너보다 더 아프단다."

"아빠가요? 아빠는 다리를 다치지도 않았는데요?"

"네가 지금은 모르겠지만 나중에 어른이 되면 알게 될 거야."

아들은 한 달만에 퇴원을 했고, 반달을 더 정양한 후 등교를 했다. 그러나 전혀 걸을 수가 없었기 때문에 휠체어에 태워서 학교까지 데려가야 했다. 당시 아내는 아동복 가게를 운영하고 있어서 내가 대신하게 되었다.

아들이 다니는 초등학교는 5층 건물인데 아들의 교실은 4층에 있었다. 1층에서 아들을 등에 업고 또 한 손에 접은 휠체어를 들고 4층 계단을 걸어 올라가야 했다. 나중에는 꾀가 나서 먼저 아이를 업어서 교실에 데려다 놓고 이어 입구의 휠체어를 들어서 가져다주었다. 하지만 등교 첫날 그런 요령을 터득하지 못한 나는 그 계단 앞에서 아들과 휠체어를 동시에 들어 올리는 일을 꼭 해내야 한다는 생각뿐이었다.

1층 계단 앞에 서서 보니 1층과 2층 사이의 복도 유리창을 비치고 들어오는 아침 햇살이 너무나 눈부셨다. 그 때 아들과 휠체어를 동시에 들어 올릴 힘이 내게 있는지 여부는 전혀 고려의 대상이 되지 못했다. 무슨 일이 있어도 해내지 않으면 안 된다고 생각했다. 헉헉거리며 아들을 교실에 데려다 주고 돌아오면서 나는 까닭 없이 눈물을 흘렸다.

그 후 석 달만에 아들은 석고 깁스를 풀었고 또다시 석 달이 지나서 완전히 회복하여 뛰어다니게 되었다. 아들의 교통사고 이후 난 "항상 기뻐하십시오."라는 성경 말씀을 자주 생각한다. 왜 평소에는 기뻐하지(감사하지) 못하고, 아들이 교통사고를 당하자 그제서야 죽지 않게 해주어서 감사합니다, 라고 소리 쳤나. 그렇게 생각하며 많이 반성했다.

우리가 아침에 소변을 시원하게 볼 수 있는 일도 기뻐해야 할 일이고, 아내와 함께 맛있게 아침 식사를 할 수 있는 일도 기뻐해야 할 일이고, 컴퓨터 앞에 앉아 열심히 번역할 수 있는 것도 기뻐해야 할 일이고, 오늘 하루 별 탈 없이 지나간 것도 기뻐해야 할 일이다. 이렇게 보면 기뻐하지 않아야 할 일은 하나도 없는 것이다. 그래서 옛 선사禪師는 "오 놀라운지고, 내가 장작을 패네, 내가 샘물을 긴네."라고 노래했던 것이다. 사실 우리 주위를 둘러보면 그 무심한 일상이 전부 하나의 자그마한 기적인 것이다. 공연한 비교와 부질없는 공상에 가로막혀 그것을 깨닫지 못할 뿐이다. 그러니 우리는 이 평범한 삶의 놀라운 기적을 고맙게 여기면서 늘 기뻐해야 한다.

'늘 기뻐하다.' 의 영어 표현은 리조이스 올웨이스rejoice always인데 나는 '기뻐하다.' 라는 뜻의 리조이스rejoice를 re + joys라고 풀이하여 한 즐거움과 다음 즐거움 사이에는 늘 고통이 끼어들어 있다고 생각하게 되었다. 고통이 없으면 즐거움을 알 수 없고, 슬픈 일이 없으면 기쁜 일을 알 수가 없는 것이다. 아들의 교통 사고는 아직 불행이 닥쳐오기 전의 지금 이 상태를 마음껏 즐기고, 또 불행이 닥쳐오더라도 그 다음에 찾아올 더 큰 기쁨을 기대하면서 참으라는 생활 철학을 일깨워 주었다.

그러나 이것보다 더 깊이 깨달은 것은 사람의 일이란 정말 알 수 없다는 두려움이다. 혹시 아들의 교통사고가 나의 죄 많음에 대한 경고가 아닐까 하는 생각도 들었다. 어쩌면 이전에도 무수한 경고를 받아 왔는데, 그것을 놓치고 있다가 이제 아들의 생명을 가지고 경고를 주니까 그제서야 눈을 뜨는 게 아닐까 하는 두려움마저 들었다. 그때 이후 무리한 일이나 불합리한 일은 내 힘이 닿는 범위 내에서, 하지 않으려고 애쓰고 있다.

1968년,
목련 꽃 그늘 아래서

나는 지금 소프라노 이희자 씨의 〈4월의 노래〉를 듣고 있다. 이 노래가 들어 있는 CD의 앞부분에 보리밭, 님이 오시는지, 그리운 금강산, 그리움, 비목, 들국화 같은 유명한 노래들이 포진하고 있지만 정작 이 노래에 도달하면 심장이 갑자기 멈추는 듯하면서 고등학교 1학년으로 되돌아간다. 시골에서 서울로 진학한 나는 서울의 친척집이 여의치 못하여 학교 근처인 와룡동에서 2인 1실의 하숙을 하게 되었다. 입학 후 곧 4월이 되었고 학교 교정에는 목련꽃이 활짝 피었다.

지금 내가 듣고 있는 노래는 음악 선생님이 1학년 학생들에게 가르쳐 준 것이었다. 목련 꽃 그늘 아래서 베르테르의 편질 읽노라. 그 편지라고 하면 교정에서 상급반 학생들이 하는 말을 우연히 엿들었던 것이 생각난다. 그 중에 얼굴이 하얗고 키가 크고 꼭 서양 아이 같이 생긴 졸업 반 학생이 이렇게 말했다. "야, 난 올 봄에 숙명여고 애하고 꼭 사귈 거야." 나는 이 노래를 들을 때마다 그 학생이 숙명여고의 여학생에게 보냈을지도 모르는 편지를 떠올린다.

주말이면 가끔 청량리에 있는 외삼촌 집으로 놀러 가곤 했다. 목련 꽃이 피던 시절이니까 4~5월경이었을 텐데 어느 토요일 숙모 집에 놀러 갔다가 잠자리에 든 나는 깜짝 놀랐다. 입고 있던 속옷에 이가 꾀어 있었던 것이다. 너무 황당하고 창피하여 화장실로 가서 열심히 솔기 속의 이들을 죽였으나 전멸시킬 수는 없었다. 그 후 서울에 다니러 왔던 어머니가 내 속옷의 이를 보고서 그토록 슬퍼하며 울던 것이 기억난다.

그 해 가을 추석에는 숙모 집에 가지 않고 혜화동의 명륜 극장에서 영화를 보며 나 혼자 지냈다. 숙모 집에 가기 싫어서가 아니라 제목이 기억이 안 나지만 그걸 꼭 보고 싶었고 추석이라는 명절이 어린 나에게 무슨 큰 의미 있는 것 같지 않았기 때문이었다. 숙모님은 명절에 오지 않고 혼자 보냈다고 몇 번이나 나에게 꾸중하셨다. 그때는 이런 일로 뭐 저렇게 꾸중을 하실까 생각했지만, 어린것이 객지에서 혼자 고생한다는 안쓰러운 마음이셨을 것이다.

지난 해(2005) 겨울 어머니는 뇌중풍으로 쓰러져서 겨울이 지나가고 봄이 오고 또 목련꽃이 활짝 피었어도 의식을 되찾지 못하고 계신다. 병원에 계신 어머니를 문병 오신 숙모님에게 어릴 적 청량리 집에 놀러

갔을 때의 그 자애慈愛를 잊지 못한다고 말씀드리면서 병상의 어머니 생각에 부끄러운 줄도 모르고 펑펑 울었다. 이제 병원에서 퇴원하여 안방에 누워 계신 어머니에게 아침마다 들어가 "어머니, 어머니, 어머니!" 하고 목청껏 불러 보지만 아무런 대답도 않으신다.

목련이 필 때마다 생각이 난다.

목련꽃 그늘 아래 앉아 있던 시절. 부모님이 건강하게 살아 계시던 시절. 올해도 목련꽃이 피었다 졌다. 그리고 〈4월의 노래〉는 이렇게 끝난다.

빛나는 꿈의 계절아, 눈물 어린 무지개 계절아~.

그 해는 1968년이었고 부모님 그늘을 떠나 서울에서 혼자 보낸 한 해였다.

우리 개개인의 인생을 하나의 책이라고 볼 때, 그 책 속의 내용을 어떻게 다 이해할 수 있겠는가. 그러니 인생이란 무엇인가 하는 어려운 질문으로 공연히 번뇌할 필요가 없다. 인생은 다 알 수도 없고 다 알 필요도 없는 것이므로, 인생은 이런 것이다, 라고 미리 단정지을 이유가 없다. 읽고 또 읽다 보면 그 뜻이 저절로 나오는 것처럼, 열심히 살다 보면 인생의 의미가 저절로 나오는 것이다.

밑줄 긋는 남자

헌책방 순례

황순원 선생의《움직이는 성》이나 헤밍웨이의《누구를 위하여 종을 울리나》와 존 파울즈의《일기》에 보면 주인공이 한적한 시간에 헌책방을 뒤지는 장면이 나온다. 나도 이들처럼 헌책방을 뒤지는 취미를 가지고 있다. 고등학생이 되면서 서울에 올라와 제일 행복했던 것이 청계천에 가면 엄청나게 많은 헌책방이 있다는 사실이었다. 그때부터 헌책방 출입을 계속했는데 지금은 많이 없어져서 일부러 수소문해서 찾아가야 할 정도가 되었다.

한번은 지하철에서 앞 사람이 옆에 앉은 사람에게 하는 "수서에 헌책방이 생겼던데."라는 말을 듣고, 그 정보에만 의지하여 수서 전역을 헤매 헌책방을 찾은 적도 있었다. 또 서대문의 영천시장에 있는 헌책방에서 책을 고르던 중 어떤 사람이 "이 집은 을지로의 그 집만 못한데."라는 소리를 듣고 일부러 을지로 바닥을 헤맨 적도 있었다. 회사원 생활을 할 때는, 나의 이런 취미를 알고 있는 직장 동료가 낯선 지역에 생긴 새로운 헌책방 정보를 제공해 주면 그렇게 고마울 수가 없었다.

혹시 헌책방 출입을 경제적 관점에서 바라보는 이가 있을지 몰라서 미리 말해 두는데 헌책방 순례는 비용 절약과 아무런 상관도 없는 일이다. 아니 어떻게 보면 낭비 요인마저도 있는 것이다. 사실 직장 생활을 하면서부터 학생시절처럼 책값을 아껴야 할 필요는 없게 되었다. 그러니까 돈이 없거나 돈을 아끼기 위해 헌책방을 찾아가는 것은 아니다. 실제로 헌책방에서 가서 사 들고 오는 책들은 한 번에 3~5만 원, 어떤 때는 20만 원씩 들어가기도 한다. 교보나 영풍에 가서 새 책을 사들일 때보다 결코 비용이 저렴하지 않은 것이다. 그런데도 새 책방보다 헌책방을 더 좋아하게 된 것은 어릴 적부터의 취미인지라 이제 중독이 된 것이다.

헌책방에 대한 사랑이 시작된 것은 중학생 때였던 것 같다. 시골 중학 2년 생일 때 고향(삼척군 도계읍)에서 기차로 한 시간 떨어진 삼척읍으로 참고서를 사러 간 적이 있었다. 그때 새 책방에서 얼마 떨어지지 않은 곳에 헌책방이 하나 있었다. 헌책방을 처음 본 나는 참으로 신기했다. 봄날이어서 햇살이 환했는데, 4~5평 크기의 헌책방은 앞쪽이 가게이고 뒤쪽이 살림방이었다. 주인인 듯한 젊은 청년이 살림방에서 라면을 삶고 있다가 내가 들어오는 것을 보고 같이 먹자고 하던 것이 기억난다. 환한 봄날의 햇살, 구수한 라면 냄새, 엄청나게 싼값이 매겨진 내가 좋아하는 책들. 나는 그 자리에서 헌책방을 사랑하고 말았다. 프랑스어에서 말하는 쿠 드 푸드르coup de foudre : 한눈에 반해 버린 사랑에 빠진 것이었다. 그때 이후 그 사랑의 감정은 지금까지 변함이 없다.

헌책방을 다니다 보면 괜한 책 욕심을 내게 된다. 한번은 지금은 없어진 중대 앞 헌책방에 가서 헨리 제임스에 관련된 영문 서적을 50여 권이상 사 가지고 온 적이 있었다. 어떤 교수가 사망하여 그 집에서 정리 차원에서 헌책방에 모두 주어 버린 것이었다. 그렇다고 내가 헨리 제임스에 대해서 특별한 문학적 관심이 있는 것도 아니다. 이 작가에 대해서 알고 있는 것은, 소설의 기법을 정교하게 개발한 사람이라는 것과 《나사의 회전》이라는 재미있는 중편 소설을 썼다는 것 정도뿐이다. 그런데도 이런 책들을 보면 사고 싶어지고 한참 망설이다가 결국에는 사고 마는 것이다.

책을 사 들고 집에 들어오면, 아내는 당연히 눈살을 찌푸린다. 아내의 말로는 우선 그것이 당장 필요한 책도 아니고, 집안에 자리만 차지하고, 결국에는 한 줄도 안 읽고 내버릴 것이니 이 얼마나 어처구니없는 낭비냐며 힐책하는 것이다(이사할 때마다 나는 많은 책을 버리지 않으면 안 되었다). 그러면서 마지막으로 이런 결정타를 날린다. "당신, 그 사 가지고 온 책 다 읽으려면 한 오백 년은 살아야 할 걸요." 그 오백 년은 당신의 애정이 너무 고마워 오래 오래 당신의 애정을 받고 싶다는 그런 뜻이 아니라, 책을 읽는 데 그처럼 많은 시간이 걸리니 이제 그만 사오라는 뜻이다.

그렇다고 그냥 내버리기 위해서 책을 사 가지고 오는 것은 아니다. 어서 읽어야 할 텐데 고민을 하면서 의무감 내지 압박감을 느끼다가 결국에는 그런 책들의 해제나 발문 정도만 읽고는 버리게 되는 것이다. 비록 수박 겉핥기이기는 하지만 이런 식으로라도 섭취한 지식이 상당히 된다.

그렇다고 헌책방 순례에 이득이 없는 것은 아니다. 내가 즐겨 가던 노량진의 헌책방 진호서점의 주인은 일본어를 아주 잘 했는데, 내게 일본어 공부를 해보라고 권유했다. 일본에서 나오는 책들이 좋은 것이 많으니, 공부에 한결 도움이 된다는 것이었다. 이 분 덕에 비록 떠듬떠듬이기는 하지만 사회과학 서적은 일본어로 읽을 수 있는 실력을 갖추게 되었다(그러나 중도에 학습을 포기하여 지금은 초보자의 수준도 되지 못한다).

그러던 중 일본어 사전에서 적독積讀: 춘도쿠이라는 단어를 발견하였다. 즉 책을 사들여서 쌓아 놓고 읽지는 않는 것을 적독이라고 한다는 것이었다. 나는 우리말에도 이런 단어가 있나 싶어 국어사전을 찾아보았더니, 우리말에는 없었다. 아무튼 일본에는 나처럼 책을 사들여서 쌓아 놓고 보지 않는 사람이 무척 많은가 보다 생각하면서, 이것이 나만의 괴팍한 취미는 아니라는 사실에 적이 위안을 느꼈다.

적독 얘기를 하자니, 헌책방 출입을 하면서 만난 박노진 선생 얘기를 하지 않을 수 없다. 선생은 금년에 연세가 일흔으로 평생 서울 시내의 헌책방 출입을 취미로 삼아 온 분이다. 낙성대의 흙서점에서 선생을 만났는데 나의 적독 취미를 말씀드리자, "원래 헌책이라는 게 말이지요, 읽자고 하는 거라기보다 그냥 사들이는 재미지요." 라고 말하면서 당신도 서문만 간신히 읽고 내버린 책이 지금까지 5천 권은 족히 될 거라고 말했다. 선생은 정말 헌책 마니아이다.

언젠가는 서오릉 부근의 어떤 서점에 미군 부대에서 나온 책들이 산더미처럼 쌓여 있는데 가서 한 번 살펴보지 않겠느냐고 말했다. 단 책이 진열되어 있지 않아, 손톱 깨질 각오를 하고 책을 뒤져야 한다는 것이었다. 나는 결국 서오릉에는 가지 못했지만 선생은 갔다 왔고 그곳에서 싼값에 입수한 영문 서적 서너 권의 타이틀을 나에게 말해 주면서 아주 기뻐하였다. 선생의 이러한 헌책 사랑에 비하면 나는 아직도 초보자에 지나지 않는다.

이런 적독 취미를 아내는 맹렬히 성토하지만, 이 취미가 나에게 준 소중한 보람 한 가지는 우리 문학에 눈을 뜨게 되었다는 것이다. 즐겨 가던 서울대 옆의 헌책방 삼우서점의 주인은 국학 분야의 책에 대해서 아주 소상한 분인데, 내게 민족문화추진위원회에서 나오는 《문집총간》(총 100권)이라는 귀중한 한국 문학 책이 있다면서 한문을 공부해 보라고 권했다. 일본어를 공부하다가 중간에 그만 둔 경험이 있는 나는 한문을 다시 시작해 볼 엄두가 나질 않았다. 그러자 그 주인 양반이 국역본을 읽어

보라고 권했다.

그 덕에 《동문선》, 《대동야승》, 《연려실기술》, 《동국여지승람》, 《송자대전》, 《익재집》, 《면암집》, 《매월당집》, 《청장관전서》, 《성소부부고》, 《동국이상국집》, 《여한십가문초》, 《농암집》, 《갈암집》, 《목은집》, 《홍재전서》, 《우계집》, 《한수재집》, 《상촌집》 같은 국역본 헌책을 사들여 읽게 되었다. 그 중 《동문선》과 《여한십가문초》는 심심할 때마다 펼쳐드는 애독서가 되었다.

이 책들을 읽을 때마다 우리 조상이 이 아름다운 글들을 전부 한글로 썼더라면 얼마나 좋을까 하는 아쉬움을 억누르기가 어려웠다. 특히 문집총간에 들어 있는 수많은 명사들의 한문 문집을 보면서 이것들이 처음부터 한글로 씌어졌더라면 아니, 하다못해 번역이라도 되어 있다면 얼마나 좋을까 하는 생각도 해보았다. 그러나 번역하면 분량이 문제라는 생각도 들었다. 가령 《동국이상국집》은 번역본이 총 7권인데, 문집 총간에서는 불과 1.5권에 불과하다. 그러니 이런 스케일로 문집 총간 100권을 번역한다면 500권도 넘게 될 터였다. 이 문집 총간은 그 후 속간되어 현재 200권에 달하는데 민족문화추진위원회에서 계속 국역을 하고 있지만 아직도 번역되지 않은 것이 많다.

삼우서점의 주인은 사영당思永堂 유길종 씨인데 얼마 전 예순 여섯의 아까운 나이로 작고했다. 유 사장을 다시 만나게 된 인연도 기이하다면 기이하다. 유사장은 내가 대학생이던 1970년대 초반에 청계천 8가에서 사영당 서점을 운영하고 있었다. 당시 가난하던 내게 책값을 깎아 주기도 하면서 면학을 권유했었다.

유 사장이 어린 나에게 이런 말도 했다. 자신은 장사꾼과 장사치를 구분하는데, 장사치는 오로지 돈만 바라보는 사람이고 장사꾼은 양심적으로 뭔가 사회에 공헌하면서 돈을 버는 사람이라는 것이었다. 그때 사영당 서점에서 많은 책을 사들였으나, 지금까지 그 제목을 명확하게 기억하는 책은 딱 하나뿐이다. 미국 랜덤하우스의 모던라이브러리 시리즈 중 하나였던 고골리의 《죽은 혼》 영역본이었다. 아쉽게도 이 책은 이사통에 없어졌다. 지금도 헌책방을 다닐 때마다 이 책이 나오지 않나 안타깝게 뒤져보는데 여태까지 실패하고 말았다.

군대 가기 하루 전날에도 사영당 서점에서 책을 샀는데 유 사장은 나의 입대 사실을 알고서 의외로 시간이 빨리 가니까 그리 걱정할 것 없다며 위로해 주었다. 제대하고 난 다음에 사영당 서점을 찾아갔으나 어디로 옮겨갔는지 그 자리에 없었다. 졸업 후 취직하고 나서도 종종 사영당 생각을 했으나 만나지 못했다.

당시 서울 시내 헌책방이라면 어디든 다 가보겠다고 생각하던 어느 날 우연히 중대 앞을 지나다가 허름한 헌책방 하나를 발견했다. 오래 전이라 서점의 이름은 기억이 나지 않으나 아주 착하게 생긴 아주머니 한 분이 가게를 보고 있었다. 몇 권의 책을 고르니 아주머니가 내 눈치를 보면서 가격을 말하곤 너무 비싸게 부르지 않았느냐고 물어 보는 것이었다. 분명 싼값이었는데 나는 더 깎아 달라고 했던 것 같다. 아주머니는 10퍼센트 정도 깎아 주었고 그렇게 해서 그 집을 자주 다니게 되었다. 중 대 앞 서점의 바깥 주인은 알코올 중독자였다. 늘 술에 절어 있는 것은 아 니어서 어떤 때는 정신이 맑을 때도 있었다.

어느 날(이미 이 서점의 단골이 되어 있었고 내가 책 좋아한다는 것 을 주인도 알고 있었다), 헌책 얘기를 하다가 봉천동에 있는 삼우서점을 가 보았느냐고 주인이 물었다. 모른다고 했더니 자세히 약도를 그려 준 다음, 이 서점의 주인이 자신의 친형이라고 하는 것이었다. 다음날 가보 니 그 주인이 바로 사영당이 아닌가.

이렇게 사영당과 재회한 나는 자주 그 집을 드나들게 되었다. 사영 당이 내게 해준 자신의 어릴 적 얘기는 참으로 귀감이 되는 것이었다. 그 는 전라도 한촌의 출신으로 집안이 너무 가난하여 10대 초반에 초등학교 를 중퇴하고 서울로 올라왔다. 서울 청계천 무허가 판잣집에서 기숙하면 서 힘들게 날품을 팔며 살았는데, 방에 누우면 얼기설기 판자로 만든 방 바닥의 터진 구멍으로 청계천의 구정물이 흘러내려 가는 것이 내려다보 였다.

그가 살던 판잣집에 역시 세들어 살던 어떤 부부가 청계천 7가에 헌 책방을 내게 되었다. 평소 근면성실한 사영당을 눈여겨보았던 부부는 헌 책방의 점원으로 그를 채용했다. 이렇게 해서 헌책방과 인연을 맺게 된 사영당은 서점에 드나들던 대학생들이 영어 원서를 많이 찾는다는 것을 알았다. 그는 영어를 모르면 책을 팔기 어렵겠구나 싶어 사전 찾는 법을 익혀 제목에 쓰여진 단어를 하나 하나 외워 나갔다.

그렇게 해서 제일 먼저 외운 단어가 Cassell's French-English Dictionary(카셀 사 판 프랑스어 - 영어 사전)라고 말했다. French는 프랑스어, English는 영어, Dictionary는 사전, 이렇게 하나 하나 외웠다는 것이다. 국판 크기의 빨간 껍질로 된 이 책은 나도 가지고 있는데 그가 점원으로 일하던 시절, 우리 나라에는 제대로 된 불한佛韓 사전이 없어서 학생들이 그 책을 많이 보았다는 것이다.

그 뒤 대학생들이 잘 사가는 책의 제목을 공책에 적어 놓고 외웠는데 그렇게 해서 history(역사), religion(종교), philosophy(철학), sociology(사회학), economics(경제학), literature(문학) 같은 단어를 알게 되었다고 한다. 이렇게 힘들게 단어를 익혀서 어느 정도 원서를 알아보게 되었고 그리하여 독립을 하게 되었다. 사영당 서점은 그가 독립하여 낸 첫 번째 헌책방이었고 이때 대학생이던 내가 그를 알게 된 것이다.

청계천 8가를 뜬 이후에는 얼마 동안 나카마(헌책을 중개하는 사람) 생활을 하다가 봉천동 일대에 정착하여 지금껏 삼우서점을 경영하고 있다고 말했다. 왜 사영당이라는 당호를 쓰지 않았냐고 물으니 너무 고풍하고 요즘 학생들에게는 어울리지 않는 것 같아 친근한 이름인 삼우로 바꾸었다고 대답했다. 사영당은 봉천동에 있다가 서울대 앞 신림동으로 옮겨갔고 이어 낙성대 전철역 부근으로 옮겨왔는데 이곳에 온 후에 와병

臥病하게 되었다. 헌 책을 그토록 좋아했기 때문이었을까. 기관지 천식으로 몇 년 전부터 고생하더니 결국 이겨내지 못했다. 그래도 삼우서점을 드나들던 많은 헌책 마니아의 기억 속에 사영당의 존재가 뚜렷이 각인되어 있으니 그의 삶은 보람 있는 한평생이었다.

사영당 얘기는 그렇고, 이처럼 헌책방 다니는 것을 좋아하여 한 때는 아예 헌책방을 직접 해 볼까 생각한 적도 있었다. 이 계획을 아내에게 털어놓았더니, 아내는 대경실색하면서 '책을 사들이는 것도 부족해 이제는 헌책방을 차리려 하는구려.' 하면서 결사 반대하는 것이었다. 고속 복사기가 등장하여 서울의 헌책방이 망해 가는 판국에 그런 가게를 차려서 수지를 맞출 수 없음이 반대의 첫째 이유요, 자기(아내)는 헌책의 먼지와 좀내는 딱 질색으로 여긴다는 것이 그 둘째 이유이며, 친구들이 자기를 헌책방 마누라로 얕잡아 보며 네 생활이 이제 그 정도가 되었니, 라고 연민하면서 쳐다볼 것이 그 셋째 이유라는 것이었다(아내는 한 달에 1천만 원 이상의 순수익을 올리는 헌책방 주인도 있다는 사실을 알지 못하기 때문에 이렇게 말한 것이고, 헌책방을 운영하는 사람은 다 가난하다고 생각하는 것은 편견이다).

그리하여 헌책방 주인이 될 생각은 포기하고 말았지만, 그 이후에도 헌책방 순례는 계속되고 있다. 오랜 헌책방 순례 덕분에 나만의 헌책방 접근 요령을 갖고 있다. 첫째, 주인이 직접 나와 있지 않은 헌책방은 재미가 없다. 주인은 헌책을 사러 자주 오는 사람을 눈여겨본다. 그리하여 헌책 마니아임을 금방 알아보고 우대해 준다. 가령 1만 원짜리는 1천 원 정도 깎아 준다. 그러면서 헌책에 대한 애정을 서로 공유하는 것이다. 그러나 주인이 가게에 별로 붙어 있지 않고 점원이 책을 파는 집은 아무리 자주 가도 깎아 주지 않을 뿐만 아니라 단골인지 어쩐지도 알아보는 것 같지 않다. 돈 2~3천 원을 아끼겠다는 것이 아니라 헌책에 대한 손님의 사랑을 이해해 주지 못한다는 뜻이다.

둘째, 중고등학교 근처의 헌책방은 좋은 책이 별로 없다. 여기에는 가능하면 가지 않는 것이 좋다. 거기에는 동아전과, 동아수련장, 수학의 정석, 영어 자습서 등이 주종을 이루고 있어서 책을 고르는 재미가 전혀 없다. 따라서 중고등학교 근처의 헌책방은 가급적 피하는 것이 좋고, 대학교 근처나 청계천 등 일반 교양서를 사들일 수 있는 헌책방을 순례해야 한다.

셋째, 헌책방에도 도매상이 있다. 서울 시내의 각 헌책방으로 책을 공급해 주는 도매상 헌책방이 있다. 가령 청계천 8가에 조금 남아있는 서점들, 그리고 서대문 영천시장에 있는 서점이 그런 경우이다. 이 서점에서는 모든 책이 1권에 2천 원이다. 나는 주로 2, 3년 전에 나온 명사들의 자전적 에세이를 여기서 사서 읽는다. 아내는 그런 책들은 책대여점에도 있고 2천 원보다 싼값으로 빌려 볼 수 있다고 말한다. 그러나 책을 빌려 보는 것은 반대다. 나는 책을 사면 반드시 연필로 밑줄을 그으면서 읽는다. 감동적인 책일수록 이 밑줄이 많아지고 또 그럴수록 나중에 그 인상적인 부분을 얼른 찾아보기가 수월해지는 것이다.

넷째, 책이 오래되어 가장 자리가 노랗게 변색한 것은 아무리 좋은 책이라도 사지 않는 것이 좋다. 옛날에 나온 책 중에 종이가 산화되어 가장자리가 노랗게 변색한 것은 책을 펴 들고 읽어보면 단 10분도 읽을 수가 없다. 그 변질된 종이에서 이상한 냄새가 올라와 기관지를 계속 자극하기 때문이다. 이런 고약한 냄새 때문에 버린 책이 여러 권 된다.

다섯째, 주인이 합리적인 가격을 제시하면 깎으려 들지 말라. 헌책방을 경영하는 주인은 나름대로 책에 대한 애정이 있는 이들이다. 가령 노량진의 진호서점 주인은 내가 알기로 대단히 박식한 분이다. 내가 즐겨 읽는 크리스천 투데이 판《신약성서 4대 번역본The New Testament in Four Versions》은 흠정판, 수정표준판, 필립스 현대어 판, 뉴잉글리시 바이블 판의 4가지 판본을 한데 묶어 놓은 것으로서 이 양반의 장서인이 찍혀 있는 책인데, 이 분은 아마도 그 책을 자기 가게에서 처리하기가 멋쩍었던지, 멀리 인천의 배다리에 있는 아벨 서점에다 팔았다. 그런데 우연히 인천에 갔다가 아벨 서점에서 이 책을 사들이게 되었다. 진호서점의 주인은 자신이 영어를 읽을 줄 아는 사람이라는 말을 내게 단 한 번도 한 적이 없었다. 어쩌면 그도 나처럼 책 읽고 책 사들이는 것을 좋아하다가 아예 헌책방 주인으로 나선 게 아닐까 짐작했다. 그러니 그런 사람을 상대로 마치 장사치 대하듯 가격을 깎을 수는 없는 것이다.

이상이 나의 헌책방 접근 요령인데, 뭐 대단한 요령이라 할 수도 없고 책을 좋아하는 사람이라면 누구나 다 알고 있는 사항이다. 요즈음 서울에 헌책방이 자꾸 없어지는 것은 아쉬운 일이지만, 그래도 내가 잘 가는 10여 개 정도의 헌책방들은 청량한 휴식 공간을 제공하고 있다. 가령 신촌의 〈숨어 있는 책〉은 신촌 일대, 아니 서울 전역의 대학생, 교수, 연구자 등이 이용하는 문화 공간이다. 이 서점의 주인 노동환 씨는 30대 중반의 신사로서 고려대학 중문과를 나와서 출판사에 다니다가 이 서점을 차렸는데, 회사원 시절에 주말이면 헌책방 순례가 취미였다고 한다. 얼마나 헌책 마니아였는지 헌책방 순례로 그치는 것이 아니라 아예 헌책방을 차려 좋은 책을 널리 보급하는 경지에 이르렀다.

나는 그의 집에서 엘리아데 편의 맥밀란판 《종교대백과 사전》(영어본 전 16권), 아빙돈 프레스의 《성서대사전》(영어본 전 5권), 프랑스 세게르스 사의 《상징대사전》(프랑스어본 전 4권) 같은 책을 샀다. 최근에는 내가 링컨 전기를 번역하고 있는 것을 알고서 그의 집에 있던 링컨 관련 서적 20여 권을 20퍼센트 할인해 주기도 했다.

낙성대의 흙서점 또한 즐겨 가는 헌책방이다. 이 서점의 주인 김성수 씨는 나와 동갑으로 중앙대학 연극영화과를 나와 원래는 배우가 되고 싶어했으나 지금 양서 보급에 보람을 느끼며 많은 책들을 폭넓게 수집, 판매하고 있다. 이곳에서 영국 로렌스 앤 위시아트 판 《마르크스 - 엥겔스 전집》(영역본 전 44권), 루트리지 앤 키건 폴 판 《카를 융 전집》(영역본 전 20권) 등을 샀다. 최근에는 내가 미술 관련 서적을 좋아하는 것을 눈여겨본 주인이, 이탈리아 문화 협력 연구소에서 나온《세계 미술 대백과 사전》(맥그로힐 영역본 전 15권)을 20퍼센트 가까이 할인해 주었다.

고려대학 앞에 있었으나 지금은 없어진 새한 서점에서 사들인 해롤드 블룸 편집의《모던 크리티컬 인터프리테이션》(전60권)과《모던 크리티컬 뷰스》(전 50권)도 자주 펴 보는 책이다. 또한 고故 사영당이 권하여 사들인《통감절요》(12권)와 E.H.카아의《러시아의 역사》(전 14권)도 기억에 남는 책들이다. 이런 책들을 펴볼 때마다, 그 책을 사 가지고 집으로 돌아오던 때의 가슴 설렘이 생각나면서, 이처럼 변함 없는 애정이 내 생활의 전 분야로 확산되어 나가기를 빌어 본다.

어린 날의 독서

　고등학교 시절 한문을 가르친 선생님은 아호가 설악산인雪嶽山人, 이름은 김종권金鐘權이었다. 평소 예습을 잘 해 오는 나에게 호감을 보이시고 새로운 구문을 소개할 때에는 나를 지명하여 해석을 시키곤 했다. 어느 날 선생이 한시외전韓詩外傳에 나오는 구절이라면서 이런 대구를 칠판에 쓰시고 나에게 해석을 해보겠느냐고 물었다.

　　수욕정(樹欲靜)이나 풍부지(風不止)하고
　　자욕양(子欲養)이나 친부대(親不待)니라.

　나는 앞 구절은 "나무는 조용히 있고자 하나 바람이 그치지 않는다.”라고 제대로 해석했으나, 뒤 구절은 해석하지 못했다. 양養이라는 단어는 “기르다, 키우다.”라는 뜻으로 이해하고 있었는데 그렇게 해석하면 앞뒤가 맞지 않기 때문이었다. 선생은 이 단어에 “봉양하다, 받들어 모시다.”라는 또 다른 뜻이 있다면서 “아들이 봉양하려고 하나 부모는 기다리지 않는다.”라고 해석하시면서 “자녀가 효도하고자 할 때면 이미 부모님은 이 세상 사람이 아니니, 평소 생전에 효도해야 한다는 뜻.”이라고 설명해 주셨다.

이렇게 자상하신 측면도 있었지만 선생이 우리들에게 한문을 가르친 방식은 상당히 전근대적인 것이어서 무조건 외우라고 강요하는 방식이었다. 그러면서 조선시대의 우리 할아버지들, 가령 동악 이안눌은 〈두시〉를 5천 번 읽었고 상촌 신흠은 〈시경〉을 만 번 읽어서 결국 그것을 다 외웠다고 말씀하셨다. 우리들이 암송을 괴로워하거나 불평을 하면 선생은 늘 이렇게 대답하였다.

“너희들이 지금은 외우는 것을 괴롭게 여기겠지만 언젠가는 이렇게 암송시켜 준 나를 고맙게 기억할 날이 있을 것이다.”

그렇게 해서 외운 것이 시로는 두보의 〈등고〉, 왕유의 〈송원이사안서〉, 대간 정지상의 〈서경시〉, 산문으로는 굴원의 〈어부사〉, 도잠의 〈오류선생전〉, 이백의 〈춘야연도리원서〉, 소동파의 〈적벽부〉, 연암 박지원의 〈증백영숙입기린협서〉 등이었다. 지금 그 문장을 전부 외우지는 못하나, 두보와 왕유와 도잠의 세 문장은 아직도 기억하고 있다.

바람이 빠르며 하늘이 높고 잔나비 되파람이 슬프니

물가이 맑으며 모래 하얀데 새 날아 돌아오놋다

가없이 지는 나뭇잎은 소소(蕭蕭)히 나리고

다함없는 가람은 니엄니어 오놋다

만리(萬里)에 가을을 슬퍼하여 샹녜 나그네 다외요니

백년의 많은 병에 하올로 대(臺)에 올라라

간난(艱難)에 서리 같은 귀밑터리 어즈러우믈 심히 슬퍼하나니

늙고 사오나오매 흐린 술잔을 새로 머물었노라.

- 두보의 〈높이 올라 登高〉

이 시를 외우기는 외웠으나 "늙고 사오나오매 흐린 술잔을 새로 머물었노라(새로 끊었다)."의 구절을 이해할 수가 없었다. 사람이 늙고 괴로우면 술을 더 찾게 되는데, 왜 이렇게 표현했을까, 하는 것이 당시 나의 의문이었다. 실제로 다른 당시선 번역본을 찾아보니 월탄 박종화도 "늙고 보기 흉하게 되었으니 다시 술을 들 수밖에 없는 몸이여!"라고 번역해 놓은 것을 보았다. 이렇게 번역한 월탄도 아마 30대 전후의 젊은 시절이 아니었을까 생각된다.

나는 나이가 들어가면서 고지혈증, 관절염, 가슴답답증, 사지 저림증, 그리고 최근에는 풍치 등으로 건강에 자신이 없는 형편이다. 가슴이

아프거나, 잇몸이 쓰리거나, 사지가 저릴 때면 제일 먼저 해야 되는 것이 술을 끊어야 하는 일이다. 그러나 술을 끊는 것은 참으로 고통스러운 일이다. 살아 있는 낙의 한 가지(어떤 때는 전부)가 없어지는 일이다.

그래서 술을 끊어야 할 때마다, 두보의 이 시를 읊으면서, 두보는 얼마나 아팠으면 그 좋아하는 술마저도 '새로' 끊어야 했을까, 하고 마치 내 일처럼 생생하게 느끼게 되는 것이다. 그러나 나는 이 '새로'라는 말에 주목한다. 두보도 나처럼 건강이 좀 나아지면 또 마셨으리라. 아마 죽기 전에는 고치지 못하는 버릇이었으리라.

두보의 시는 정말로 위대한 바가 있다. 육당 최남선은 자신의 한문 실력을 은근히 과시하면서 "산문은 한창려(한유)에 뒤지지 않을 자신이 있지만, 시문은 아무래도 두공부(두보)를 따라가지 못하겠다."라고 고백한 바 있다. 이러한 두보의 시편 중에서 〈등고〉는 특히 백미로 꼽힌다. 당시唐詩를 조금이라도 아는 사람이라면 모두 감격하는 명시 중의 명시인데 중국 명대의 평론가 호응린胡應麟은 이 시를 가리켜 두보 칠율七律 중 최상일 뿐만 아니라 고금 칠율을 통틀어도 최고봉이라고 평가했다.

권군갱진일배주(勸君更盡一杯酒)하니
서출양관(西出陽關)이면 무고인(無故人)이라.
(그대에게 권하노니 다시 한잔 쭉 드시게,
그대가 서쪽으로 나아가 양관을 벗어나면 내게는 다시 친구 없을 터이니.)

이렇게 끝나는 왕유의 7언절구를 무조건 외우던 시절, 나는 그것이 별로 좋다고 생각되지 않았다. 당시 술맛이 무엇인지도 모르고 헤어짐이 무엇인지도 모르니 당연한 것이었다. 그러나 나이가 들어가면서 고교나 대학 동창들이 미국이나 캐나다로 이민을 가거나 혹은 이민 후 일시 귀국하여 다시 만났다가 도로 돌아갈 때, 또는 먼 데로 친구나 친척을 보낼 경우, 술잔을 치켜들고 건배를 할 때에는 이 구절이 자연스럽게 머릿속에 떠오른다. 그러면서 간절한 석별의 정을 어떻게 이처럼 잘 묘사했을까 감탄하게 된다.

청대의 시인 왕사정王士禎은 이 시를 당시 중의 압권으로 손꼽았다. 월하月下 김달진金達鎭 선생은 '친구와 헤어지는 간절한 진정을 보였으니 이런 이유로 이 시를 〈천고의 절조〉라 하는 것이다.' 라고 논평했다. 도잠의 〈오류선생전〉은 내가 번역가 생활을 시작한 이후 자주 암송하는 문장이다.

선생은 어디 사람인지 모르고 또 그의 성姓과 자字도 자세하지 않으나, 집 옆에 버드나무 다섯 그루가 있기에 그것으로써 호를 삼았다. 한적하고 조용하며 말이 적었고 명예나 실리를 바라지 않았다. 책읽기를 좋아하지만 깊이 파고들지는 않는다. 매번 뜻에 맞는 글이 있으면, 곧 즐거워 식사도 잊었다. 성품이 술을 좋아하지만 집이 가난하여 항상 마실 수는 없었다. 친구들이 이와 같은 처지를 알고는 때때로 술자리를 마련하여 그를 초청했다. 마시는 데에 이르러서는 언제나 다 마셔 버려 반드시 취하고야 말았다. 취하고 난 후에는 물러나는데, 가고 머무름에 미련을 두지 않았다.

<blockquote>
한정소언(閑靖少言)하며 불모영리(不慕榮利)하고 호독서(好讀書)하되 불구심해(不求甚解)라……. 혹 치주이초지(或置酒而招之)하면 기재필취(期在必醉)라.

(한적하고 조용하며 말이 적었고 명예나 실리를 바라지 않았다. 책읽기를 좋아하지만 깊이 파고들지는 않는다……. 친구들이 때때로 술자리를 마련하여 그를 초청하면 언제나 다 마셔버려 반드시 취하고야 말았다.)
</blockquote>

나는 이 부분을 즐겨 암송하는데 특히 불구심해不求甚解 넉 자에 무한한 매력을 느낀다. 도잠 같은 대문장이 모르는 것이 있었을까? 혹은 직관적으로 알면서도 그 직관을 이성으로 분석하지 않는다는 뜻일까? 나는 아직도 이 불구심해의 정확한 뜻을 모르지만, 번역을 하다가 까다로운 텍스트를 만나면 이 넉자에서 힘을 얻곤 한다. 나의 소박한 생각으로 불구심해는 곧 〈독서백편의자현讀書百遍義自見 : 글을 백번 읽으면 뜻을 저절로 알게 된다〉과 같은 뜻이라 보고 있다. 텍스트를 읽고 또 읽으면 자연스럽게 뜻을 알게 된다는 석전경우石田耕牛 : 돌밭을 경작하는 소의 태도이다. 실제로 번역을 하면서 이 불구심해는 나의 어려움을 많이 해결해 준 고마운 화두이기도 했다.

그러나 좀더 생각을 확장해보면 이것은 인생을 사는 태도와도 관련이 있지 않을까. 우리 개개인의 인생을 하나의 책이라고 볼 때, 그 책 속의 내용을 어떻게 다 이해할 수 있겠는가. 그러니 인생이란 무엇인가 하는 어려운 질문으로 공연히 번뇌할 필요가 없다. 인생은 다 알 수도 없고 다 알 필요도 없는 것이므로, 인생은 이런 것이다, 라고 미리 단정지을 이유가 없다. 읽고 또 읽다 보면 그 뜻이 저절로 나오는 것처럼, 열심히 살다 보면 인생의 의미가 저절로 나오는 것이다.

나는 또한 기재필취期在必醉에서도 무한한 흥취를 느낀다. 사실 나도 술을 마시면 반드시 취하려고 애쓴다. 그리고 기분 좋게 취한 날에는 때때로 사정射精 같은 눈물을 흘린다. 그러고 나면 참고 참았던 나의 감정이 정화되는 것을 느낀다. 인생을 하나의 사막이라고 할 때 술 혹은 술 취한 상태는 그 사막에 핀 꽃이 아닐까. 인생은 사막을 건너는 것처럼 두렵고 힘들지만 때때로 아름다운 꽃을 만나면 그 순간만큼이라도 모든 것을 다 잊어버리고 그 아름다움에 몰입하게 되는 게 아닐까. 초발심初發心이나 이노센스innocence 같은 말은 아름다움을 만날 때마다 매번 새롭게 그 아름다움을 대하고, 시련을 당할 때면 그것을 매번 처음 만나는 것처럼(전에 그런 시련을 겪은 바 없는 것처럼) 대하는 마음가짐을 말하는 것인데 나는 기재필취가 바로 그런 뜻이라고 생각한다.

술을 노래한 도잠의 시를 읽어보면 그가 술을 마시다가 울었다는 얘기는 없다. 그러나 그도 울었으리라고 확신한다. 그의 잡영시 중에는

"국화 따는 울타리 아래, 멀리 남산을 바라본다."는 구절이 있다. 사람들은 눈물이 흐를 때 먼 데를 쳐다보며 참으려는 경향이 있는데, 이 구절을 읽으면 틀림없이 울고 있을 도잠이 상상된다. 나 자신을 감히 오류 선생에 견줄 수는 없겠지만, 늘 선생의 기상을 배워 내 것으로 삼았으면 하는 희망을 갖고 있다.

얼마 전 해외 토픽에서 이런 얘기를 읽은 적이 있다. 한 여인이 스키장에서 활강을 하다가 실수로 스키장 경계 바깥의 산골짜기에 추락하여, 어두운 밤중에 얼어죽을 위험에 빠졌다. 그녀는 구출을 기다리는 18시간 동안, 자기가 아는 모든 노래를 불러대며 계속 춤을 추어 얼어 죽는 것을 모면하고 구조되었다. 이 해외 토픽을 읽으면서 산골짜기에 추락했다 살아난 그 여자에게 어떤 동료 의식을 느꼈다.

나는 마음이 쓸쓸하거나 외로워지면 서재의 방바닥에 큰 대자로 누워서 등고登高와 서출양관西出陽關과 오류선생전五柳先生傳을 큰 소리로 외워본다. 그러면, 사람의 한 평생이 다 이런 것인데 너는 왜 늘 행복하게만 살겠다는 거냐, 남들도 다 이런 외로움을 견디며 살지 않았느냐, 이런 생각이 들면서 지금의 외로움을 견디는 힘을 얻게 된다. 이렇게 볼 때 그 여자의 노래 부르며 춤추기와 나의 암송하며 위로 받기가 상당히 비슷하다고 하겠다.

마지막으로 "너희들이 지금은 괴롭게 여기겠지만 언젠가는 나를 고맙게 기억해 줄 것이다."라고 말씀하신 설악산인 선생을 기억하고 싶다. 선생은 《삼국유사》, 《삼국사기》, 《고려사》 등 여러 한문 서적을 우리 말로 번역하셨는데 몇 해 전에 돌아가셨다. 가만히 따지고 보니 선생이 그런 말씀을 우리들에게 해주실 때의 연세가 지금의 내 나이 정도인 것 같다. 내가 선생의 말뜻을 이해한다는 것은 곧 선생만큼 늙었다는 뜻이 된다. 이렇게 나이 들어서 과거를 회상해 볼 만한 문장을 가지고 있다는 것은 정말 행복한 일이다. 바로 이런 이유로 독서는 어린 날의 독서라고 하는가 보다.

하는 일이
비슷한 세 사람

1

1970년대 초반 흑백 텔레비전 시대에 방영된 〈형사 콜롬보〉라는 드라마를 많은 이들이 기억하고 있을 것이다. 당시 대학생이던 나도 40회에 걸쳐 주말마다 방영된 이 드라마를 하나도 빼놓지 않고 보았는데, 그 후 70년대 후반에 재방영이 되었을 때에도 역시 하나도 빼지 않고 다 보았다.

덜덜거리는 낡은 차, 허름한 버버리 코트, 늘 담배를 물고 있어서 성냥이 필요 없는 골초인 형사 콜롬보. 그가 등장하기 전에 먼저 범인의 교묘한 범행이 소개된다. 그리하여 시청자는 범인이 누구인지 그 수법이 어떠했는지를 미리 알고서 콜롬보를 만나게 된다. 범행의 전모를 미리 알고 있는 시청자는 드라마의 시작부터 아무도 이 사건을 풀지 못할 것이라는 인상을 받는다. 범행이 너무나 교묘하기 때문이다. 그런데 콜롬보는 그 범행의 신비를 풀어낸다. 아무리 봐도 똑똑해 보이지 않는 콜롬보가 범인에게 접근하는 방식은 정말 긴장의 연속이다. 범인을 만나서 아무것도 아닌 듯이 몇 가지 질문을 하다가 "그럼 실례했습니다."라고 말하면서 가는 척하다가, "아, 잠깐만!" 하면서 되돌아와 아주 사소한 단서를 내놓으면서 범인의 허를 찌르는 것이다.

그러면 범인은 그러한 의외의 접근에 당황하여 과잉 반응을 하면서 실수를 하게 되고 그러면 콜롬보는 더욱 더 범인을 궁지로 몰고 가는 것이다. 이처럼 콜롬보는 하나의 작은 단서를 가지고 범인의 완벽한 구도를 허물어 버린다. 마치 작은 송곳이 거대한 유리창을 가볍게 찔러 유리전체를 산산이 금가게 하듯이.

어떤 때는 자기가 가지고 있는 단서가 너무 희미하여 범행 현장에서 뭔가 좋은 수가 없을까 싶어서 데굴데굴 구르면서 괴로워하는 콜롬보. 범행 현장에 남아 있던 별것 아닌 비디오 필름을 20번, 30번 틀어 보다가 거기에 남아 있는 희미한 소음을 가지고 범행의 시간에 허점이 있음을 발견하여 드디어 범인을 검거하는 콜롬보.

나는 한쪽 눈이 의안인 피터 포크 주연의 콜롬보를 너무 좋아한 나머지, 어떤 상황을 자꾸 콜롬보 속의 범행 상황에 빗대고, 어떤 추적 과정을 콜롬보의 추적 과정과 비교해서 생각하게 되었다. 그러다가 최근에는 피터 포크의 콜롬보(범죄 수사관) - 테오도르 레이크(정신분석가) - 라이오넬 트릴링(문학평론가)이 분야는 다르지만 하는 일은 서로 비슷한 사람이라고 생각하게 되었다.

2

프로이트의 수제자 중의 한 사람인 테오도르 레이크는 오스트리아에서 미국으로 망명하여 정신분석가 노릇을 계속한 사람인데, 그가 쓴 《제3의 귀로 듣기》라는 책에는 이런 사례가 나온다. 세계 제1차 대전 직후 오스트리아의 어떤 도시의 젊은 건축가가 심한 우울증(강박신경증)에 걸려 레이크에게 정신분석을 받게 되었다. 그는 31세의 총각이었고 연로한 어머니와 함께 아파트에 살고 있었다. 유명한 건축가인 그 사람은 그 도시에서는 최초인 고층 아파트 건물을 설계하여 막 완공한 상태였다.

레이크에게 와서 정신분석을 받을 당시 그는 예전의 자신감이 넘치는 건축가가 아니었다. 깊은 절망에 빠져서 신세 한탄을 했고 가끔 울음이 터져 나와 얘기를 제대로 못하는 지경이었다. 그는 자기가 설계한 아파트의 구조가 하중을 이겨내지 못해 무너질 것이라는 생각에 사로잡혀 있었다. 지하수가 건물 지반에 스며들어 머지 않은 장래에 건물이 무너질 것이고 그렇게 되면 자기의 건축가로서의 명성과 생애는 허무하게 끝나고 말 것이라고 흐느끼며 말했다.

그렇지만 엄격하게 말해서 그건 쓸데없는 걱정이었다. 건축가는 설계를 할 때 지하수의 상태를 먼저 점검하여 설계에 충분히 반영했던 것이다. 하지만 어느 날 갑자기 지하수가 건물에 스며들 것이라는 생각이 머릿속에 떠올랐고, 그 다음에는 마치 껌처럼 딱 달라붙어 사라지지 않는다는 것이었다.

그 건축가는 전문 토목가 집단에 의뢰하여 건물의 안전도를 점검하게 했는데, 토목가 집단은 점검 결과 앞으로 20, 30년 안에는 지하수가 스며들어 건물에 균열이 갈 염려는 없다고 판정했다. 하지만 젊은 건축가는 더럭 의심이 들면서 그 보고서가 잘못된 것이라고 의심했고, 한 술 더 떠서 실은 침수의 위험이 있는데 자기를 안심시키기 위해 일부러 거짓말을 한다고 고집했다.

레이크는 젊은이의 강박신경증이 건물의 지하수와는 전혀 상관없다고 판단한다. 그리고 원인을 찾아내기 위해 꼼꼼히 정신분석 면담을 한다. 마치 콜롬보가 범인을 상대로 질문을 던지듯. 여기서 레이크와 콜롬보는 비슷하면서도 다르다. 가령 콜롬보가 상대하는 범인은 자신이 범인이라는 것을 의식적으로 알고 있는 반면, 레이크의 환자는 병원病原에 관한 모든 것을 '무의식적으로' 알고 있다. 그래서 콜롬보는 의식적으로 범인에게 그 범행을 털어놓게 하려 들지만, 레이크는 자유연상(혹은 꿈의 해석)이라는 정신분석 수법으로 환자의 무의식 속에 잠겨 있는 '범인' (증세의 원인)을 찾아내려 한다. 두 사람에게 차이점이 있다면, 한 사람은 현장 검증을 하면서 구체적 물증을 단서 삼아 범인을 추적하지만, 다른 한 사람은 대화를 통해 혹은 그가 말해 주는 꿈 이야기를 통해 범인(원인)을 찾아 나선다는 것 정도이다.

레이크의 추적은 계속 된다. 정신분석 면담 도중 건축가는 자기 모멸의 어조로 사람들의 편의를 위해 아파트를 짓는 사람이 막상 자신은 아파트가 없어서 어머니와 함께 살아야 하는 신세라고 지나가듯 말했다. 레이크는 그 말에 중대한 단서가 들어 있다고 직감적으로 느꼈다.

그런데 환자는 지난번 정신분석 면담 때 자기가 유부녀와 내연의 관계에 있다고 말했다. 그리고 말 많고 소문 많은 도시의 분위기 때문에 마음 놓고 만날 수가 없어서 대단히 불편하다는 말도 했다. 그 유부녀는 건축가의 아파트를 방문할 수도 없었다. 그의 어머니가 그런 내연 관계를 꾸짖을 것이 너무나 분명했기 때문이었다. 은밀하게 사랑을 속삭이려면 할 수 없이 일부러 교외로 나가야만 되었다.

레이크는 여기서 문득 이들의 내연관계가 강박증의 원인 파악에 어떤 단서가 되지 않을까 생각하기 시작한다. 환자는 유부녀와 몰래 만나는 것을 정말 좋아하지만 거기에는 불유쾌한 측면도 있었다. 자신이 품위없이 쫓기는 도망자 같다는 생각을 했던 것이다. 레이크는 그래서 그 유부녀와의 관계와 환자의 강박증(건물 붕괴에 대한 우려) 사이에 어떤 연결 관계가 있는 것이 아닐까 의심했다. 혹시 건축가는 유부녀에 대하여 죽음 소망death wish : 그 유부녀가 죽었으면 좋겠다는 소망을 갖고 있어서, 그것이 건물의 붕괴라는 우려와 연결되는 것일까? 그의 강박증에는 살인의 의도가 깃들어 있는 것일까?

레이크는 여러 해 전 비엔나에서 치료했던 남자 생각이 났다. 그 남자는 유부남인데 젊은 처녀와 깊은 관계에 빠져 처녀의 아파트를 빈번히 찾아갔다. 그런데 유부남은 아내에게 외도를 발각 당할지 모른다는 걱정을 하고 있었다. 외도가 들통 날 경우, 돈 많은 상속녀인 아내와 헤어져야 할지 모른다는 사실을 염려하여 온갖 조심을 다 하고 있었다.

그는 끔찍한 상상을 하곤 했다. 자기가 처녀의 아파트에서 나온 후, 어떤 부랑자가 침입하여 그 처녀를 살해하면 어쩌나 하는 근거 없는 공상이 머릿속에 딱 달라붙어 떠나지 않았다. 만약 그런 일이 벌어지면, 처녀와 마지막에 있었던 사람은 자기(유부남)였으니까, 경찰이 자기를 범인으로 체포할지 모른다는 걱정이었다. 이 경우 처녀에 대한 죽음 소망이 이런 환상을 만들어 낸 것은 명백했다. 실은 자신(유부남)이 그 여자를 죽이고 싶은 욕망이 있는데, 공연히 제3자인 부랑자를 만들어 내어 엉뚱한 사람에게 자신의 죽음 소망을 대신 뒤집어씌운 경우였다.

그렇다면 이 건축가도 그 유부남처럼 애인인 유부녀를 죽이려는 심리가 있는 것일까? 건축가는 내연 관계인 유부녀에게 불만이 없는 것도 아니었다. 그녀의 남편에게 질투도 느꼈고 또 그렇게 몰래 만나는 것이 품위 없다는 생각마저도 들었다. 그렇다면 유부녀에 대한 사랑 혹은 질투심이 새로 지은 고층 아파트의 지하를 스며드는 지하수와 어떤 관계가 있는 것일까? 지하수의 흐름이 그들의 은밀한 내연 관계와 어떤 상징적 관계를 구축한다는 것일까?

레이크는 아무리 생각해도 이 단서만으로는 우울증의 원인을 정확하게 끄집어낼 수가 없었다. 어느 날 정신분석 면담 도중에 건축가는 우연찮게 이런 말을 했다. 고층 아파트가 완공되기 직전에 어머니가 자궁암 진단을 받았다. 환자는 어머니의 발병 사실을 자신의 우울증과는 전혀 관계없다는 듯이 말했다. 그러나 노련한 수사관인 레이크는, 그 태도에서 오히려 의심이 들었다. 범인이 느물거리면서 대답을 의뭉스럽게 하면 더욱 의심을 가지는 콜롬보처럼.

맞아, 여기에 무슨 단서가 있을 거야, 레이크는 그런 의심을 하게 되었다. 형사 콜롬보가 범인이 완강하게 자신의 범행을 부인하면 오히려 그러한 과잉 반응을 의심하듯이, 레이크는 환자 어머니의 발병과 자신의 우울증 사이에 아무런 관련이 없다고 말하는 환자의 태도에서, 역으로 여기에는 틀림없이 뭔가 있다고 확신하게 된다. 레이크는 이렇게 생각한다.

'출입 금지된 방(무의식)의 문을 따고 들어갈 수 있는 열쇠를 발견한 것 같아. 그런데 그 방은 어디 있는 거지?'

레이크는 콜롬보처럼 참을성 있게 건축가의 자백을(말해 오기를) 기다렸다. 그러던 어느 날 환자는 이런 말을 했다. 어느 날 저녁, 어머니의 병을 걱정하고 있을 때, 갑자기 내연의 여자를 만나서 섹스를 하고 싶다는 강한 충동을 느꼈다. 그러나 어머니를 간병해야 하기 때문에 마음대로 만날 수가 없었다. 그럴수록 그녀를 만나 스트레스로부터 벗어나고 싶은 욕망은 더욱 강해지고……. 진퇴 양난의 순간에 이런 생각이 그의 머리를 스쳐지나갔다.

내 마음대로 사용할 수 있는 아파트가 있었다면! 그러면서 섹스하고 싶다는 생각과 자신의 아파트를 가지고 싶다는 생각이 서로 엉겨붙었다. 이렇게 두 가지 생각이 엉겨붙자 갑자기 제3의 생각이 머릿속에 떠올랐다. 그러나 그는 그 끔찍한 생각을 온 힘을 다해서 거부했다.

그 생각은 무엇일까? 이런 것이었다.

"어머니가 자궁암으로 돌아가시면 아파트는 내 차지가 될 터인데. 그러면 그녀와 내 마음대로 사랑을 나눌 수 있을 터인데."

그런데 여기서 이 생각이(아직 우울증이 발병하지 않은) 젊은 건축가의 머리에 명시적으로 떠올랐다고 생각하면 안 된다. 사람의 생각은 명확한 내용을 가진 것이라면 문장의 구조를 띠고 있지만, 이런 감정이 개재된 생각은 아직 언어로 구체화되기 이전의 어떤 흐리멍덩한 느낌으로 먼저 떠오른다. 그리하여 내용적 측면은 무의식으로 억압되고, 감정적 측면이 생각으로부터 분리되어 신경증을 이루는 것이다.

다시 말해 어머니가 죽기를 바라는 건축가의 이런 생각('어머니가 죽었으면 좋겠다.' 라는 문장으로 표현되는 생각)은 떠오르기 전에 억압되어 그의 무의식에 잠복되어 있는 것이다. 이 무의식에 접근하기 위한 방편인 자유 연상은 인간의 꿈과 비슷한 점이 많다. 여기서 좀더 자세히 설명하기 위해 프로이트의 사례를 하나 살펴보자.

1882년 가을 프로이트는 엘리자베트 폰 알의 히스테리 치료를 하게 되었다. 그녀는 다리의 통증과 보행의 어려움을 호소하며 그를 찾아왔다. 그녀의 인생 얘기를 들어보니, 가정에 어려운 일이 겹쳐 발생했음을 알 수 있었다. 그녀의 아버지가 돌아가셨고 큰 언니는 결혼하여 먼 지방으로 떠나갔고, 작은 언니는 임신 중에 사망했고, 어머니는 중병에 걸려 있었다.

프로이트는 이 환자에게 자유연상 방법을 시행했다. 엘리자베트는 이 자유연상에 잘 반응했다. 그녀는 어떤 젊은 남자의 얘기를 했다. 하지만 그 남자의 신분은 알 수 없었고 그녀가 그에게 상당히 마음이 끌렸다는 것만 알 수 있었다. 자유연상이 진행되면서 프로이트는 엘리자베트가 아무 말도 하지 않거나 연상의 흐름이 끊길 때에는, 환자가 알고 있으나 어떤 이유에서인지 발설하지 않으려는, 혹은 발설할 수 없는 생각이 있음을 확신하게 되었다. 그 생각이 더디게 나타나면 날수록 그것은 더욱 더 용납할 수 없는 생각으로 밝혀졌다. 환자의 이런 저항과 억압을 물리치고 알아낸 결과 그녀가 매혹 당한 젊은 남자는 둘째 형부였다. 둘째 언니가 죽어 가던 병석에서 그녀는 이런 생각(무의식으로 억압된 생각)을 했던 것이다.

'이제 형부가 자유롭게 되었으니 나는 그의 아내가 될 수 있어.'

자유연상에서의 저항, 혹은 억압은 꿈의 수준에서 말하면 압축(은

유)과 전치(환유)를 만들어 내는 힘이 되는 것인데, 이런 점에서 자유연상과 꿈은 유사성이 많다. 그런데 이런 억압된 생각이 병을 만들어낸 것과 마찬가지로, 자유롭게 된(의식으로 떠오른) 생각을 다시 무의식 속에 불어넣으면 병을 고칠 수도 있다. 정신분석의 치료 효과나 시의 해방 효과는 이런 측면에서 상통한다.

자, 다시 건축가의 얘기로 돌아가 보자. 그러니까 어머니가 죽기를 바라는 무의식적인 소망이 새로 지은 고층 아파트 밑의 지하수라는 엉뚱한 대상으로 치환되어 자꾸 그의 의식의 바깥으로 나오려 했던 것이다. 이것을 꿈의 언어로 번역해 보자면 아파트는 섹스의 은유이고 지하수는 죽음의 환유인 것이다.

3

나머지 한 사람인 문학 평론가는 어떻게 콜롬보와 비슷한가. 미국의 평론가 라이오넬 트릴링은 《문학의 경험》이라는 책에서 시, 소설, 희곡의 세 분야로 나누어서 문학작품을 감상하는 방법을 소개하고 있는데, 그가 문학작품의 주제(범인 혹은 무의식 속의 생각과 등가의 것)를 찾아 들어가는 방식은 콜롬보나 레이크의 그것과 비슷하다.

위에서 콜롬보와 레이크가 추적하는 범인은 한 쪽은 의식의 차원이고 다른 한쪽은 무의식의 차원이라고 말했는데, 트릴링이 잡아내려고 하는 범인은 의식과 무의식의 차원을 모두 갖고 있다. 즉 작품 속의 주인공은 자신이 범인임을 드러내기도 하면서 감추기도 하는 혼란스러운 방식으로 말을 한다는 것이다. 그러면 카프카의 〈사냥꾼 그라쿠스〉의 주제를 파악해 내는 트릴링의 방법을 한번 살펴보자. 이 단편소설의 줄거리는 이러하다.

리바라는 작은 항구 마을에 배 한 척이 들어온다. 그 배의 선장이 내린 다음, 리바의 읍장묘툱이 배에 올라 관을 하나 발견한다. 관에는 사냥꾼 그라쿠스가 누워 있었다. 그는 '검은 숲'이라는 곳에서 양들을 사냥하다가 절벽에서 떨어져 죽었는데, 작은 배의 선장은 그를 '저 세상'으로 데려가기 위해 싣고 왔다는 것이다. 그러나 그라쿠스는 의식을 회복하여 살아난다. 읍장이 그라쿠스에게 어떻게 된 일이냐고 묻자 그라쿠스는 대답한다.

"어느 의미에서 나는 살아 있기도 합니다. 죽음의 배는 길을 잃어버렸습니다. 그 이유는 배의 방향타를 잘못 돌린 것일 수도 있고, 선장이 방심한 것일 수도 있고, 사랑스러운 내 고향으로 돌아가려는 동경 때문일 수도 있습니다. 하지만 정확한 이유는 모릅니다. 다만 내가 지상地上에 남아 있다는 것이며, 그때 이후 내 배는 지상의 바다를 항해하고 있다는 것입니다. 산 속에서 살고 싶은 마음이 굴뚝 같은 나는, 죽음 이후 지상의 모든 땅들을 여행하고 있는 것입니다."

읍장이 당신은 '저 세상'과 아무런 관련이 없느냐고 묻자 그라쿠스는 이렇게 대답한다.

"나는 영원히 저 세상으로 인도한 위대한 계단 위에 서 있습니다. 그 무한히 크고 넓은 계단 위에서 때로는 위로 때로는 아래로 때로는 오른쪽으로 때로는 왼쪽으로 움직입니다. 쉬는 적은 단 한 번도 없습니다. 사냥꾼은 나비가 되었어요. 제발 웃지 마세요."

마지막으로 읍장은 이 곳 리바에 오래 머무를 것이냐고 묻는다. 그러자 그라쿠스는 이렇게 대답한다.(이 대답이 소설의 끝이다).

"그렇지 않으리라 생각합니다. 나는 지금 여기에 있을 뿐입니다. 그 이상은 모릅니다. 또 그 이상의 어떤 얘기도 할 수 없습니다. 나의 배는 방향타가 없습니다. 그 배는 저 아래 죽음의 세계에서 불어오는 바람에 의해 나아갑니다."

이 소설은, 죽었다가 다시 살아난 것, 현실의 바람에 밀려가는 실제의 배와 죽음의 세계에서 불어오는 바람으로 움직이는 죽음의 배, 선장과 선장의 화물(죽은 그라쿠스)의 뚜렷한 대조가 인상 깊은 작품이다. 그러나 그 이상은 알기가 어렵다. 영어에서 '황당무계한' 의 뜻으로 카프카스크Kafkaesque라는 단어를 쓰는데, 정말로 문자 그대로 황당무계한 것이다. 그러면 문학 세계의 수사관 트릴링은 어떻게 말하고 있는가.

그에 의하면 죽었다가 부활한 고대의 신화는 그리스 신화의 아도니스, 이집트 신화의 오리시스 등이 대표적인데, 이들은 말하자면 예수 그리스도의 예고편이라는 것이다. 카프카가 이 소설에서 고대의 신화를 빌어 현대의 신화를 말하려 한다는 것이다.

만약 트릴링이 이 정도의 논평으로 끝냈다면 그는 유능한 수사관이라고 할 수 없을 것이다. 위에서 작품의 주인공은 자신의 의도를 감추면서 또한 드러낸다고 했는데, 이것을 그라쿠스에게 적용시켜 볼 때 이렇게 된다.

"그렇다면 그라쿠스는 예수를 상징하는가 혹은 아닌가?"

수사관 트릴링은 그렇게도 해석해 볼 수 있지만, 그렇게 해석될 수 없다고 말한다. 그러면서 카프카의 개인적 상황을 예시하는 자그마한 단서를 들이댄다. 마치 "요건 도저히 모르겠지?" 하고 놀리는 범인에게 작별을 고하고 떠나가는 척하다가 다시 돌아서서 "아, 잠깐만!" 하고 말하는 콜롬보처럼.

트릴링은 이렇게 설명한다.

"사냥꾼 그라쿠스에서 저자는 자신의 개인적 운명을 드러내고 있다. 그라쿠스Gracchus라는 사냥꾼의 이름이 그 단서가 되는 것이다. 우리는 이 소설의 스토리와 가난한 사람들의 인권을 존중했던 유명한 로마인 그라쿠스 형제Gracchi와는 아무런 상관도 없음을 알 수 있다. 그러나 라틴어 그라쿨루스graculus는 갈까마귀jackdaw를 의미한다. 바로 이 라틴어에서 갈까마귀를 포함하여 까마귀보다 작은 새를 가리키는 영어 단어 그래클grackle이 나왔다. 그런데 체코 말로 갈까마귀jackdaw에 해당하는 말은 카브카kavka인데, 프라하에 있는 카프카 아버지의 가게의 간판에 이 새가 그려져 있었다는 것이다."

말하자면 카프카(사냥꾼 그라쿠스)가 생중사生中死의 상태에 들어서게 된 것이, 아버지와 관련이 있다는 암시인 것이다. 카프카의 원초적 갈등이 아버지와의 갈등임은 널리 알려진 사실이다. 이러한 작은 단서에서 이런 숨겨진 그림을 찾아낸 트릴링의 솜씨에 무릎을 치지 않을 수 없었다. 트릴링은 여기에서 그치지 않는다. 리바Riva라는 별 것 아닌 것 같은 단서로부터 또 하나의 의미를 추출해낸다.

"리바는 실제로는 이탈리아의 마을이다. 이곳은 해항海港이 아니고 스위스에 면한 이탈리아의 북부 가르다 호湖의 입구에 위치해 있다. 이 단편소설을 번역한 에드윈 뮤어는 원문에 충실하여 번역에 아주 조심을 기했다. 그러나 이 리바를 해항seaport으로 번역함으로써, 중대한 실수를 저질렀다. 독일어 제See는 호수와 바다를 둘 다 가리킨다. 호수를 가리킬 때는 남성명사로 쓰이고, 바다를 가리킬 때는 여성명사가 된다. 그런데 카프카 원문에서는 이 단어가 양성兩性으로 쓰이고 있다. 즉 죽음의 배는 크든 작든 모든 물waters 위를 항해하는 것이다. 그러나 우리가 텍스트에서 보듯이 죽음의 배는 리바로 들어오면서 꽤 작은 호수 위를 운행하고 있다. 따라서 이러한 상황을 잘 인식한다면 이 스토리가 다루고 있는 인생의 갑갑함 혹은 제한됨을 더 잘 느낄 수 있을 것이다."

이렇게 볼 때, 그라쿠스나 리바 같은 사소한 단어를 하나의 단서로 삼아 작품 전체에 적용시키는 트릴링의 접근 방법은 정말 콜롬보와 비슷한 것이다. 단지 차이점이 있다면, "아, 잠깐만!" 하고 말할 때 콜롬보는 주로 웃고 있지만, 세밀한 단서를 추적하는 트릴링은 별로 웃지 않는다는 것이다. 그러나 웃든 안 웃든 콜롬보와 트릴링은 하나의 작은 단서를 가지고 전체 그림의 구도를 맞춰 나가는 방식이 너무나 유사하고, 무의식을 의식으로 전환시키려는 레이크의 수법과도 일맥상통하는 것이다.

이처럼 콜롬보, 레이크, 트릴링은 작은 단서를 하나의 열쇠로 삼아 텍스트라는 거대한 문을 열어젖힌다. 그러나 중요한 단서들은 마치 범인이나 환자 혹은 작품의 주제처럼 스스로 몸을 숨기는 경향이 있다. 이런 숨어있는 단서를 찾아내는 것이 수사인데, 세 사람은 각자 활동 분야만 다를 뿐 비슷한 일을 하는 수사관인 것이다.

역자 후기

　원서를 다 번역하고 나면 책의 뒷부분에 붙이는 글이 있는데 이것을 통칭 역자 후기라고 한다. 이것말고도 〈역자의 말〉, 〈옮긴이의 덧붙임〉, 〈역자 해설〉, 〈역자 해제〉, 〈옮기고 나서〉 등의 다른 말도 있고, 심지어 어떤 것은 책의 맨 앞에 붙여 놓고 제목은 역자 후기인 것도 있다. 사정은 이렇게 복잡하지만 역자 후기라는 말이 널리 쓰이고 있으므로 편의상 이 표현을 쓰도록 하자.

　기記는 원래 중국에서 생겨난 산문의 한 형태로 어떤 기록할 만한 사건의 전말을 적은 후에 그 감회를 적은 것이다. 가령 구양수의 〈취옹정기〉나 소동파의 〈희우정기〉 같은 것이 대표적이다. 그리고 이 글쓰기 형식은 우리 나라 문인들 사이에서도 널리 애용되어 김부식의 〈혜음사 신창기〉, 이규보의 〈지지헌기〉, 이제현의 〈운금루기〉, 이색의 〈금강산 윤필암기〉, 김종직의 〈관해루기〉, 서거정의 〈효우정기〉, 김창협의 〈삼일정기〉, 김수온의 〈압구정기〉, 박지원의 〈이존당기〉 같은 것이 명문으로 꼽히며 각각 《동문선》, 《여한십가문초》 등에 실려 있다.

번역가들이 책의 뒤에 써 붙이는 역자 후기가 엄밀한 의미에서 이런 기의 형식이라고 보기는 어렵겠지만, 그래도 엄연히 기記라는 말이 들어가 있고, 또 위에 든 여러 명문의 경우를 보면 주로 집을 짓고 그 집을 짓게 된 전말을 적은 것이 많은데, 사실 완성해 놓은 번역서를 하나의 집에다 비유한다고 해서 크게 어긋날 것이 없다고 할 것이다. 그러므로 역자 후기를 쓰는 마음가짐은 당연히 점필재(김종직)가 〈관해루기〉를 쓰듯, 농암(김창협)이 〈삼일정기〉를 쓰듯, 진지한 것이 되어야 마땅하다.

나는 진지한 역자 후기를 쓰기 위해서는 다음 몇 가지 사항은 가능한 한 피해야 한다고 본다. 첫째, 책이 나오게 된 경위와 작가 소개로 역자 후기의 지면을 허비해서는 안 된다. 사실 역자가 독자를 맨 얼굴로 만날 수 있는 기회는 이 때 뿐인데, 이런 아까운 만남의 장을 책 소개나 저자 소개로 다 써 버린다는 것은 너무나 애석한 일이다. 그러잖아도 책의 내용이나 저자 약력 등은 책의 날개나 뒷표지에 따로 소개되어 있는데 그것을 또다시 되풀이한다는 것은 무의미하다. 이것은 어떻게 보면 역자가 책에 대해서 별로 할 말이 없음을 드러내는 것이기도 하다.

둘째, 책의 내용과 관계없는 개인적 느낌을 적어서는 안 된다. 가령

"이 책을 번역하고 나니 무더운 여름이 가고 서늘한 가을이 왔다."라거나, "내가 이 책을 번역하는 동안 사랑스런 내 아이들이 곁에 있어 주어 큰 힘이 되었다." 등의 개인적 상황을 쓰는 것은 극력 피해야 한다. 역자 후기를 읽는 독자는 역자의 그런 개인적 상황을 알고 싶은 것이 아니라, 그 책의 윤곽을 알고 싶어한다. 그러니 "서울로 가는 길이 어느 쪽인가?"라고 묻고 있는 독자에게 "길 위의 햇살이 너무 따뜻하여 나는 행복하였다." 따위의 현문우답은 피해야 한다.

셋째, 상투적인 표현을 써서 독자에게 읽기를 강요하지 말라는 것이다. 가령 "이 책을 잡으면 다 읽지 않고는 놓지 못할 것이다.", "끝나는 것이 너무 아쉬워 계속 되기를 바라게 되는 책.", "책값이 전혀 아깝지 않은 책." 등등의 표현이 그런 것이다. 꼭 그런 표현을 쓰고 싶으면 왜 "한 번 잡으면 놓지 않게 되는지" 그 이유를 합리적으로 제시해야 한다. 이유는 설명하지 않고 상투적 표현만 남발하면 공허한 광고용 문구가 되고 만다.

넷째, 소설이나 작품의 줄거리를 요약하면 안 된다. 소설에서의 재미요 비밀이라면 곧 줄거리인데, 그걸 다 말해 버리면 독자는 무슨 재미로 그 책을 읽겠는가? 또 1,500매 내지 2,000매가 되는 장편 소설을 번역하고서 역자가 해줄 말이 고작 줄거리뿐이라면 도대체 그 책에서 무엇을 느꼈다는 말인가.

마지막으로, "모든 번역의 책임은 역자에게 있다."라고 비장하게 선언할 필요가 없다. 번역서에 번역자의 이름을 써넣는 이상 그가 모든 번역의 책임을 지는 것은 당연한 일이다. 그런데 그것을 또다시 중언부언할 필요가 무엇인가. 다 알고 있는 것을 또다시 얘기한다는 것은 오역의 지적을 미리 두려워하는 궁색한 태도처럼 보인다. 선비는 오얏나무 아래서 갓을 고치지 않는다고, 이런 불필요한 선언(또는 행동)은 억제해야 마땅하다.

그러면 이런 금기 사항을 모두 준수하면서 어떤 역자 후기를 쓸 것인가. 번역가는 번역을 완성할 때까지 최소한 3~5회 정도 텍스트를 되풀이하여 읽게 되는데, 이렇게 꼼꼼한 읽기를 3~5회나 했으니 그 텍스트(비록 그것이 시시한 텍스트라고 할지라도)에 반드시 소감이 뒤따르게 된다. 그리고 번역자는 읽기만 하는 것이 아니라 그 텍스트를 손수 써보게 된다. 그래서 이 쓰는 과정에서 또다시 텍스트의 주요 의미가 번역자의 머리 속에 새겨진다. 이런 읽기와 쓰기가 되풀이된 행위에서 건져올린 소감은, 줄거리가 아닌 역자만의 독특한 것이 된다. 따라서 그 소감을 잘 정리하여 글로 쓰면 그것이 곧 자기 주장이 들어간 인상적인 역자 후기가 된다.

그러나 발상이 곧 표현으로 이어지는 것은 아니다. 좋은 발상을 갖고 있다 하더라도 그것을 적절한 형태로 옮기는 것 역시 중요한 문제이다. 역자 후기는 너무 길어서도 안 되고 너무 짧아서도 안 되므로 대략 6~8개의 문단으로 구성하는 것이 적절하다. 물론 써야 할 말이 충분히 있을 때에는 꼭 이런 제한을 지킬 필요는 없을 것이다. 매 문단의 첫 문장에서는 그 문단에서 하고자 하는 얘기의 요점이 제시되어야 한다. 그리하여 시간이 없는 독자가 문단들의 첫 번째 문장만을 읽고서도 그 역자 후기가 무엇을 말하려고 하는지 알 수 있게 해야 한다.

이렇게 볼 때 역자 후기의 분량은 20매를 넘지 않는 것이 좋다. 이처럼 분량이 제한되어 있으므로 가능한 한 텍스트의 직접 인용은 피해야 한다. 인용을 많이 하면 필요 이상으로 후기가 길게 늘어져서 긴장감을 상실하기가 쉽다. 그러나 불가피하게 텍스트에서 직접 인용해야 할 경우에는 반드시 그 인용의 사유를 밝히고 하나의 작은 결론을 유도하여 그것이 역자 후기의 전체 의도와 들어맞아야 한다. 전체 의도와는 아무런 상관도 없는데, 그 인용문이 너무나 멋지기 때문에 막연히 인용하는 태도는 버려야 한다. 그렇게 하면 글의 전체적 조화가 무너져 버려 독자를 설득하기가 어렵다.

또 하나 명심해야 할 사항은 텍스트에 의해 뒷받침되지 않는 해석은 절대 해서는 안 된다는 것이다. 그러기 위해서는 예단豫斷이나 고정관념을 피하는 것이 좋다. 또 자신의 학식을 드러내기 위한 수단으로 역자 후기를 이용하는 태도는 버려야 한다. 가령 텍스트가 포스트모던 작품이 아닌데도 포스트모더니즘 지식을 드러내기 위해 억지로 해석을 그쪽으로 몰아가는 태도를 취해서는 안 된다.

이렇게 얘기해 놓고 보니 "그렇게 쓴다면 역자 후기가 결국 평론이 되는 것 아닌가?"하고 물어 오는 독자도 있을 법하다. 분명히 말하지만 역자 후기는 평론이 아니다. 어디까지나 독자의 읽기를 자극하기 위한 작은 길 안내 혹은 지도상의 도로 같은 것일 뿐이다. 누구나 다 알다시피 지도상의 도로는 그냥 하나의 표시일 뿐 실제의 길은 아니다. 그것은 방향만 제시할 뿐 그 도로의 승차감이나, 굴곡면이나, 바람의 저항이나, 교통소통 상황 따위를 말해 주지는 못한다. 그것은 어디까지나 독자가 직접 텍스트를 읽어야 알 수 있는 것이다. 그렇지만 독자가 그 길로 달려 보고 싶은 마음이 들도록 유도해야 할 의무는 있다. 즉 독자가 역자의 해석에 흥미를 느끼거나 혹은 반감을 느껴서 직접 읽어서 판단하겠다는 '마음 속에 불지르기'를 할 수 있으면 되는 것이다. 이런 점에서 일정한 가치 평가를 수반해야 하는 평론과는 엄연히 다르다.

역자 후기를 써 본 사람이라면 누구나 알겠지만, 위에서 제시한 금기 사항을 모두 지키고 또 권장 사항을 충실히 이행한 후기를 쓰기는 정말 어렵다. 그래서 시시한 후기를 쓰느니 아예 후기를 쓰지 않겠다는 번역자도 있다. 그러나 모든 일에는 처음이 있고, 시작부터 전문가인 사람은 없는 법이다. 우선 떠듬거리더라도 위에서 제시한 요령에 맞추어 자신의 생각을 써 나가다 보면 언젠가는 좋은 후기를 쓰게 되는 것이다. 지금을 보는 것이 아니라 미래를 보아야 한다.

비록 잘 쓰지 못하더라도 역자 후기를 계속 써 나가야 할 이유는 또 있다. 일찍이 구양수는 좋은 문장을 쓰는 세 가지 조건을 다독, 다작, 다

상량多商量: 많이 생각함이라고 했다. 번역자는 원서와 관련서를 많이 읽고 하루 일정량의 글쓰기를 하게 되므로 다독과 다작은 일 속에서 자연스럽게 이루어진다. 그러나 막상 다상량의 기회는 적다. 이런 상황을 보충해 주는 것이 바로 역자 후기이다. 역자 후기를 쓰다 보면 사색의 방향이 어느 한 쪽으로만 몰리는 것이 아니라, 소설, 철학, 에세이, 인문 교양서 등 다방면으로 퍼져 나갈 수 있어서 사색의 폭이 훨씬 넓어진다. 이렇게 하여 문장을 직접 다루어 나가다 보면 스스로 일가를 이룬 문장가가 될 수 있다. 무슨 일이든 자기의 일 속에서 정교하게 다져 나가는 작업이 보다 구체적이고 보다 확실한 성과를 거둘 수 있다.

지금 활발하게 활동 중인 번역가 중에서 역자 후기를 잘 쓰는 사람은 영어권 번역자인 정영목 씨와 일본어 번역자인 양억관 씨가 아닌가 한다. 번역을 새로 시작하는 번역자들은 정 씨와 양 씨의 글을 보면서 습작을 하면 좋은 결과를 얻을 수 있으리라 생각한다.

나는 책을 사볼 때 어떤 책이 되었든 역자 후기를 반드시 읽어본다. 나만 그런 것이 아니라 대부분의 독자들이 역자 후기를 상당히 중시한다. 그리고 역자 후기를 읽어보았는데 중언부언하면서 요령부득이거나, 자신의 개인적인 얘기를 길게 늘어놓으면서 알맹이가 없는 내용으로 채워져 있거나 하면 그 책을 사보고 싶은 마음이 싹 가서 버린다. 그 책을 번역한 사람이 - 현장을 먼저 목격한 사람이 - 그처럼 책에 대해서 할 말이 없는데 무슨 재미로 그것을 읽어볼 것인가.

　　여기서 역자 후기는 시원치 않아도 번역은 좋을 수 있고, 반대로 역자 후기는 잘 써도 번역은 나쁠 수 있지 않겠나 또는 아예 역자 후기가 없을 수도 있지 않겠나 하고 의문을 표시하는 분도 있을 것이다. 먼저, 역자 후기가 없는 책에 대해 생각해 보자. 지금 교보나 영풍 같은 대형 서점에 한번 나가 보라. 거기에는 수많은 책이 있다. 사실 아무 사전 정보 없이 서점에 들어가서는 무슨 책을 사야 할지 정말 막막하다. 그러니 이런 정보 없는 독자가 우연히 어떤 책을 펴 들었는데 그것이 당신의 번역서라고 해 보라. 그런데 거기에 역자 후기가 없다. 그럼 무엇을 보고 그 책을 판단하겠는가. 대형 베스트셀러가 아니라면 말이다.

　　나는 일단 역자 후기가 없는 책은 의심부터 하고 본다. 300페이지, 400페이지 짜리 책을 번역했는데, 역자가 독자를 위해서 조언해 줄 말이 없다? 그렇다면 그는 하기 싫은 번역을 억지로 했거나, 아니면 자신의 문장 실력이 너무 형편없어서 역자 후기도 하나 엮어 내지 못하는 사람이라고 실토하는 것밖에 안 된다. 그런 형편없는 문장 실력의 소유자가 해 놓은 번역이라면 보나 마나가 아니겠는가. 특수한 경우(가령 아트지의 미술 책이어서 역자 후기가 들어갈 자리가 없는 책)가 아니면, 나는 역자 후기 없는 책은 사지 않는다.

　　둘째, 역자 후기는 잘 써도 번역이 시원치 않은 경우인데, 이런 경우는 거의 없다고 단언한다. 아래 사람에게 번역을 시켜 놓고 자기가 번역한 것처럼 꾸미면서 그 상급자가 역자 후기를 쓴 경우를 제외하고는 말이다. 번역문이나 역자 후기나 같은 번역자가 썼다면, 그 사람의 글쓰기 스타일은 어디로 갈 수가 없는 것이다. 논리적인 역자 후기를 쓴 역자가 정작 본문에서는 비문을 마구 남발했다는 얘기인데, 서울에서 경부선을 타고 부산으로 갔으면 당연히 대전과 대구를 거친 것으로 봐야지, 어떻게 부산에 도착은 했는데 대전과 대구를 거치지 않았다고 볼 수 있겠는가.

셋째, 역자 후기는 시원치 않은데 번역은 잘한다는 경우는 더욱 있을 법하지 않다. 물론 번역가 초기에 역자 후기를 쓰는 것이 익숙하지 않아, 본문 번역을 성실히 하면서도 역자 후기가 시원치 않은 경우는 더러 있을 것이다. 이럴 때는 번역자의 나이와 번역계 진출 연도 등을 감안해 가면서 어느 정도 독자가 관용을 해주는 것이 필요하다. 그러나 번역자는 독자의 이런 애정 어린 후원에 너무 기대어서는 안 된다. 번역을 한지가 3년 혹은 5년이 지나갔는데도 여전히 역자 후기를 시원치 않게 쓴다면 자신의 문장에 과연 성취가 있었나 심각하게 반성해야 할 것이다.

물론 모든 책에 역자 후기가 있어야 한다고 주장하는 것은 아니다. 통속 애정 소설이나 추리 소설에 무슨 후기가 필요하겠는가. 그러나 어느 정도 규모가 되는 책이라면 반드시 역자 후기가 있어야 한다. 그것은 역자가 자신의 글 솜씨를 독자에게 보여주면서, '내가 번역한 책은 이런 글쓰기 스타일로 되어 있어 믿어도 되니 마음놓고 사 보시라.' 고 자신 있게 말하는 것이기도 하다.

지금 번역가로 발돋움하는 사람이나 또 나처럼 어느 정도 번역의 경력이 있는 사람도 조심 또 조심하면서 역자 후기를 써야 한다. 그것이 번역자가 독자에게 해줄 수 있는 진정한 서비스의 첫 걸음이라고 생각한다. 이렇게 역자 후기를 발판으로 하여 글쓰기를 연습해 나간다면 그 밖의 다른 글들도 결국에는 잘 쓸 수 있게 될 것이다.

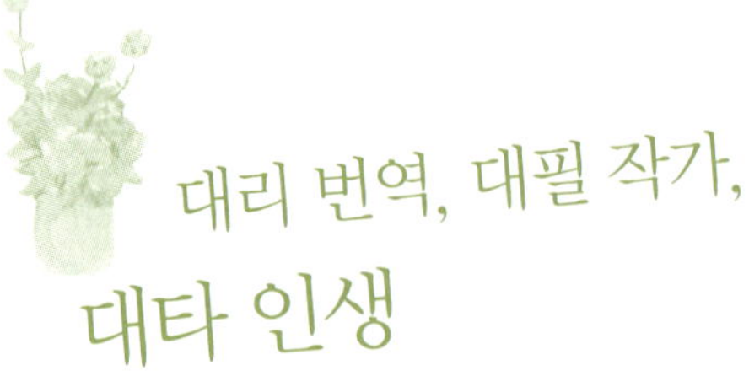

대리 번역, 대필 작가,
대타 인생

공사다망하게 일하던 한 여성 아나운서가 낮에는 방송국에서 일을 하고 밤에는 집에서 번역을 했다. 그렇게 주경야독하며 번역해 낸 자기계발서 《마시멜로 이야기》가 1백만 부 넘게 팔리는 베스트셀러가 되자 과연 그녀가 번역했을까 하는 의문이 제기되었다. 그리하여 어떤 번역자가 실은 자신이 대리 번역했다고 실토하는 상황이 벌어졌고 출판사는 공동 번역이라는 해명을 내놓았다. 그러자 왜 당사자는 말이 없느냐고 항의가 일어나고 독자들이 출판사와 아나운서를 상대로 손해 배상 청구 소송을 제기하겠다고 나서자, 그 아나운서는 텔레비전과 라디오 진행을 사퇴하고 번역 인세를 모두 내놓겠다고 했다. 그리하여 대리 번역 사태는 소강 상태로 접어들었다. 당시 전반적인 분위기는 그 아나운서가 번역을 전혀 하지 않고 이름만 빌려주었다는 것이었다. 이 문제에 대해 한 교수는 이렇게 지적했다.

"출판사는 번역을 전문직으로 생각하지 않았기 때문에 번역과 전혀 무관한 인기인의 이름을 올렸고, 아나운서는 번역은 아무나 하는 것이니 번역의 번자도 모르는 자신도 번역가가 될 수 있다고 이름을 내줬다. 독자는 누가 해도 괜찮은 것이니 이왕이면 인기인의 이름이 표지에 적힌 책을 사줬다. 의사처럼 사회에서 대접받지 못하고 변호사처럼 돈을 벌지 못해도, 번역가도 분명 강도 높은 훈련과 노력을 통해야 될 수 있는 엄연한 전문직이라는 사실을 무시한 것이다."(장영희, 동아일보 2006년 11월 3일)

그런데 그로부터 한 달 정도 지나서 이번에는 메뉴를 약간 바꾸어 대필 작가의 문제가 불거졌다. 《화가의 집을 찾아서》라는 책은 어떤 화가 겸 방송인이 써서 문화관광부의 2006년 우수 교양 도서로 지정될 정도로 호평을 받았던 책이다. 그런데 그 책의 상당 부분을 어떤 사람이 실은 자기가 썼노라고 주장하고 나섰다. 그는 이렇게 말했다. "꼬박 6개월을 매달려 원고를 쓰고 출판사 측에 넘겼으며 책이 출간된 후 살펴보니 내가 쓴 원고에서 거의 달라지지 않았다."(조선일보, 2006년 12월 21일). 이렇게 되자 출판사 측은 그 사람은 구성 작가인데, 책의 판권에 그 이름이 '구성'으로 나와 있으며, 이것은 대필과는 엄연히 다른 것이라고 해명했다. 또 구성 작가가 공을 많이 들인 것은 인정하지만 저자가 초고를 쓴 것은 사실인 만큼 대필이라고 볼 수 없다는 말도 했다.(동아일보, 2006년 12월 21일).

그러니까 구성 작가는 대필이라는 주장이고, 출판사는 윤문이라는 주장이다. 그러나 글로 먹고 사는 저술가가 처음서부터 끝까지 자신이 쓴 글이 아니라, 상당 부분 윤문이 된 글(보기에 따라서는 대필이 된 글)을 자신의 글이라고 주장하고 나선다면 과연 그를 본격 저술가로 보아줄 수 있을까. 알다시피 글이라는 것은 어미와 토씨 하나가 달라져도 그 뉘앙스가 달라지는 것이다. 가령 이런 두 문장이 있다고 해보자.

"그는 바보처럼 돈을 낭비한다."

"바보와 그의 돈은 곧 헤어진다."

이 두 문장은 그 뜻이야 별 차이가 없지만 읽는 독자의 입장에서는 아주 다르게 느껴진다. 이렇게 윤문된 문장을 과연 자신의 문장이라고 주장할 수 있을까. 거기서 한발 더 나아가 자신이 단독 저자인 것처럼 행세할 수 있을까.

이런 대리 번역과 대필 작가의 사태를 지켜보면서 〈미녀는 괴로워〉라는 영화가 생각났다. 주인공인 뚱뚱한 여자는 목소리는 좋지만 용모가 안 되어서 무대 뒤에서 노래를 부르고, 얼굴 예쁜 가짜 가수가 무대에서 요란하게 몸을 흔들어 대며 노래를 부르는 것처럼 시늉을 한다. 가짜 가수는 그 가짜 노래로 스타덤에 오른다. 위의 문제가 불거진 번역자와 저자는 이 영화 속 여가수와 비슷해 보인다.

그러나 문제의 책임을 그 두 사람에게만 물을 수도 없을 것 같다. 대리 번역과 대필 작가의 역할을 충실히 수행해 놓고서 나중에 와서 "실은 내가 했다."라고 말한 사람들도 그렇게 떳떳해 보이지 않는다. 그것이 잘못이라고 생각했다면 애초에 그런 계약에 서명을 하지 말았어야 옳다. 여기서 목구멍이 포도청이라는 변명은 글을 써서 먹고 살겠다는 사람치고는 궁색한 변명이 아닐 수 없다.

출판사의 어려운 사정을 모르는 것은 아니지만, 출판사도 기획이라는 이름을 내걸고 유명 인사를 동원하여 책을 좀 더 많이 팔아야겠다는 생각을 자제해야 한다. 책 자체로 승부를 걸어야지 어떻게 유명 인사의 얼굴로 덕 볼 생각을 하는가. 이런 주변의 유혹을 인정한다고 하더라도 자신의 이름을 내준 당사자가 더 조심했어야 마땅하다. 이름 값이 있는 사람들인 만큼 그에 걸맞게 행동해야지, 어떻게 자신의 온전한 역할이 들어가지도 않은 일에 단독으로 자신의 명의를 내걸 수 있는가.

대리 번역가나 대필 작가는 비록 남을 대신하여 번역하거나 글을 썼지만 자신이 대타라는 사실을 알고 있다. 그러나 하지도 않은 번역, 전부 쓰지도 않은 글을 온전히 자기 것이라고 내미는 사람은 남의 것과 자기 것을 구분조차 못하는 사람이다. 과연 누가 더 대타 인생일까.

전문 번역가는
어디 가지 않는다

오로지 번역만 하면서 생활한 지 어느덧 13년이 흘렀다. 그 동안 나는 《폰더 씨의 위대한 하루》, 《말을 듣지 않는 남자, 지도를 못 읽는 여자》 같은 베스트셀러도 번역했다. 각각 50만 부, 40만 부가 팔린 이런 책들을 인세 계약했더라면 수 억원의 수입을 올렸겠지만 모두 매절 계약을 하여 앞의 것은 240만 원, 뒤의 것은 450만 원으로 끝났다. 나는 베스트셀러를 만들어 낸 출판사들에게 가외의 사례를 기대하지 않는다. 당초 계약을 그렇게 했고, 또 그 회사들이 베스트셀러를 하나 쏘아 올리기 위해 얼마나 많은 헛방을 내질렀는지 잘 알기 때문이다.

내가 번역가라고 하면 사람들은 무슨 책을 번역했느냐고 제일 먼저 묻고 이어 얼마를 벌었느냐고 묻는다. 그 책을 번역하면서 어떤 보람을 느꼈냐고 물어 보는 사람은 별로 없다. 나는 개의치 않는다. 보람이라는 것은 내가 느끼는 것이지 남이 대신 느껴 주는 것이 아니기 때문이다. 하지만 번역가의 수입에 대해서 물어 올 때면 곤혹스럽다.

몇 년 전 동아일보 출판국에서 연말 송년회를 하면서 나를 초청 인사로 불렀다. 그 자리에 황호택 논설위원도 나왔는데 나보고 1년에 얼마나 번역을 하느냐고 물어 200자 원고지로 1만 매 정도 한다고 대답했다. 이어 1매에 번역료는 얼마냐고 물었다. 4천 원이라고 했더니 그는 수입이 그 정도밖에 안되냐는 표정을 지었다. 나는 그 순간 한 3만 매 한다고 말할 걸 잘못 했다는 생각이 들었다. 지난 해《번역은 내 운명》이 출간되었을 때 동아일보사의 김희경 기자와 인터뷰를 하다가 또 수입 얘기가 나왔는데 내가 사실대로 말하자 그녀 역시 실망하는 표정이었다. 그때 내가 한 말은 이러했다.

"시인이 돈 벌려고 시 쓰냐. 소설가가 베스트셀러 써서 빌딩 사려고 소설 쓰느냐. 번역가도 마찬가지이다. 이거 좋아서 하는 거다. 다른 이유는 없다."

그렇다. 전문 번역가는 번역이 좋아서 하는 것이지 다른 이유는 없다. 전문 번역가 하면 소설가 겸 저술가로 잘 알려진 후에도 번역을 계속하는 이윤기 선생이 먼저 떠오른다. 그리고 시사영어사와 브리태니커에 다닐 때 만난 김석희 씨도 생각난다. 그 외에 이창식 씨, 공경희 씨, 정영목 씨, 한기찬 씨, 이희재 씨, 서계인 씨, 정회성 씨, 강주헌 씨 그리고 일본어 권에서는 김난주 씨, 양억관 씨, 그리고 권남희 씨 등이 생각난다.

그러나 예전이나 지금이나 전문 번역가에 대한 인식이 그리 높지 못하다. 소설가 김원우 씨는 어떤 신문 칼럼에서 소위 전문 번역가라고 하는데 무엇이 전문이냐고 물었다. 그러면서 전문이라고 하면 당연히 그 과목을 전공한 대학 교수가 번역해야 전문이 되는 것이 아니냐는 의견을 개진했다. 그는 '전문' 이라는 말만 중시하고, '번역' 이라는 말은 경시한 듯하다. 내 생각에, 어떤 책을 번역하려면 먼저 번역을 잘 한 다음에 전문이 있는 것이지, 전문이 있다고 해서 저절로 번역이 되는 것은 아니다. 전문 지식과 언어의 능숙한 구사는 결코 같은 것이 아닌 까닭이다.

또 '전문' 이라는 말에 대해서도 나는 다른 의견을 갖고 있다. 번역가의 전문이 번역이라고 할 때, 교수의 전문은 연구와 강의일 것이다. 타고난 소질만 가지고 따진다면 번역을 잘 하는 교수는 물론이고 총장도 있을 수 있다. 하지만 총장이 학교 행정에 전념해야지 언제 번역을 할 시간이 있겠는가. 교수의 경우도 마찬가지라고 생각한다. 굳이 전문을 따지겠다면 예술 전문 번역가, 과학 전문 번역가, 인문과학 전문 번역가, 사회과학 전문 번역가 등으로 번역가의 분야가 세분되는 것이 바람직하다.

이제 새롭게 출발하는 전문 번역가는 이런 세간의 냉대를 통감하고 자나깨나 자질 향상에 힘써야 한다. 그런 관점에서 볼 때, 번역가가 되고 싶은 사람은 대학을 졸업한 직후 곧바로 어린 나이부터 시작하는 것이 좋겠다. 현재 대학에는 번역 전공학과가 없으므로, 각 대학에 개설되어 있는 통번역대학원에 들어가서 2년 더 공부하는 방법이 있다. 아니면 사회교육원(성인교육) 차원에서 진행되는 번역가 양성과정에 들어가서 1년 혹은 2년의 수련기간을 겪은 뒤 번역가로 나서는 방법도 있다. 물론 이 때 단단한 각오가 필요하다. 처음 3 ~ 4년 동안은 배운다는 자세로 임해야 한다. 결코 번역 1년차가 10년차처럼 잘 할 수가 없다.

지금의 나의 번역 실력으로 미루어 볼 때 번역가 1년차 때의 번역은 그다지 좋다고 볼 수 없다. 그런데도 여러 출판사들이 지금을 보는 것이 아니라 앞을 내다보면서 미래의 번역가를 지원해 주었기 때문에 지금 이만큼이라도 번역을 하게 되었고, 그 결과 번역 문화의 저변이 그만큼 넓어졌다고 생각한다. 이렇게 볼 때 번역가와 출판사는 공생의 관계이다. 출판사는 현재 기량이 완성되어 있는 번역가에만 의존할 것이 아니라, 실력이 조금 떨어지더라도 앞으로 무한히 발전할 가능성이 있는 새내기 번역가들을 지원해 주어야 한다. 그러면 그 번역가가 다시 훌륭한 번역으로 자신을 지원해 준 출판사에 보답을 하고 이런 식으로 해서 번역의 선순환이 이루어지는 것이다.

나는 성대 사회교육원의 번역 클래스에 3년 출강한 경험이 있다. 그 때 100여 명의 학생들 중에서 번역가가 되겠다고 굳게 마음먹은 사람은 결국 번역가가 되었고 지금 왕성하게 활동하고 있다. 얼마 전 결혼하여 생활이 안정된 신현승, 번역가가 되고 나서 아내의 적극적인 지원 아래 열심히 뛰고 있는 강대은, 이순의 나이에도 국립 도서관에 매일 출퇴근하면서 번역에 매진하는 김종식, 번역에만 몰두하겠다고 머리를 백호로 밀었다가 다시 머리를 기르고 있는 윤영호, 지금 당장 나서도 나보다 잘할 것 같은 심장섭, 가정주부이면서도 맹렬하게 번역을 하고 있는 박정숙, 멀리 문경에 살고 있지만 그 높은 실력을 인정받아 활발히 번역하는 정경옥, 번역 실력뿐만 아니라 아름다운 용모와 이지적인 말솜씨로 우리를 즐겁게 하는 이명혜, 중고등학교와 대학교를 모두 이화 일색으로 뽑아 주위의 부러움을 샀던 이상춘, 아동문학의 번역을 특히 좋아하는 이승숙, 소설, 영화, 만화의 세분야에 모르는 것이 없는 권도희, 여행을 좋아하고 말수가 적은 노진선, 클래스메이트 중에서 단연 선두를 달렸던 김현희, 그리고 지난 번 《번역은 내 운명》에서 소개했던 양은모, 이런 사람들은 앞으로 우리 번역계를 이끌고 나갈 재원들이다. 내가 이런 실력가들 앞에서 선생이라고 나서서 번역을 운운했다니 정말 부끄럽다.

하지만 그렇게 단단한 뜻을 세우고 나서도 젊은 번역가는 애로가 많다. 특히 결혼하고자 할 때 배우자 선택에 어려움을 겪을 수도 있다. 이것은 내 제자 한 사람의 경우인데, 그는 은행에 다니는 여자와 연애가 무르익어 거의 혼담이 성사될 단계에 이르렀다가, 여자 측 가족들이 그의 직업을 문제 삼고 나오는 바람에 깨어져 버렸다. 나는 그에게 그럴 경우에 대비하여 번역 수입을 많이 올리는 것이 중요하며, 번역료는 곧바로 원천 징수되어 세무서에 보고가 되기 때문에, 세무서에서 연간 소득 자료를 떼어서 보여주는 것도 한 방법이라고 조언했다.

　아무튼 번역도 젊어서 시작해야 나중에 50대, 60대가 되어서 평생 남길 만한 번역 작품을 해낼 수 있다. 나는 40대에 전문번역가가 되었는데 지금 13년 정도의 경력을 쌓으니 이제서야 번역을 제대로 할 만한 기량을 갖추었다는 생각이 든다. 하지만 늦게 시작한 탓에 나이가 들어 체력이 달리고 두꺼운 책은 맡기가 두려워진다. 그러니 20대 후반에 번역가로 뛰어들어 10년 정도 갈고 다듬어 연부역강年富力强한 30대, 40대에 훌륭한 번역서를 많이 내놓을 수 있으면 얼마나 좋겠는가.

　이제 번역과 관계없는 사람이 잠깐 번역을 해주다가 다른 일로 옮겨가는 시대는 점점 지나가고 있다. 시간 때우기 식으로 번역을 하는 사람의 작업에는 영원한 애프터서비스를 기대할 수가 없다. 적어도 30~40년 동안 한 자리에 점포를 펴고 앉아 있는 사람은 한두 해 앞을 내다보며 거래하지 않는다. 작년에도 올해도 또 내년에도 번역해서 먹고살아야 할 사람이 어떻게 자신의 일을 허투루 하겠는가. 전문 번역가는 한 자리에 오래 버티면서 어디로 가지 않는다. 그는 번역을 여기餘技가 아니라 생업으로 생각하는 사람, 그래서 그가 하는 일은 전문이 되는 것이다.

문학 작품을 되풀이하여 읽다 보면 얼마든지 생각이 바뀌게 된다. 사람이나 인생을 바라보는 우리의 시각이 생애의 단계에 따라 변화하는 것처럼. 이렇게 볼 때 어떤 작품을 평가하려면 적어도 세 번은 읽은 다음에 - 그것도 상당한 시간 간격을 두고서 - 평가해야 한다고 본다. 한 권의 책도 이러한데 하물며 사람에 있어서랴. 또 인생에 있어서랴.

그 누가 알겠는가, 사랑을

리디아 왕비의
알몸

4월 25일 오전 10시쯤 서울 혜화 경찰서에 경범죄 범칙금 7만5천 원을 안 냈다는 이유로 수배 중이던 최모(32 · 여)씨가 술에 취한 채 잡혀 왔다. 최 씨는 돈이 한푼도 없는 상태에서 억울해서 돈을 낼 수 없다며 고함을 지르더니 입고 있던 점퍼와 티셔츠, 바지를 차례로 벗고 속옷까지 내던져 버렸다. 남자 형사 10여 명은 알몸의 여자 수배자에게 손을 델 수가 없어서 속수무책이었다.

급히 출동한 여자 경찰관 4명이 모포로 주위를 가리고 최 씨에게 옷을 입히려 했지만 소리를 지르는 등 소동은 계속됐다. 이를 보다 못한 한 남자 형사가 대신 범칙금을 내주겠다고 최 씨 손에 돈 8만 원을 건네주자 "범칙금 낼 돈은 집에도 있다."며 "대신 차비로 2만 원만 받겠다."고 말하고 6만 원은 다시 돌려줬다. 여경들의 도움으로 30여 분만에 옷을 다 입은 최 씨는 돈을 안 내겠다고 끝까지

고집을 부리다 같은 날 오전 11시쯤 경찰 차로 서울중앙지방 검찰청에 호송되었으며, 오후 4시쯤에 가족들이 범칙금을 내자 풀려났다.

(조선일보 2006년 4월 27일 색연필).

이 기사에서 관심을 끈 것은 여자가 알몸 시위를 벌여 남자 경찰관들이 쩔쩔 맸다는 것이지만, 나는 그녀가 범한 경범죄가 무엇이었길래 혹은 어떤 경위로 그런 죄를 지었길래 범칙금 고지서를 받고 돈 낼 여유까지 있으면서도 납부를 거부했는지 궁금해지면서 이런 저런 상상을 하게 되었다.

우리가 사거리에서 앞차를 따라 무심히 차를 몰고 건너다가 노란 불에 걸려 범칙금 티켓을 받았을 때의 그런 억울함과는 종류가 다른 억울함이 있었던 게 아닐까 생각되기도 했다. 이렇게 여성의 알몸이 시위에 동원된 사건을 한참 생각하고 있으려니 자유 연상이 고개에 고개를 넘어 나의 어릴 적 일에까지 미치게 되었다.

어릴적 내가 살던 강원도 시골집에는 별도의 화장실이 없어서 공중 변소를 사용했다. 이 변소는 앞쪽은 골목길을, 뒤쪽은 여관 마당을 바라보고 있었다. 친구 중 하나가 공중 변소 왼쪽 칸(모두 두 칸이었는데 여성용 칸) 뒷면의 오른쪽 아래에 작은 구멍이 하나 나 있어서 그리로 들여다보면 알몸의 여자를 볼 수 있다고 말했다.

그러면서 얼마 전 서울에서 온 다방 마담의 엉덩이를 직접 본 적이

있노라고 자랑까지 하는 것이었다. 30대 초반 정도된 다방 마담의 얼굴
은 지금 잘 기억나지 않지만, 키가 크고 날씬했다. 그래서인지 그녀 덕분
에 망해 가던 다방이 다시 살아나고 있다는 얘기가 나돌고 있었다. 하지
만 나는 친구의 말을 믿을 수가 없었다. 우선 공중변소의 뒷면은 여관의
앞마당이어서 접근하기가 쉽지 않고, 설혹 용케 접근했다고 한들 거기를
기웃거리다가는 여관을 출입하는 사람에게 들키기 십상이었다. 나는 그
녀석이 허풍을 떤 것이겠지 하고 그 말을 무시해 버리고 말았다.

그런데 내 친구의 말이 거짓이든 아니든, 특별한 노력을 기울이지
않았는데도 알몸의 여자를 보게 되는 희한한 일이 벌어졌다. 당시 나는
중학교 1학년이었는데 계절은 초봄이었고 때는 학교 가는 시간이었다.
집에서 학교까지는 걸어서 약 20분 정도 거리. 그 길의 중간쯤에 해당하
는 역전 앞 큰길을 걸어가고 있을 때였다.

불과 5미터 앞에서 키가 후리후리하고 날씬한 여자가 알몸의 상태
로 크게 손사래를 치고 뭔가 소리치면서 걸어오고 있는 것이 아닌가! 바
로 그 다방 마담이었다. 다방은 우리 집에서 네 집 떨어진 곳에 있었으므
로 나는 동네를 오가며 마담을 볼 기회가 있어서 그녀를 금방 알아보았
다. 동네 어른들이 타월을 가지고 나와 그녀의 아랫도리를 억지로 가려
주며 만류하고 있었으나 막무가내였다. 그러나 맵시 있는 유방이 위아래
로 흔들리는 것까지 감추지는 못했다. 그녀가 계속 외쳐대는 소리가 들
려 왔다.

“이 나쁜 놈…….이 나쁜 놈…….”

어른들이 빨리 지나쳐 가라고 손짓했기 때문에 얼른 그 현장을 벗어났으나 어린 눈에 그녀의 맨살 유방은 가히 하나의 충격이었다. 아침 햇살을 받으며 가볍게 흔들리는 그 거꾸로 세워 놓은 종 모양의 구형은 사과나무가 오후의 햇빛 무게를 못 견디어 가지의 열매를 가볍게 흔들어대는 그런 양감을 발산했다.

나중에 어른들이 주고받는 얘기를 엿들어서 알았는데, 그녀는 서울로 가는 새벽 열차를 타려고 기차역에 나왔다가 갑자기 발광하여 걸치고 있던 옷을 모두 벗어 던지고 광장 주변에서 알몸 시위를 했다는 것이었다. 서울에 있는 남자가 그녀를 이런 산골짜기에 처박아 놓고 배신했다는 얘기도 들었다. 그러나 남자가 배신한 것하고 여자가 알몸이 되는 것하고 무슨 상관이 있다는 것인지. 나는 도무지 알아들을 수가 없었다. 그리하여 어린 마음에 여자는 미쳐야만 비로소 알몸을 보인다고 마음대로 상상해 버렸다.

물론 그것은 어린 마음의 일방적인 생각이고 옷을 다 입고서도 미쳐 버린 여자는 얼마든지 있다. 분당에 이사온 이래 자주 만나는 그 여인은 추측건대 40대 중반쯤 되었는데 사람에 따라서는 그녀가 30대 중반밖에 되지 않는다고 말하기도 한다. 170센티 정도의 키에 얼굴은 갸름하고 아주 말랐으며 왼쪽 허리가 아픈지 오른쪽으로 약간 몸을 내민 채 걸었다. 또 블라우스나 셔츠의 왼쪽 어깨 부분은 늘 맨살을 드러내 놓고 다녔

다. 어떤 날에는 영화 〈위대한 개츠비〉에서 미아 패로우가 썼던 1920년
대 풍의 보닛(끈으로 턱 밑에서 매는 부인용 모자)을 쓰고 나타나기도 했
다. 누가 봐도 이상한 여자임을 단번에 알아볼 수 있는 차림이었다. 나는
근처 탄천으로 산책을 자주 나가는데 그 길에서 이 여자와 더러 만나게
되었다. 그때마다 왠지 모르지만 깊은 슬픔과 안타까움을 느꼈다.

이렇게 자주 마주치다 보니 주위 사람들에게 그녀에 대한 얘기를
물어 보게 되었다. 그녀는 우리 집 근처 5단지 아파트에서 홀어머니와 함
께 살고 있다고 한다. 비록 정신을 놓기는 했지만 일상 생활을 영위하는
데에는 큰 문제가 없어 수퍼 같은 데 가서 물건도 곧잘 사고 돈 계산도 수
월하게 한다는 것이었다. 그러나 그 이상한 옷차림과 얼굴 표정 그리고
행동거지 때문에 여러 번 택시 승차를 거부당했다고 한다.

내 서재에서는 건너편 5단지와 길 아래 6차선 도로의 택시 주차장
이 보이는데 우연히 그녀가 택시를 탔다가 승차 거부를 당해 도로 내리
는 광경을 보기도 했다. 어느 일요일, 아침 미사에 갔다가 성당 안으로 들
어온 그녀를 보기도 했다. 하지만 그녀는 영성체가 시작되기 전 스스로
성당에서 빠져나갔다. 일단 이렇게 관심을 갖기 시작하자 그녀의 모습이
자주 눈에 띄었다. 그녀가 발병한 것은 15년 전 런던에서 유학할 때였는
데 남자의 배신으로 크게 충격을 받아 공부를 그만두고 서울로 돌아왔고
지금은 홀어머니가 계신 분당 집에서 함께 산다는 것이었다.

그녀는 어릴 적 시골 다방 마담처럼 알몸으로 돌아다니지는 않았으

나 무엇인가를 벗어 놓은 사람 같다는 느낌을 떨칠 수가 없었다. 비록 옷을 입고 있지만 실제로는 벗고 있는 여자 같아 보였다. 다방 마담이 육체적으로 벗어버렸다면, 그녀는 정신적으로 벗어버린 느낌이었다.

그런데 이런 유형의 미친 여자를, 그러니까 옷 잘 입고 발광한 여자를 사회에서는 제일 무시해 왔다. 라틴어 속담에 '신은 죽게 하려는 자를 먼저 미치게 만든다. quos deus vult perdere prius dementat' 라는 말이 있는데 이것이 바로 미친 '여자' 를 매도하는 기존 사회의 단죄 방식이었다. 죽을 만한 짓을 했기 때문에 - 좀더 속되게 표현하면 감히 남자한테 대들었거나 맞먹으려고 했기 때문에 - 미치게 되었다는 것이다.

적반하장이라는 말이 여기에 딱 해당되는데, 실제로 여자를 미치게 한 것은 남성 중심의 사회 제도였으면서도, 가당치 않게 신의 이름을 들먹이며 피해자에게 모든 것을 뒤집어씌운 것이다. 다방 마담이나 이 40대 여자가 미친 까닭도 남자들의 배신 때문이 아닌가. 여자들에게 저항할 힘이 없음을 기화로, 달면 삼키고 쓰면 뱉는 식으로 내 버린 남자들이 원인 제공자가 아닌가.

내가 인상적으로 기억하는 세 번째 알몸의 여자는 책에서 읽은 리디아 왕 칸다울레스의 왕비이다. 왕은 왕비를 너무 사랑한 나머지 그녀가 이 세상에서 제일 아름다운 여자라고 믿었다. 왕의 근위 중 그가 특별히 좋아하여 자주 상의하는 기게스라는 사람이 있었다. 왕은 기게스에게 왕비의 아름다움을 여러 번 자랑했으나 근위가 별로 믿지 않는 눈치를 보이자 이렇게 말했다.

"자네는 왕비의 아름다움을 믿지 않는 것 같군. 남자의 귀는 눈보다 잘 믿지 못하는 경향이 있다는 건 나도 알지. 좋아, 그렇다면 내가 자네에게 왕비의 알몸을 한번 보여주지."

"전하 무슨 말씀이십니까?"

기게스는 무슨 마魔가 자기에게 떨어지지 않을까 두려워하며 황급히 가로막았다. "예전의 우리 조상들은 여자란 옷을 벗으면 그 수줍음마저 내던진다고 했습니다. 그래서 남자들에게 각자 자기 자신의 것만 보라고 했습니다. 왕비 마마의 아름다움을 제가 익히 아오니 제발 그런 하명을 거두어 주소서."

"마가 낄까 봐 그러는가? 왕비가 눈치채지 못하는 곳에서 엿보게 해 주겠네. 자네는 우리 침실에 들어와 열려 있는 문 뒤에 숨어 있도록 해. 내가 침실로 들어가면 왕비도 따라 올 거야. 침실 입구에 의자가 하나 있는데 왕비는 그곳에 옷을 하나 하나 벗어 두지. 자네는 문 뒤에 숨어 있다가 천천히 보면 돼. 그리고 왕비가 등을 돌려 침실 쪽으로 갈 때 몰래 방에서 빠져나가면 되네."

기게스는 그렇게 하여 왕비의 알몸을 보았다. 그러나 왕비는 침실 쪽으로 걸어가다가 인기척을 느껴 순간 뒤를 돌아보았고 그게 누구인지 알아차렸다. 하지만 순간적으로 부끄러움을 느껴 소리치지 않았고 무슨 인기척을 느낀 표시도 하지 않았다. 다만 마음 속으로 자기에게 이런 모

욕을 보인 왕에게 복수해야겠다고 결심했다. 당시 리디아인과 기타의 야
만인들은 남자든 여자든 알몸을 남에게 보이는 것을 최고의 수치라고 생
각했다.

아침이 되자 왕비는 충복들을 불러서 자신의 의도를 밝히고 시립侍立시킨 후 기게스를 불렀다. 전에도 왕비에게 불려가 여러 번 의논한 일
이 있었으므로 기게스는 의심 없이 입시入侍했다. 기게스가 오자 왕비가
단도직입적으로 말했다.

"기게스, 둘 중 하나를 선택하시오. 칸다울레스를 죽이고 나의 남편
이 되어 리디아를 다스리거나, 아니면 이 순간 내 방에서 죽어 나가거나.
그렇게 해야 앞으로 왕의 명령에 복종하여 불법적인 행위를 계속 하는
것을 막을 수가 있소. 그런 불법한 명령을 내린 자가 죽거나, 내 알몸을
보아 전통적 풍습을 깨뜨린 당신이 죽어 주거나 둘 중 하나요."

기게스는 잠시 당황하면서 그런 힘든 결정을 강요하지 말아 달라고
애원했다. 그러나 왕비는 요지부동이었다. 이제 죽이거나 죽거나 둘 중
의 하나밖에 없다는 것을 알고, 기게스는 살기를 선택했다. 그리고 어떻
게 해야 왕비의 뜻을 실행할 수 있는지 물었다.

"내 알몸을 보았던 바로 그 자리에서 기다렸다가 잠든 왕을 공격하
면 됩니다."

밤이 되어도 도망칠 길이 없다는 것을 알아차린 기게스는 왕비를
따라 왕의 침실로 들어갔다. 왕비는 그에게 단도를 쥐어 주고 문 뒤에 조

심스럽게 숨겨 놓아 거사를 도왔다. 이렇게 하여 칸다울레스의 아내와 왕국은 기게스의 손으로 넘어갔다. (헤로도투스《역사》제 1권 8-12)

지금까지 예를 든 세 알몸의 여자는 연대의 차이는 있으나 통시적으로 보면 자신에게 가해진 모욕 - 구체적으로 남자의 배신 - 에 반응하는 3가지의 전형적 타입을 보여주고 있다. 한 여자(우리 동네의 40대 여자)는 모든 것을 자신이 다 수용하여 내파內破 : 속으로 깨어짐해 버린 경우이고, 어릴 적 다방 마담은 거부의 몸짓을 보였으되 소극적 시위로 그친 경우이고, 리디아 왕비는 아예 남자를 제거해 버리고 적극적으로 자신의 명예를 회복한 경우이다.

나는 이 세 여자 중에서 리디아 왕비가 제일 마음에 들고, 우리 동네의 여성이 제일 안타깝다. 이 40대 여성은 마치 이렇게 말하고 있는 것 같다.

"어떻게 하겠어요. 남자들은 다 그런 거 아니에요. 벗으라면 벗어야지요. 남자가 싫다는데 뭘 어떻게 매달리겠어요. 내가 다 뒤집어쓸 수밖에."

나는 이런 체념하는 태도가 정말 싫다. 왜 저항하지 못하는가. 너(남자)나 나나 이 세상에 목숨을 받아 태어난 것은 마찬가지이다. 그런데 내가 왜 너의 부당한 명령을 받아야만 내 목숨을 이어갈 수 있단 말이냐. 왜 이렇게 당당하게 외치지 못할까. 그래도 다방 마담은 광장에서 알몸 시위를 하면서 한번 크게 외쳐 보기라도 했으니 속이라도 시원했겠지만,

우리 동네의 그녀는 그저 미아 패로우의 보닛으로 자신을 달래고 있으니 그것이 너무 한심한 것이다.

이에 비해 리디아 왕비는 자신의 명예를 지키려 했을 뿐만 아니라 그것을 강제할 수 있는 힘과 꾀마저 가지고 있었다. 칸다울레스 왕은 쓸데없이 아내의 미모를 자랑하여 화를 자초한 어리석은 사람이다. 자기의 것은 자기만 보면 될 터인데, 그것을 공연히 떠벌리면서 공유하려고 들었으니 필경에는 목숨과 아내와 왕국을 모두 잃어버리게 된 것이다. 여자의 알몸은 누구에게 보여주기 위해 있는 것이 아니다. 그녀가 사랑의 정표로 보여주는 가장 마지막의 것이다. 그것을 훼손한 칸다울레스는 자기 목숨으로 대가를 치르는 게 마땅하다.

리디아 왕비의 알몸은 아주 강력한 힘인가 하면, 어떻게 보면 아주 신비한 힘이기도 하다. 왕국의 지배자마저도 갈아치울 수 있는 힘, 기존의 제도에 강하게 저항하는 힘, 자연의 질서라는 것도 얼마든지 초월할 수 있는 그런 힘을 가지고 있는 듯하다. 나는 그런 불가사의한 힘 혹은 신비한 힘의 편린을 이런 기사를 통해서 다시 한 번 확인할 수 있었다.

아파트 15층 뒷 베란다에서 알몸으로 바람 쐬던 여대생이 40미터 아래로 떨어졌으나 나뭇가지에 걸려 목숨을 건졌다. 2월 12일 오전 1시 20분쯤 충북 청주시 흥덕구 개신동 S 아파트 15층에 하숙하는 B씨(22 · 여 · 대학 2년)는 평소 습관대로 알몸으로 자다가 전날 마신 술기운을 식히기 위해 뒷 베란다로 나가 신문

지 더미를 딛고 창문을 여는 순간 중심을 잃고 40미터 아래 잔디밭으로 떨어졌
다. 지상 2미터 높이의 단풍나무에 오른쪽 허벅지가 걸려 대퇴부 골절상만 입은
B씨는 "어찌된 일인지 전혀 기억이 나지 않는다."고 사고 경위를 조사한 경찰관
에게 진술했다. (중앙일보, 1999년 2월 13일 주사위).

나는 내가 죽으리라는 것을 안다

지존파 6명은 전남 영광군 불갑면의 외딴 농가에 범행 아지트를 차려 놓고 돈이 많아 보이는 고급 승용차 탄 사람들을 강제 납치하여 여자는 윤간하고 남자는 살해하다가 1994년 9월에 검거되어 1995년 11월 사형이 집행된 범죄 집단이다.

이 집단의 두목이 홍콩 영화 〈지존무상〉을 좋아하여 조직의 이름을 지존파라고 했는데, 정작 이 두목은 여중생 강간 사건으로 체포되어 광주 교도소에 수감된 채로 조직원들을 원격 조종했다. 두목이 내린 지시는 고급 승용차를 탄 사람들을 납치해서 아지트로 데려온 후 고문하고 몸값을 최대한 받아 낸 다음 살해하라는 것이었다. 이들은 검거되었을 때 전혀 후회하는 빛이 없었고 피해자들에게 개인적 원한은 없지만 사회에 복수하고 싶었다는 말을 했다.

이들을 검거하는 데 결정적 단서를 제공한 사람은 애인과 함께 그 랜저 승용차를 타고 가다가 납치되었던 여성이었다. 이 남녀는 차만 좋은 것을 타고 다닐 뿐 실제로는 빼앗길 만한 돈이 전혀 없는 사람들이었다. 그 사실을 알게 된 지존파는 남자에게 억지로 술을 먹여 의식을 잃게 한 후 머리에 비닐 봉지를 씌워 질식사시켰다. 그 살인 과정에 여자를 강제로 동참시켜 공범 의식을 느끼도록 했고 또 윤간함으로써 자포자기의 상태로 몰고 갔다. 이들은 여자가 이미 그들과 한패가 되었다고 생각하여 죽이지 않고 조직의 일원으로 삼았다. 그러나 여자는 끝내 도망쳐서 경찰에 신고했고 그녀 덕분에 지존파를 일망타진할 수 있었다.

건설 현장에서 막노동을 했던 이들 지존파는 외딴 농가에 기역자 형태의 슬래브 건물을 지어 놓고 완전범죄를 획책했다. 살해한 사체와 증거를 태워 없애기 위해 지하에 소각장을 만든 뒤 소각로의 연통을 집 뒤편의 대형 환풍기와 연결하여 사체를 태울 때 나는 냄새를 제거했다. 이들은 아지트가 마을에서 외따로 떨어져 있음에도 불구하고 사체 소각 시의 냄새나 연기가 마을 사람들의 의심을 불러일으킬지 모른다고 판단하여 아지트 마당에 불을 피우고 돼지고기를 구워 먹는 연막 작전을 펼치기도 했다.

1994년의 가을에서 겨울에 이르기까지 도하 신문과 잡지에는 이 지존파의 범죄 행위를 소개하는 기사들이 많이 실렸다. 당시 나도 신문이나 텔레비전에서 그들이 턱을 쳐들고 눈을 똑바로 뜬 채로 "돈 많다고 거들먹거리는 놈들이 싫었다.", "압구정동 야타족들, 돈 없는 사람을 무시하는 놈들은 다 죽이고 싶었다.", "시작도 못하고 여기서 끝난 게 안타깝다."라고 말하던 것을 보았다. 그리고 이들의 범행을 소개한 신문이나 잡지의 기사들을 하나도 빠뜨리지 않고 읽었는데 어떤 때는 같은 얘기를 다르게 보도하는 등 혼란이 있기도 했다. 나는 그 기사들 중 단란주점의 여주인과 울산 기계공업사의 소사장 부부의 이야기를 읽었을 때 가장 가슴이 아팠다.

단란주점 여주인은 초록색 볼보 차를 타고 다닌다는 것 이외에는 별로 내세울 것도, 지닌 돈도 그리 많지 않은 사람이었다. 그러나 운명이 그녀에게 그렇게 예정되어 있었던 것인지 그녀는 지존파의 마수에 걸려들어 그들의 아지트로 끌려갔다.

그들이 아무리 협박을 해도 있지 않은 돈이 나올 리가 없었다. 그들은 마지막으로 마당에 구덩이를 파 놓고 위협했다. 어서 돈을 가져와라. 그렇지 않으면 이 구덩이 속으로 들어가 생매장이 된다. 그러나 그녀는 돈이 없다고 말했고 지존파는 결국 지존의 처리 방식을 집행했다. 단란주점 여주인이 죽음을 앞두고 어떤 반응을 보였는지에 대해서 신문이나 잡지의 기사는 언급하지 않았다. 이제 죽는 길밖에 없다는 것을 안 그녀는 마지막으로 담배 한 대만 피우게 해 달라고 했다.

나는 이 기사를 읽는 순간, 숨이 막힐 정도로 충격을 받았다. 그 마지막 담배를 피우던 순간, 그녀는 무슨 생각을 했을까. 이렇게 이승을 떠날 수밖에 없는 자신을 한탄했을까. 왜 나한테만 이런 일이 벌어지는 것일까, 하고 원망했을까. 사람이 절벽에서 떨어지거나 물 속에 빠져 곧 죽게 되면 그의 짧은 인생이 고속 필름처럼 의식의 망막 위를 스쳐지나간다고 하는데 그녀도 자신의 인생을 고속 필름처럼 되새겨 보았을까.

어린 날 화단에서 막내 동생과 싸우다 엄마에게 야단 맞은 일, 동네 뒷산에 놀러 갔다가 길을 잃고 헤매던 일, 여학교 시절 교복이 너무 남루하다고 새것으로 바꾸어 달라고 투정부리던 일, 서울로 처음 수학여행을 와서 신기하게 구경하던 일, 아이를 낳지 못해 시집에서 쫓겨난 일, 정말 좋은 남자인 줄 알고 재혼까지 마음먹었던 남자가 사기꾼으로 밝혀진 일, 목 좋은 곳에 단란주점을 싸게 임대하여 기뻐했던 일, 중고 초록색 볼보를 사들였을 때 남들에게 자랑하고 싶었던 일 등을 생각했을까.

나는 길을 걸어가다가도 그녀 생각을 하면 마치 내가 마지막 담배한 개피를 허용 받은 사람이 된 것처럼 오싹오싹 놀라기도 했다. 그러나 단란주점 여주인 이야기보다 더 충격적인 이야기가 기다리고 있었다. 그 뒤에 보도된 소사장 부부 이야기는 나를 거의 공황 상태로 몰고 갔다.

부부는 1994년 9월 13일, 추석 하루 전날, 경기도 분당에 있는 남서울 공원묘원에서 부모님 묘를 찾아와 정성껏 벌초를 하고 돌아가던 길이었다. 경남 울산에 있는 중소기업 기계공업사의 소사장(당시 42세)과 그의 아내(당시 35세)는 지존파에게 납치되어 전남 영광의 아지트로 끌려

갔다. 당초 기사에는 지존파가 소사장을 잡아 두고 그 아내를 울산에 보내 돈을 가지고 오게 했다고 나와 있었다. 나는 소사장 부부에 관련된 사건 기사를 읽었을 때, 정말 섬뜩한 한기를 느꼈다. 부부는 돈도 빼앗기고 목숨도 건지지 못했던 것이다.

나는 부인이 왜 남편이 죽는 한이 있더라도 경찰에 신고하지 않았을까 안타까운 생각이 들었다. 어린 두 딸을 생각하면 더욱 그랬다. 적어도 남편은 죽었을지 모르지만, 자신은 목숨을 건지고 아이들을 키울 수 있고 범인들을 붙잡아 정의의 심판대 앞에 세울 수 있을 것이었기 때문이다. 그리고 전남 영광에서 경남 울산까지 버스를 타고 가는 그녀의 마음 속은 얼마나 뜨거운 초열焦熱 지옥이었을까. 구덩이 옆에서 한 개피의 담배를 마지막으로 피우고 죽은 단란 주점 여주인은 잠시 동안 고뇌했겠지만, 소사장 부인은 얼마나 많은 시간을 고뇌하며 생지옥을 견뎌 내야 했을까.

하지만 지존파 일당의 소행이 자세히 보도되면서 그녀가 울산까지 여행하지 않은 것으로 밝혀졌다. 인질로 잡혀 있었던 것은 소사장이 아니라 그의 아내였다고 한다. 또 울산까지 여행을 한 것이 아니라, "살려 보내 줄 테니 회사 총무부장에게 전화해서 현금 1억 원을 가져오라고 지시하라."고 요구하면서, 회사의 총무부장을 광주 터미널로 오게 했다는 것이다. 소사장은 시키는 대로 총무부장에게 전화해서 9월 14일 오후 1시, 전남 광주의 버스 터미널에서 돈을 건네 받기로 했다. 지존파는 소사장 부인은 지하 감방에 감금해 둔 채 소사장과 함께 광주 터미널로 가서 소사장만 보내 돈을 받아 오게 하고 자신들은 차에 앉아 감시했다. 터미널에서 총무부장 일행을 만난 소사장은 고개를 숙인 채 "납치됐어. 따라오지 마!"라는 한 마디만 남기고 돈 가방을 받아들자마자 뒤돌아 왔다. 총무부장 일행은 경찰에 신고했으나 단서가 없어서 수사는 공전했다.

돈을 손에 넣은 지존파는 9월 15일 새벽 3시, 극심한 공포심과 풀려날지 모른다는 희망에 잠 못 이루던 소사장 부부에게 억지로 과음을 시킨 후 의식이 혼미해진 사이 공기총을 쏘고 칼과 도끼를 휘둘러 살해했다. 그들은 증거 인멸을 위해 소사장 부부의 사체를 절단한 뒤 소각로에 넣어 태웠다.

현장에서 발견된 그의 편지를 보면 소사장은 자신이 혹시 살아날지도 모른다고 생각한 것 같다.

회사를 작년에 인수해서 흑자 경영을 해보려고 막 기계 설비를 들여놓는 중입니다. 회사 사정이 많이 좋지 않은 상황입니다……지금 형편상 마련할 수 있는 돈은 4천 3백만 원뿐입니다. 제 통장을 확인해 보시면 알 겁니다. 어렵게 마련한 회사인 만큼 꼭 살려서 어엿한 기업으로 만들어야 하지 않겠습니까? 원하는 대로 다 하고 있는 돈도 다 드리겠습니다. 돈은 벌면 되니까 아까워하지 않겠으니 제발 아내와 딸들을 해치지 않겠다고 약속해 주십시오……. 돈을 마련해 나오라고 하고 사전에 저와 약속해서 가까운 곳에서 제 아내를 인질로 잡고 있다가 돈을 전달받으면 후에 놓아주십시오. 부탁드립니다. 이상의 말씀은 남아의 약속으로 꼭 지키겠습니다. 나도 어렵게 살아 이해할 수 있습니다. 나도 남의 돈을 훔쳐본 경험이 있으니까요. 한 가정의 가장으로서, 또 한 회사를 운영하는 사장으로서 돈 아까워하지 않고 다시 열심히 벌면 되니까 허튼 짓 않겠습니다.

이 편지는 지존파에게 잡히던 날, 그들을 회유하기 위한 것이었고 그 다음날 광주 터미널로 나갔을 때에는 일이 잘못되면 큰 비극이 닥쳐오리라는 것을 예상했을지 모른다. 여기서 나는 이런 부질없는 공상을 해본다. 만약 광주 터미널에 나온 소사장이 아내의 죽음을 무릅쓰고 총무부장과 함께 범인들에게 저항했더라면 어떻게 되었을까? 그는 범인들을 잡아서 응징하고 아내의 복수를 해줄 수 있었을지도 모른다. 회사도 지키고 혼자서 어린 두 딸을 돌볼 수도 있었을 것이다. 그러나 소사장은 아내 없이 혼자서 살아남는다는 생각은 추호도 하지 않았다. 아내가 남편에게 배신당했다는 느낌을 가지고 생애의 최후를 맞도록 내버려둔다는 것은 상상조차 할 수 없는 일이었다. 그래서 그는 지존파의 아지트로 돌아갔고 결국 아내도 돈도 그의 목숨도 그 밖의 모든 것도 다 잃었다.

어쩌면 소사장은 결말이 이렇게 되리라는 것을 알고 있었을지도 모른다. 나이 마흔을 넘긴 중년의 남자가 유괴범이나 납치범이 돈을 빼앗고 인질을 돌려보낸 적이 거의 없다는 경험 법칙을 몰랐을 리 없다. 그러나 소사장은 돌아갔다. 일이 잘못될 경우 모든 것을 다 잃어버려도 좋지만 결코 아내를 까마득한 벼랑 위에 세워 두고 모른 체 하지 않겠다는 그 마음 하나로 돌아갔던 것이다.

〈맹자〉 고자장에는 이런 말이 나온다.

"삶도 내가 바라는 것이지만, 내가 원하는 것 중에는 사는 것보다 더 중요한 것이 있기 때문에 구차히 살려고 하지 않는다. 죽음이란 또한 싫은 것이지만, 싫기가 죽음보다 더 한 것이 있기 때문에 비극도 피하지 않는다."

사람에게는 차라리 죽어 버릴지언정 살아서는 견딜 수 없는 모욕이 있다. 위험에 빠진 아내를 배신한다는 것이 바로 그런 경우이다. 그것은 죽음보다 더 싫은 일이다. 소사장은 그 때문에 자신이 죽으리라는 것을 알면서도 아지트로 돌아갔다. 그 비장한 뜻을 되새기노라면 나도 모르게 이런 말을 중얼거리게 된다.

"나는 내가 죽으리라는 것을 안다. 그러나 나는 돌아가야 한다."

꿈 이야기

우리가 밤중에 잠자면서 꾸는 꿈들은 대부분 아무런 의미가 없는 것들이다. 렘Rapid Eye Movement : 눈알이 빨리 돌아가는 깊은 수면을 돕기 위한 보조 수단인 것이다. 그런 꿈들 중에는 신체적 조건이 부과하여 꾸는 꿈들이 상당수를 차지한다. 가령 술을 많이 마시고 잠든 날 밤에는 사막을 걸어가다 오아시스를 만나 시원하게 물을 들이키는 꿈을, 방 안의 공기가 너무 차가울 때는 해운대의 따뜻한 해변에서 뻐기면서 걸어가는 꿈을 꾸는 것이다. 남성이나 여성이나 잠드는 조건과 환경에 따라 이런 꿈들을 많이 꾼다. 가령 어떤 여성이 꿈 속에서 목욕을 하고 있었는데 곧 그 물이 피로 변하더라는 것이다. 너무 놀라 잠에서 깨니 막 생리가 시작되고 있었다고 한다.

나의 경우 이런 신체적 조건이 부과하는 꿈 중에 지속적으로 꾸는 꿈이 있다. 나는 굉장히 오줌이 마려워 하며 거리 어딘가에 서 있다. 그리하여 열심히 화장실을 찾아다닌다. 그런데 지금 서울 시내 어딜 가나 화장실이 개선되어 모두 좌변식이고 남성용의 경우는 입식인데, 내가 들어간 그 화장실은 어떻게 된 연유인지 쪼그려 앉는 오래된 재래식 양변기만 놓여 있다. 막 일을 보려는 순간 그 변기에 한 덩어리의 똥이 똬리를 틀고 있는 것을 발견하고 그냥 나와 버린다.

같은 내용이지만 세부 사항이 약간 다른 이런 꿈을 꾸기도 했다. 이번에는 거리에 있는 것이 아니라, 무슨 운동장 같은 데서 소규모 친목회를 하고 있다. 그 학교의 화장실은 여전히 쪼그려 앉는 방식의 변기이고, 우습게도 변기가 딱 하나밖에 없다. 그리고 거기에는 역시 똬리를 틀고 있는 물건이 있다. 그런데 이번에는 거기를 그냥 나올 수가 없다. 누가 밖에서 내가 나오기를 기다리는 눈치이기 때문이다. 괜히 내가 그 똬리의 주인공으로 오해될 상황이다. 나는 연거푸 변기의 물을 내리지만 그것은 내려가지 않는다. 세 번 네 번 내려도 요지부동이고 이제 밖에 있는 사람은 계속 나오라고 노크를 하고……. 나는 식은 땀을 흘리며 잠에서 깨어난다.

이런 꿈을 지속적으로 꾼다고 해도 악몽도 아니고 또 그 이유를 쉽게 설명할 수 있기 때문에 마음에 두지 않게 된다. 몸이 오줌을 누고 싶으나 꿈 속 화장실에서 일을 시원하게 보면 그것이 실제로는 이불에다 지도를 그리는 것이 되기 때문에, 꿈의 주관자(무의식)가 그것을 교묘하게 방해하는 것이다.

그러나 이런 신체적인 꿈도 아니면서 지속적으로 꾸고, 또 그런 꿈을 꾸지 않았으면 하고 바라는 꿈(소위 악몽)은 사정이 달라진다. 그런 꿈은 우리가 보기 싫어하는 - 혹은 의식하지 못하는 - 정신적 기상도氣象圖를 보여주는 것이기 때문에 주목하게 된다. 나는 그런 꿈을 꾸고 나면 아내나 가족에게 그 꿈을 이야기하여 꿈속의 상황을 다시 한번 살펴보고 또 해석의 단서를 찾으려고 애쓴다.

우리가 지속적으로 꾸는 꿈을 해석하자면 꿈의 구조를 알아야 하는데 그것은 크게 보아 압축壓縮과 전치轉置의 두 가지로 구성되어 있다. 압축은 드러난 꿈이 감춰진 꿈보다 작은 내용을 갖고 있다는 말로 설명된다. 이 압축을 수사법에서는 은유라고 한다. "옥수수 밭은 일대 관병식觀兵式", "내 마음은 호수(김동명)"나 "이상理想은 아름다운 꽃다발을 가득 실은 쌍두마차(김용호)" 같은 것이 은유인데 실제 꿈에서는 관병식이나 호수나 쌍두마차만 나타나기 때문에 옥수수 밭, 나의 마음, 이상을 연상하기가 어렵다. 서로 다룬 두 가지를 '동등'하다고 볼 수 있을 때에만 비로소 그것을 해석할 수가 있다.

전치는 꿈의 내용을 위장하는 것이다. 그러니까 자기의 얘기를 남의 얘기인 것처럼 꾸미는 것이다. 가령 아버지를 두려워하는 아들은 꿈에서 아버지를 하느님, 태양, 엔지니어, 선생, 지휘관, 경찰서장, 재판관

등으로 전치시킨다. 수사법에서는 환유라고 하는데 "모든 땅은 왕관에 속한다."라는 말이 여기에 해당한다. 왕관은 왕의 일부에 지나지 않지만 왕의 전체를 가리키는 것이다. 이렇게 하여 독한 술 대신에 병을, 들짐승과 날짐승 대신 털과 깃털, 30척의 배 대신 30개의 돛이라고 쓸 수가 있다. 환유는 이처럼 원래의 것을 '대체' 해 버린다.

이러한 꿈의 구조를 생각하면서 내가 지속적으로 꾸었던 꿈을 소개하면 이러하다. 꿈 속에서 나는 종로구청 뒤에 있는 첫 직장 대림산업의 사무실로 들어간다. 그런데 회사의 정문이 아니라, 후문으로 몰래 들어가는 모습이다. 오전 11시 혹은 오후 3시 무렵이다. 드디어 사무실로 들어선다. 모두들 뜨악한 표정으로 나를 쳐다본다. 저렇게 오래 무단 결근한 친구를 왜 회사는 해고하지 않을까 하는 표정이 역력하다.

책상에 앉은 나는 좌불안석하면서 가슴이 조마조마하다. 이런 식으로 버티다 보면 모두들 나를 받아 줄 거라는 막연한 희망을 갖고 있다. 그러다가 화장실을 다녀오기 위해 복도로 나왔다가 마침 그 층에 올라온 엘리베이터를 타고 거기서 벗어난다.

이 꿈은 바람 부는 들판을 걸어가다가 땅을 팠는데 거기서 사람의 뼈다귀가 나오더라는 식의 악몽은 아니다. 하지만 꿈 속에서 너무 좌불안석하면서 가슴이 조마조마했기 때문에 깨면 기분이 좋지 않고 다시는 이런 꿈을 꾸지 않았으면 싶었다. 게다가 나는 각성 중에는 첫 직장으로 되돌아가고 싶다는 생각을 단 한 번도 해본 적이 없기 때문에 그런 꿈을 꾸는 것이 너무나 억울했다. 이 꿈을 꾼 날은 아침 식사를 하면서 꼭 아내에게 꿈을 말해 주었다. 그러면 아내는 "몸이 피곤한가 봐.", "번역 생활이 힘든가 봐.", "직장 생활이 하고 싶은가 보지?" 정도로 응대하면서 별로 의미를 두지 않는다.

그러나 꿈의 압축과 전치라는 개념을 알고 있는 나는 첫 직장은 무엇의 전치이며 이렇게 버티다 보면 모두들 나를 받아 줄 거라는 막연한 희망은 무엇의 압축인지 곰곰 생각하게 되었다. 첫 직장은 그만둔 지가 꽤 오래되었고 그 후 번역가 생활에 보람을 느끼고 있는 내가 그 직장으로 다시 돌아가야 할 이유도 없었다. 그런데도 불구하고 왜 그런 꿈을 되풀이할까.

그 꿈을 해석하는 것도 중요하지만 그보다 내가 더 바라는 것은 다시는 그런 꿈을 꾸지 않는 것이다. 그 꿈을 꾸고 깬 날은 영 머리가 뒤숭숭하고 기분이 좋지 않았다. 그리고 무엇보다도 내가 아무리 생각해 봐도 그런 꿈을 꾸어야 할 이유가 없었다. 이처럼 각성 중에 그 꿈을 곰곰이 생각했던 탓인지 다음 번에 그 꿈을 꾸면 꿈 속의 나는 사무실의 환경을 좀 더 자세히 살핀다. 사우디아라비아 과課는 저쪽에 있었는데 아프리카 과와 자리를 맞교환했구먼. 그 예쁘게 생긴 타이피스트 아가씨는 결혼을 했는지 보이지 않는구나. 이렇게 생각하며 주위를 계속 관찰하고 있다. 그러나 여전히 좌불안석이다. 그렇게 안타까워하는 상태가 지속되다가 잠에서 깬다.

낮이면 그 꿈에 대해 자주 생각하다가 이런 결론에 도달했다. "꿈 속의 나는 내가 아직도 그 건설 회사에 다니고 있는 것으로 생각하고 있다." 그렇다면 꿈 속의 나에게 "너는 그 회사를 다니지 않는다."라고 일러 줄 수만 있다면 그 꿈을 물리칠 수 있다고 보았다.

꿈 속에 있는 사람에게 어떤 정보를 알아보거나 지시를 내리는 것이 가능할까? 가능하다. 실제로 그런 경우가 많이 보고되어 있다. 프로이트의 《꿈의 해석》에는 A. 모리의 사례가 보고되어 있다. 모리는 꿈 속에서 어느 해수욕장에 놀러갔는데 그 해변에서 자신을 아는 척하는 여자를 만났다. 그 여자와 얘기를 나누던 중 갑자기 잠에서 깼다. 모리는 여자의 얼굴이 선명하게 기억이 났지만 정작 그 이름은 생각나지 않았다. 그래서 다음 번 꿈 속에서 또 만나게 된다면 직접 이름을 물어보리라 생각했다. 그리고 꿈에서 다시 그 여자를 만났을 때 물어보았더니 과연 이름을 가르쳐 주더라는 것이다.

16세기 독일의 의사 겸 화학자인 파라켈수스도 이 문제에 대하여 이렇게 말하고 있다.

"50년 전에 죽은 사람의 영혼이 꿈에 나타나는 일이 벌어진다. 그 영혼의 전달 사항은 특별히 신경 써야 한다. 왜냐하면 꿈 속의 영혼은 환상이나 망상이 아니기 때문이다. 사람은 잠자는 동안에도, 신체가 깨어 있는 동안에 그러했던 것처럼 그의 이성을 사용하는 것이 가능하다. 이런 상태에서 꿈 속에 나타난 영혼에게 뭔가를 물어본다면 그 영혼은 진실된 대답을 들려줄 수 있다. 이 영혼을 통하여 인간의 화복길흉에 대한 많은 정보를 얻을 수 있다. 많은 사람들이 제발 꿈에 나타나 뭔가 정보를 달라고 기도를 올렸고 실제로 그런 기도의 응답을 얻었다. 어떤 병든 사람들은 잠자는 동안에 그 병의 치료약에 관한 정보를 얻었고 실제로 그 약을 복용했더니 병이 나았다. 이러한 일은 기독교 신자들에게만 벌어지는 것이 아니라 유대인, 페르시아인, 이교도, 좋은 사람, 나쁜 사람 가릴 것 없이 벌어진다."

그러나 꿈 속의 나에게 지시를 내리려면, 꿈 속의 내가 왜 그런 생각을 하는지 그 이유를 각성 중에 밝혀내야 한다. 그 이유를 생각하다가 이런 짐작을 해보았다. 입사 초기 총각 시절에 나는 사우디아라비아 파견 근무를 갔다가 풍토병에 걸려서 중간에 돌아온 적이 있었다. 그때 회사 직원들의 싸늘한 눈총을 받은 적이 있는데 그때의 충격이 꿈 속에서 되풀이되는 것이 아닐까 하는 생각이었다.

그것을 프로이트는 전쟁 신경증war neurosis으로 설명했다. 세계 제1차 대전 후 전쟁 신경증을 앓게 된 환자를 많이 치료한 프로이트는 그 환자들이 자꾸만 끔찍한 전투의 순간으로 되돌아가는 꿈 혹은 환상을 본다고 보고하면서, 끔찍한 순간의 고통을 이렇게 비유적으로 설명했다. 가령 그 충격의 강도를 돈으로 따져서 1백만 원이라고 할 때, 그 환자가 충격 받을 당시 지닌 돈이 30만 원밖에 없어서 우선 그 돈만 지불하면, 나머지 70만 원은 채무가 변제될 때까지 되풀이해서 청구된다는 것이다.

바꾸어 말하면 그 당시의 충격 값 100만 원에 해당하는 것은 죽음인데, 그 병사는 죽지 않아서 채무를 전액 지불하지 않았으므로, 그 충격의 순간이 재발한다는 것이다.

굳이 프로이트의 설명이 아니더라도, 군대 갔다 온 젊은이들이 다시 군대에 가는 꿈, 가령 다시 입대 통지서를 받는 꿈, 전역이 며칠 안 남았는데 갑자기 복무 기간 연장을 알리는 통지서를 받는 꿈 등은 모두 제대 후에도 군대 생활의 충격을 잊지 못하고 있음을 보여주는 것이다.

내가 사우디아라비아에서 중도 귀국한 충격이 컸기 때문에 그런 꿈을 되풀이하는 것일까. 하지만 설득력이 좀 떨어지는 얘기였다. 사우디아라비아 파견 근무는 1978년의 일인데 그때의 충격이 그렇게 오래 끌리가 없었다. 게다가 그 후 1983년부터 1986년까지 3년 만기의 사우디아라비아 파견 근무를 완수했다. 그 풍토병이라는 것은 일시적인 신체의 난조에 불과했던 것이다.

이렇게 궁리하다가 나는 프로이트의 단어 제시라는 개념을 만나게 되었다. 이것은 꿈 속에서 벌어지는 풍경은 때때로 단어를 통하여 해석될 때 그 풍경의 의미를 제대로 살펴볼 수 있다는 이론이었다. 프로이트는 〈무의식〉이라는 논문에서, "여드름을 짜내는 것과 음경에서 정액을 분출하는 것 사이에는 유사성이 별로 없다. 그리고 여드름을 짜내고 남은 구멍과 여성의 질 사이에는 더욱 더 유사성이 없다. 그러나 앞의 경우는 '짜내다.' 라는 유사성이 있고, 뒤의 경우에는 '구멍은 구멍이다.' 라는 속설대로 언어적 유사성이 있다. 이러한 대체 현상을 가능하게 한 것은 지시되는 사물의 유사성이 아니라, 그 사물을 표현하기 위해 동원되는 단어의 유사성이다.” 라고 말했다.

그러니까 사물 제시인 무의식적(꿈의) 상태가 의식적인 것이 되려면 그 중간에 연결 고리들이 놓아져야 하고 그것을 도와주는 것이 유사한 단어의 연상(단어 제시)이라는 것이다.

이 이론을 적용한다면 첫 직장은 첫 사랑의 전치(환유)이며 이렇게 버티다 보면 모두들 나를 받아 줄 거라는 막연한 희망은 첫 사랑 여인과의 불발로 끝난 결혼이 이루어질지도 모른다는 소망의 압축(은유)이 된다. 나는 이 생각에 이르는 순간 얼굴이 붉어졌다. 그렇다면 헤어진 지 오래된 여자를 아직도 생각하고 있다는 뜻인데, 비록 꿈 속이기는 하지만 너무나도 께름칙한 해석이 아닐 수 없었다. 나는 그 해석을 결코 받아들일 수 없었다. 하지만 정신분석은 우리의 의식이 아주 강력하게 거부하는 곳에 바로 무의식이 자리 잡고 있다고 설명하지 않는가.

나는 아내를 사랑하고 원만한 결혼 생활을 영위하고 있으며 애들도 잘 크고 있는 만큼, 첫사랑에 미련을 둘 하등의 이유가 없었다. 설혹 무의식의 영역에서 벌어지는 일이라도 그것은 싫었다. 그런 꿈을 꾼다는 것은 아내에게 뿐만 아니라 그 여성에게도 실례되는 일이었다. 나는 꿈 속의 나에게 사표(헤어짐의 은유)를 냈다는 사실을 명확하게 인식시켜야겠다고 생각했다. 마녀魔女 키르케의 섬에서 빠져 나오자면 키르케의 도움을 받아야 하듯이, 악몽에서 벗어나자면 그 악몽의 도움을 받아야 한다. 다시 말해 그 악몽 속에 들어가서 해결해야 한다.

그러나 꿈 속의 나와 각성 중의 나는 꿈 속에서 동시에 등장할 수가 없기 때문에, 해변의 여인에게 이름을 물어 보는 방식(A.모리의 꿈)으로 문제를 해결할 수는 없었다. 결국 각성 중의 내 생각이 평소 내 무의식을 압박하여 꿈 속의 나에게 영향을 미치는 방식을 취해야 했다. 나는 첫 직장과 사표의 암호를 풀었다고 생각했다. 이 해석이 맞는 것이라면 꿈 속의 나 자신에 변화가 와야 마땅했다. 왜냐하면 내 꿈의 배후에서 압축과 전치로 배후 조종하던 무의식의 손길을 폭로했으므로 그것이 더 이상 악몽의 소재가 될 수 없는 까닭이다. 무의식에 억압되어 있던 생각은 의식의 표면으로 떠오르면 더 이상 힘을 쓰지 못한다. 망상은 우리가 길에서 만나는 유령 같은 것, 그 이름을 불러 주면(그 정체를 밝히면) 유령은 스스로 떠나는 것이다.

꿈 속의 나에게 이런 메시지가 전달되었을 것이라고 기대하며 그 악몽을 기다리던 어느 날 밤, 과연 다시 수송동의 그 사무실로 돌아가는 꿈을 꾸었다. 이 꿈 속에서 나는 평소와는 약간 다른 태도를 보였다. 불안해하는 기색도 훨씬 덜해졌다. 그리고 뜨악한 표정을 짓고 있는 한 과장에게 다가가 이렇게 말하는 나 자신을 보았다. "제가요, 이 달 말일 자로 사표를 냈습니다. 그래서 인사차 왔어요." 그리고 꿈은 다른 장면으로 바뀌었다.

꿈에서 깬 아침, 나는 지난밤의 꿈이 불만이었다. 아직도 나는 회사에 다니고 있는 것이었다. '이 달 말' 까지는 거기 다니는 사람으로 되어 있는 것이다. 내가 원하는 것은 완전 퇴직이었다. 그러나 사표 낸 꿈 이후 악몽은 사라졌고 나는 이제 더 이상 꿈 속에서 첫 직장으로 되돌아가지 않는다. 설혹 그 꿈을 다시 꾼다하더라도 꿈 속의 나는 사표 사실을 명확히 인식하고 있을 것이라고 확신한다.

우리는 때때로 자신을 상대로 싸우고 미워하고 설득하고 이해하고 연민하고 동정한다. 나는 꿈 속에서 첫 직장으로 돌아가는 나에게 처음엔 격렬하게 저항했으나 이제는 그 사람을 나의 일부로 수용한다. 그런 그림자들이 오늘날의 나를 만들었다는 사실을 부인하지 않는다. 그러나 사람의 가치는 결국 공시태共時態 : 현재의 상태로 결정 나는 것이지 통시태通時態 : 과거에서 현재까지의 역사적 상태는 각주 정도의 대접밖에 받지 못한다. 통시태를 들이대며 현재의 나 자신을 변명할 수 없는 노릇이고 또 그렇게 해서도 안 된다.

나는 꿈이 현실과 일치하기를 바란다.

적극적인 현재 상태의 선언이 되기를 바란다.

과거가 아니라 다가올 미래에 대한 예언이 되기를 바란다.

지금보다 더 좋은 꿈을 꾸어 존재의 테두리를 초월할 수 있게 되기를 바란다.

어떻게 하면
눈물을

눈물larme에 해당하는 프랑스어를 프티 로베르 프랑스어 사전에서 찾아보았더니 "누선에 의하여 분비되는 투명하고 짠 액체의 방울로서 눈과 눈꺼풀 사이의 접합부를 적시며 눈 바깥으로 흘러내림." 이라는 아주 멋없는 설명이 나와 있다. 이에 비하면 아들의 죽음을 의연히 견디며 "나의 가장 나중 지닌 것도 오직 이뿐!" 이라고 눈물을 노래한 김현승의 시구는 얼마나 멋진가. 아마 참고 참다가 흐르는 눈물을 이렇게 묘사한 것이리라.

최근에 나는 이 눈물이 절실히 필요하게 되었다. 무슨 얘기인가 하면 번역을 하기 위해 컴퓨터 앞에 오래 앉아 있다 보니 안구 건조증이 생겨서 눈이 뻑뻑할 때가 많다. 낮에는 눈을 문지르거나 물로 씻어 내면 그런 대로 견딜 만한데 밤중에, 특히 잠들기 전에 마치 바늘로 눈알을 찌르는 것처럼 고통스러울 때가 있다. 또 자다가도 갑자기 눈알이 따가워 꿈깨어 일어난 경우도 있었다.

눈에서 눈물이 잘 나오지 않아 망막이 건조해진 상태에서, 미세한 먼지가 들어가 망막 표면을 찌르기 때문에 생겨나는 아픔인 것이다. 나는 웬만하면 병원에 가지 않고 버티자는 정신력 신봉자이기 때문에 이번에도 육체가 보내 오는 신호를 무시하다가 잠자기 전에 그 불쾌한 습격을 몇 번 받고 나서는 할 수 없이 안과에 다녀오게 되었다.

안과에서는 '라큐아' 라는 세안수(인공 눈물)를 주면서 이걸 수시로 눈에 떨어뜨리라는 것이었다. 하지만 여간 성가시지 않고 또 가벼운 공포마저 느낀다. 눈을 뜨고서 그 하얀(눈을 크게 뜨고 물방울을 쳐다보고 있으면 그저 하얗게만 보인다) 물방울을 쳐다보는 것은, 그 물방울이 언제 떨어질지 몰라 조바심 치게 되는 일종의 백색 공포이다. 거기다가 세안수를 집어넣으면 한동안 고통이 사라지기 때문에 이 인공 눈물 넣는 일을 자꾸만 잊어버리게 된다. 그래서 세안수 넣기를 모면할 수 있는 길이 없을까 궁리하다가 인공이 아닌 자연 눈물을 생산해 보면 어떨까 하는 데 생각이 미쳤다.

눈물을 만들어 내자면 눈물이 어떤 경우에 나오는지 살펴 볼 필요가 있는데 내 생각에 대충 세 가지 경로를 통하여 나오는 것 같다. 첫째, 참고 참았던 눈물이 더 이상 참을 수 없어서 폭발하듯이 나오는 경우이다. 가령 술집 같은데 가서 보면 술을 마시던 사람이 느닷없이 눈물을 흘리는 경우가 그것이다. 전에 술자리에서 눈물 흘리는 사람을 보면 참 궁상맞다는 생각이 들었지만, 지금은 그 사람의 그 풍성한 눈물을 좀 빌려 올 수 없을까 생각하기에 이르렀다.

둘째, 어떤 사소한 일이 계기가 되어 그것이 생각에 발동을 걸어 뜻하지 아니하게 눈물이 나오는 경우이다. 나는 얼마 전 신촌 현대 백화점 옆의 함흥 냉면 집에서 냉면을 먹었는데 그 집의 따뜻한 육수를 마시다가 갑자기 눈물을 흘려 앞에 앉아 있던 친구를 당황하게 만든 일이 있었다. 그 육수는 어머니가 아주 좋아하는 것인데 육수 - 병상의 어머니 - 돌아가실 지 모름이라고 생각이 이어지면서 자연 눈물이 나왔던 것이다. 그러나 이 방법도 상대방을 당황하게 만들 우려가 있으니 혼자 있을 때 사용해야 할 필요가 있다.

셋째, 슬픔과는 관계없이 눈물이 나오는 것으로 고마운 사람에 대한 생각, 불굴의 투지, 아름다움의 회상 등이 그런 경우이다. 가령 얼마 전 내한한 사지 없는 천사, 앨리슨 래퍼를 보고 있으면 눈물이 나는 것 혹은 톨스토이가 베토벤의 피아노 소나타 〈봄〉을 들으면서 눈물을 흘렸다는 것이 등이 그런 사례이다.

이처럼 눈물을 만들어 내는 세 가지 경우가 있으나 그것이 남녀 목욕탕처럼 딱 구분된 것은 아니고 1 - 2가 함께 연합하여 눈물을 만들어 내는 경우도 있고 2 - 3이 힘을 합쳐 눈물을 만들어 내는 경우도 있다. 가령 다음은 1 - 2가 연합한 사례이다.

페르시아의 캄비세스 대왕은 이집트의 수도 멤피스 성을 함락시킨 열흘 뒤, 이집트 왕 프삼메니테스의 기를 꺾어 놓을 결심을 했다. 당시 프삼메니테스는 왕위에 오른 지 겨우 6개월. 캄비세스는 이집트 왕과 일부 고관들을 교외로 끌어내어 모욕을 주게 했다. 먼저 대왕은 프삼메니테스의 딸을 멤피스에서 데려와 거지의 복장을 입히고 물 따르는 주전자를 들게 했다. 이집트 고관들의 딸들도 데려와 역시 거지 복장을 시킨 뒤 공주의 뒤를 따르게 했다. 공주 일행이 프삼메니테스와 이집트 고관들 있는 장소 바로 앞을 지나가자, 고관들은 딸들의 처량한 신세를 보고서 탄식을 하며 눈물을 흘렸다. 하지만 프삼메니테스는 딸의 행렬을 다 쳐다보기는 했지만 고개를 숙여 땅을 내려다볼 뿐 전혀 눈물을 흘리지 않았다. 이렇게 하여 물 주전자를 든 딸들의 행렬이 지나갔다.

그 다음에는 프삼메니테스의 아들과, 같은 나이 또래의 이집트인 젊은이 2천 명이 입에 재갈을 물리고 목에 두른 줄로 줄줄이 꿰인 채 걸어갔다. 그들은 굴비처럼 꿰어서 처형장으로 걸어가는 중이었다. 프삼메니테스는 죽음의 길을 걸어가는 아들의 행렬을 보았다. 이집트 고관들은 조금 전과 마찬가지로 엉엉 울면서 탄식했으나, 이집트 왕은 딸을 대했을 때와 마찬가지로 아무런 반응을 보이지 않았다.

그 직후, 전에 프삼메니테스의 연회에서 유쾌한 술친구 노릇을 했던 노인 한 명이 재산을 모두 빼앗긴 채 알거지가 되어, 이집트 왕과 고관들이 있는 곳으로 와서 그 주위의 병사들에게 동냥을 했다. 프삼메니테스는 그 거지 친구의 모습을 보자 눈물을 터트리고 방성대곡했다. 이집트 왕은 친구의 이름을 부르며 주먹으로 자기 머리를 마구 때리며 다 자기 잘못이라고 통탄했다.

캄비세스는 부하를 현장에 보내 딸과 아들의 행렬이 지나갈 때 이집트 왕이 어떤 반응을 보였는지 보고하게 했다. 현장 보고를 받은 대왕은 놀라면서 프삼메니테스에게 사자를 보내 질문했다.

"프삼메니테스, 그대의 왕 캄비세스가 묻는다. 그대의 딸이 치욕을 당하고 아들이 죽으러 가는 것을 보고서도 그대는 눈물을 흘리거나 아우성치지 않았다. 그런데 그대의 족속도 아닌 거지 하나가 지나가자 눈물을 흘리며 예우를 갖춰 그의 불행을 슬퍼했다. 그 이유는 무엇인가?"

프삼메니테스가 대답했다.

"오 키루스의 아들이여, 나와 내 가족들에게 벌어진 불행은 너무나도 커서 눈물조차 나오지 않는 상황이었습니다. 하지만 내 친구의 불운은 충분히 눈물을 흘려줄 만한 것이었습니다. 부귀와 영화를 누리던 자가 노년의 문턱에서 거지가 된다면, 누군들 그의 불행을 울어 주지 않겠습니까?" (헤로도투스《역사》3-14).

프삼메니테스라고 왜 울고 싶지 않았겠는가. 자신의 기를 꺾어 놓으려는 캄비세스의 속셈을 알기 때문에 참고 또 참았던 것이다. 그러나 낙타의 등을 부러뜨린 것이 볏짚 한 가닥이었듯이, 거지가 된 친구를 보고서는 사소한 일이 계기가 되어 생각에 발동이 걸리고 그리하여 더 이상 눈물을 참을 수 없었던 것이다. 우리말로 하자면 울고 싶은 데 뺨을 때려 준 아주 사소한 일, 그것이 바로 친구의 전락이었던 것이다.

이러한 1 - 2의 조합에 비하여 2 - 3의 조합은 훨씬 눈물을 만들어 내는 능력이 떨어지는 것 같다. 가령 다음과 같은 시들을 읽으면 눈물이 나는 것이다.

손녀딸의 죽음
- 남씨(조선조의 여인)

태어나 여덟 해를 사는 동안
일곱 해를 병으로 시달렸던 너.
이제 숨을 놓고 돌아갔으니
너는 편안하겠구나.
이 눈이 펄펄 내리는 밤에
어미 품을 떠나서도
추운 줄을 모르다니,
단지 그것만이 슬프구나!

아들 보낸 지 석 달 째

첫눈이 차창에 달라붙으며 젖는다. 나는 아들의 첫차인 푸른색 토요타를 그 애와 함께 발견했던 가게 옆을 지나간다. 그 애는 정말 그 차를 좋아했었지. 계기판 위에 먼지가 앉는다고 모피를 구해다가 덮었었지. 그런 다음 그 애와 여자친구는 뒷좌석에다 가죽을 펴놓고 사랑의 보금자리로 만들었지. 그리곤 웨스턴 오토 가게에 가서 소형 선풍기를 사 왔지. 버스 운전사들이 사용하는 그런 선풍기. 어두운 도로변이나 그늘진 드라이브 웨이에서 애인과 함께 찻속 사랑을 나눌 때 틀어놓기 위해. 오늘은 주말이어서 나는 아내의 심부름을 가는 길이야. FM에서는 바하의 〈잠든 자여 깨어나라〉가 나오네. 아들애는 정말 어른이 되고 싶어했었지. 자기 여자, 자기 차, 자기의 읽을 책을 가진 그런 어른.

그 애 생각을 하니 자꾸만 눈물이 나네. 아들에게 물려주려고 했던 책들을 나는 아직도 가지고 있어. 너무 오래 가지고 있어서 물려주지 못한 《모든 인간이 가는 길》, 《쉬롭서 청년》, 《돈 키호테》. 그리고 황금 스탬프가 찍히고 페이지가 모두 백지인 그 한 권의 책을. - 데이비드 레이

앞의 시를 지은 남씨는 조선시대 선비 이필운李弼運의 부인으로 알려져 있는데 임천상任天常은 이 시를 이렇게 논평했다. "시는 풍경에서 나오고 다시 풍경은 시에서 나온다. 눈 내리는 밤 풍경을 제시하여 손녀딸을 잃은 슬픔을 술회했으니, 글자마다 눈물을 흘릴 만하며 죽음을 애도하는 시의 절창이라 하겠다. 그러나 평일에 비록 친척조차도 부인이 시에 능한 줄을 알지 못했으니 또한 규방의 모범이 될 만하다."

이 논평은 여자가 시를 잘 쓰면 안 된다는 혹은 잘 써도 그것을 감추

어야 한다는 고루한 생각을 표시하고 있으나, 앞의 정경일치情景一致 논
평은 적절해 보인다. 뒤의 시를 지은 데이비드 레이David Ray는 미국 웨즐
리언 대학의 교수라고 하는데 아들을 교통사고로 잃고 이 시를 지었다고
한다. 《모든 인간이 가는 길》은 영국 소설가 새뮤얼 버틀러의 자전적 인
생론이 담긴 성장 소설이고, 《쉬롭셔 청년》은 영국 시인 A.E.하우스먼의
시에 나오는 씩씩한 영국 청년이다.

나는 "어미 품을 떠나서도 추운 줄 모르다니", "황금 스탬프가 찍히
고 페이지가 모두 백지인 그 한 권의 책"을 읽을 때, 나도 모르게 눈물이
내 뺨 위로 스며 내리는 것을 느꼈다. 특히 "페이지가 모두 백지인 그 한
권의 책"은 무한한 함축과 함께 아버지의 사랑을 웅변해 주고 있다. 대체
로 보아 웃음은 공기 중으로 흩어지기 때문에 그 효과가 곧 발산되어 버
리지만, 눈물은 뺨 위를 따라 천천히 흘러내리기 때문에 그 슬픔의 감정
이 상당히 오래 지속된다.

그러나 내 감정이 메말라서 1 - 2 - 3의 방법이 모두 통하지 않는 때
도 있다. 가령 아내와 가벼운 언쟁을 벌여서 기분이 나쁘다든지, 출판사
에서 번역료를 제때 주지 않아 속이 상한다든지, 까닭 없이 과거의 불쾌
했던 사건이나 사람들이 자꾸 생각난다든지 하는 경우인데, 그럴 때는
어쩔 수 없이 라큐아를 꺼내 든다. 물질의 도움 없이 맨 정신만으로는 살
아갈 수 없는 평범한 인간임을 다시 한 번 깨달으면서.

좋아하다가
싫어진 소설

큰 아이가 대학에 들어가던 해 2002년 2월에 영어 독해력을 키워 준다고 함께 읽은 것이 서머셋 몸의 단편 〈레드〉였다. 내가 대학교 1학년 1학기 때 처음 읽었던 소설이어서 쉽게 따라올 줄 알았는데 상당히 어려워하는 것이었다. 그렇다면 내가 이 소설을 처음 읽었을 때 모르는 게 없다고 생각했던 것은 실은 나의 착각이었을까.

서머셋 몸의 글을 처음 읽은 것은 고등학교 2학년 영어 교과서에서였다. 《인간의 굴레》의 앞부분에서 따온 글인데, 말더듬이 필립이 다른 지방의 학교로 전학을 가서 말을 더듬으며 교장선생과 면담을 하는 장면을 3페이지 정도 쉽게 다듬어 놓은 영문이었다. 교과서 덕분에 몸이라는 작가를 알게 되었는데, 그 후 대학생 때 조성식趙成植 선생이 가르친 영문

234

강독 시간에 교재로 선택된 것이 《몸 단편선》이었다.

교재는 빨간 표지의 문고판 책자였는데 가격이 무려 550원이나 되어 놀랐던 기억이 새롭다(당시 자장면 한 그릇이 30원, 한 학기 등록금이 4만5천 원이었다). 지금까지 나의 서가에 꽂혀 있는 대학 교재로는 이 책이 유일하다. 큰아이와 함께 읽을 때도 이 책을 사용했다.

당시 조성식 선생이 강독한 단편은 〈닥터 노우 올〉과 〈레드〉의 두 편이었고 이 순서대로 강독했던 것 같다. 선생은 신입생이던 우리를 무작위로 호명하여 읽고 해석하도록 시켰다. 따라서 예습을 해 가지고 가지 않으면 낭패를 당하기가 십상이었다. 이것은 세월을 좀 건너뛰는 이야기인데 그때 해석을 못해 쩔쩔 매던 친구가 어엿한 혼주婚主가 되어 하객들을 맞이하는 모습을 보고 있노라면 옛날 생각이 나서 자꾸만 웃음이 나오려고 한다. 아무튼 당시는 신입생 시절이라 미팅도 해야지 술도 마셔야지 영화 구경도 가야지 야유회도 가야지 언제 공부할 시간이 있었겠나. 예습도 없이 수업에 들어간 날, 선생이 덜컥 나를 호명하는 것이었다.

"이종인, 읽고 해석해 봐."

나는 자신 없는 목소리로 떠듬떠듬 읽기 시작했다.

The coconut trees came down to the water' s edge, not in rows, but spaced out with an ordered formality. They were like a ballet of spinsters…(코코넛 나무들이……. 물가에까지……. 자라고 있었다. 그러나 일

렬을 이루어 자란 것이 아니라……. 정연한 형태를 유지하면서 듬성듬성 자라고 있었다. 그 나무들은……. 거미들의 발레와 같았다.)

"거미? 이봐 spinster라는 단어를 사전에서 찾아봤나?"

"……."

나는 spinster(미혼 처녀)라는 단어가 bachelor(총각)와 한 쌍을 이루는 단어임을 외어서 알고 있었다. 하지만 그 날 만큼은 유난히 철자가 비슷한 spiders(거미)로 보이는 것이었다. 어김없이 선생으로부터 불호령이 떨어졌다. 황해도 해주 지방의 거칠고 싸울 듯한 어조였다.

"이 친구 말이야, 예습도 안 해 오고, 영 형편없는 친구로구만. 자넨 대관절 학교에 왜 다니나? 정말 한심한 친구는 말이지, 자기가 모르는 단어도 안다고 생각하는 경향이 있어요. 이 친구 말이야, 앞으로 똑바로 하라우. 자넨 그만 하고, 다음은 박노민, 읽고 해석해 봐."

지금 이 글을 쓰는 순간도 "이 친구 말이야, 똑바로 하라우."라고 거칠게 말하는 선생의 황해도 사투리가 내 귀에 들리는 듯하다. 선생의 말이 나왔으니 중간고사 생각도 난다. 선생이 낸 중간고사 문제는 해석 3문제와 단어 10개의 뜻풀이였다. 나는 8개의 단어는 맞추었으나 나머지 2개는 맞추지 못했다. 그 단어는 loquaciousness(수다스러움)과 propinquity(가까이 있음)이었다. 나는 지금도 이 단어를 잡지나 소설책에서 만날 때면 선생의 음성과, 등사지로 인쇄된 중간고사 답안지의 잉크 냄새를 공감각적共感覺的으로 느끼게 된다.

이처럼 선생에게 단단히 무안을 당한 나는 서머셋 몸에 대해서 더 알고 싶어졌고, 그래서 2학년 때 학교의 중앙 도서관에서 영국 하이네만 사에서 나온 3권으로 된《서머셋 몸 단편 전집The complete short stories of W. Somerset Maugham》을 빌려서 모두 읽었다. 몸의 단편소설은 총 91편이었는데, 모두가 재미있어서 한동안 몸처럼 소설을 써 보았으면 하는 희망을 갖기도 했었다.

그 후 학교를 졸업하고 사우디 아라비아에서 건설회사 직원으로 근무하던 시절 또다시 몸 생각이 나서 당시 알코바 서점에서 펭귄 북스Penguin Books 판 몸 단편전집 4권을 사서 다시 한 번 읽어본 적이 있었다. 두 번째 읽을 때에도 여전히 몸은 재미있는 작가라는 생각이 들었다.

그 후 오랫동안 몸을 잊어버리고 있다가, 1990년대 중반에 라이오넬 트릴링의《문학의 경험》- 소설편- 을 읽다가 거기에 몸의 단편 소설〈보물〉이 들어 있는 것을 발견하고 트릴링의 해설과 함께 다시 읽게 되었다. 그런데 거기에 실린〈보물〉을 다시 읽었을 때, 나는 내 생각이 크게 바뀌어 있는 것을 발견했다. 이 소설은 어떤 남자와 어떤 여자가 서로 좋아져서 바람을 피웠는데, 그 여자가 남자의 섹스 요구를 모두 들어줄 뿐만 아니라, 그 외도로 남자의 입장이 난처해지게 되자 여자가 말없이 사라져 준다는 그런 줄거리이다. 남자의 입장에서 보면 그 여자는 정말〈보물〉과 같은 존재이다. 어쩌면 모든 남자가 무의식적으로 이런 욕망을 갖고 있는지도 모르겠다. 나만을 위해 존재하는 여자, 나의 욕심을 무조건적으로 채워 주는 여자, 그러면서도 부담은 하나도 안 주는 여자. 하지만 이 소설을 세 번째 읽고서 나는 이런 생각이 들었다.

그러면 남자만 좋은 거야? 불장난은 같이 해 놓고? 그 말없이 사라져 준 여자는 어떻게 되는 거지? 왜 그 여자만 피해를 뒤집어써야 하지? 그 여자는 어디 가서 자신의 욕망을 채워 주는 남자를 만나는 거지?

대학생 때와 회사원 시절, '세상에 어디 이런 여자 없을까?' 하며 정말 그럴 듯하다고 느꼈던 이 소설이 이제는 지저분한 메일 쇼비니즘^{male} chauvinism : 남성 우월주의의 표본처럼 느껴지는 것이었다. 일방적으로 남자의 입장만 옹호한 소설이라는 생각이 들자, 과거에 이 소설을 읽고 동감했던 나 자신에게 부끄러운 생각마저 들었다. 일단 이런 느낌이 들자 나는 91편의 단편 소설을 세 번째로 통독할 때에는 아주 비판적인 시각을 갖게 되었다. 그 중 세 편만 골라서 왜 마음에 안 드는지를 말해 보겠다.

첫 번째 것은 《인생의 피할 수 없는 사실들》이라는 소설이었다. 주인공인 어린 청년이 화류계 여성과 정을 통하고 그 다음에는 자기가 준 화대와, 그 여자가 청년에게서 훔치려 했던 돈을 고스란히 챙겨서 재수 좋게 도망쳤다는 그런 내용이었다. 나는 대학생 때 이 소설을 읽으면서 '야, 재수 좋은 놈이다. 나도 저렇게 되어 보았으면.' 하는 생각을 가졌음을 솔직히 고백하겠다. 그러나 세 번째로 이 소설을 읽을 때는 좀 혐오스럽다는 느낌이 들었다. 그 혐오감은 소설의 주인공에 대한 혐오감에서 그치는 것이 아니라 작가 몸에까지 확대되는 것이었다. '도대체 몸은 왜 이런 소설을 쓸까? 이건 도대체 무엇을 의미하는 것일까?' 하고 의문이 들었던 것이다. 모든 남자는 까놓고 말하면 이렇게 저속한 자이다, 이 글을 읽고 신사인 체하는 당신도 껍데기를 벗겨 놓으면 실은 이 소설의 주인공처럼 비열한 자에 지나지 않는다, 이렇게 말하고 싶은 것일까. 혹은 소설이라는 게 다 그렇고 그렇지 한때 즐겁게 읽고 내던지면 되는 거 아니야, 이렇게 말하려는 것일까.

다시 라이오넬 트릴링의 책으로 돌아가, 트릴링은 《보물》의 해설에서 조지 산타야나(1863~1952, 미국의 철학자 겸 소설가)의 말을 인용해 놓고 있었다. 만년의 산타야나는 소설 읽기에 취미를 붙여서 많은 소설을 읽었고 또 자신이 소설을 쓰기까지 했는데, 도무지 몸의 소설만은 이해할 수가 없다고 말했다는 것이었다. 나는 산타야나의 말을 이해할 수 있을 것 같았다. 사람의 품위보다 순간의 쾌락이 더 중요하다고 말하는 듯한 소설을 산타야나는 아마도 받아들이기 어려웠을 것이다.

두 번째 것은 《지골로와 지골레트》인데 이 단편은 서커스 단원인 어느 부부의 이야기이다. 아내는 60피트 높이의 사다리 위에서 땅위의 5피트 깊이의 물탱크로 뛰어내리고 남편인 지골로는 지상에서 바람잡이 역할을 한다. 그러나 아내는 그 다이빙을 늘 무서워한다. 그런데 소설의 시점始點이 되는 그 날 밤 아내는 죽어도 더는 못 뛰어내리겠다고 남편에게 하소연한다. 하지만 남편이 사정을 하자 아내는 무서움을 무릅쓰고 다시 사다리 위로 올라간다. 나는 이 소설을 세 번째로 읽을 때에도 어김없이, 왜 소설 속의 남자는 이렇게 밖에 하지 못하나 하는 생각이 들었다.

세 번째 것은《명예의 문제》라는 작품의 마지막 부분에는 "그 다음 날 두 남자는 포르투갈 국경에서 만났다. 변호사의 아들 페페 알바레스는 심장에 총알이 박힌 채로 신사답게 죽었다(Next day the two men met on the frontier of Portugal. Pepe Alvarez, the attorney's son, died like a gentleman with a bullet in his heart)"라는 구절이 있다.

나는 대학생 시절 "변호사의 아들 페페 알바레스는 심장에 총알이 박힌 채로 신사답게 죽었다."를 특히 감명 깊게 읽었다. 그런데 이 소설 역시 세 번째로 읽어보니 문제가 많다는 것을 발견했다. 귀족인 페드로가 아내의 어릴 때 애인인 페페 알베레스를 권력의 힘으로 스페인 국외로 추방하려다가 아내와 페페가 거절하자, 권총 결투를 하게 되고 그래서 페페는 신사답게 죽는다는 내용이다. 그런데 이것은 틀림없이 작가 몸이 꾸며낸 얘기라고 느꼈다. 몸은 귀족이라는 사람은 다 이렇게 지저분한 자라고 단정하고 있었다. 하지만 나는 생각이 달랐다.

아무리 시시한 귀족이라도 자신이 귀족이라는 일말의 각성은 있는 법이다. 일단 페드로와 아내의 대화를 의심하게 되니까, 이 소설의 모든 구성이 작가 몸에 의해 조작되었다는 생각이 드는 것이었다. 그렇게 되자, 마지막의 그 감동적인 구절("페페는 신사답게 죽었다.")도 시들해졌다. 나로서는 참으로 쓸쓸한 환멸이었다.

　　대학생 때 나는 몸의 소설을 좋아하여 왜 몸이 영국 문학사에서 높이 평가되지 않을까 하는 의문을 갖고 있었다. 반면 내가 볼 때 우연의 일치를 남발하여 구성이 허약해 보이는 토마스 하디는 턱없이 높게 평가되어 있었다.(나중에 안 것이지만 몸도 자기가 볼 때 시원치 않아 보이는 하디가 더 높게 평가받는 것을 영 못마땅하게 생각했다고 한다). 학교를 졸업하고 직장 생활과 번역가 생활을 하는 동안 틈틈이 시와 소설을 읽으면서 나의 눈이 더 밝아진 까닭인지 모르겠지만, 이제는 왜 몸이 하디보다 한 수 아래인지 어렴풋이 이해할 수 있을 것 같다. 소설은 교묘한 재미만 가지고 되는 것이 아니라 그 안에 인생의 진실이 들어 있어야 하는 것인데, 몸은 이 점에 있어서 하디보다 뒤떨어지는 것이다.

　　이 글의 시작 부분에서 "내가 이 소설을 처음 읽었을 때 모르는 게 없다고 생각했던 것은 실은 나의 착각이었을까."라고 수사적인 의문을 표시했는데, 그것은 수사적인 것이 아니라 실제적인 의문이었다. 실제로 나는 소설을 잘 알아보지 못했던 것이다.

　　문학 작품을 되풀이하여 읽다 보면 얼마든지 생각이 바뀌게 된다. 사람이나 인생을 바라보는 우리의 시각이 생애의 단계에 따라 변화하는 것처럼. 이렇게 볼 때 어떤 작품을 평가하려면 적어도 세 번은 읽은 다음에 - 그것도 상당한 시간 간격을 두고서 - 평가해야 한다고 본다. 한 권의 책도 이러한데 하물며 사람에 있어서랴. 또 인생에 있어서랴.

"이게 다야?"라는 의문과 함께 자신의 일생을 되돌아보기 시작하는 것이다. 소위 중년의 위기가 닥쳐드는 것이다. 피천득 선생의 수필 〈봄〉에는 "인생은 사십부터라는 말은 인생은 사십까지라는 말이다."라는 대목이 나온다. 이런 역설법을 맹자의 말 "마흔에 부동심不動心"에 적용해 보면, 오히려 나이 마흔에 마음이 무척 흔들리는 것이다.

봄날은 소리없이 간다

지독한 사랑의 혁명

삼남의 한촌 출신인 그녀는 지방 간호 대학을 졸업한 그 해 서울의 한 대학 병원에 취직하여 간호사로 일했다. 어느날 내과 병동에 잘생긴 젊은 남자가 입원했다. 그는 FOU Fever Origin Unknown : 원인을 알 수 없는 열병으로 입원했는데 나중에 장티푸스로 밝혀졌다. 그녀가 근무하는 8층 병동에 입원해 있다가 7층으로 병실을 옮겨갔다. 그녀가 친절하게 잘 대해주자 그 젊은이와 그의 어머니는 그녀를 곧장 7층으로 불러내려 간호를 부탁하기도 했다. 이렇게 해서 그녀와 그 젊은이는 서로 알게 되었고 두 남녀는 환자와 간호사의 관계를 넘어서는 정분을 맺게 되었다.

알고 보니 남자는 서울의 명문 대학을 나와 행정고시에 합격한 수재로 서울 시내 모 구청의 과장으로 근무하고 있었다. 의사와 교수를 하는 형들이 있었고 아버지는 고위 공직을 지내고 은퇴한, 좋은 집안이었다. 반면 여자의 가족은 삼남의 한촌에서 농사를 짓는 전형적인 땅의 사람들이었다. 만남이 계속되자 남자는 그녀에게 섹스를 요구해 왔다. 그녀는 남자를 사랑하는 데다 남자의 집요한 요구에 내가 무엇이길래 이토록 거절할 수 있을까 하는 마음으로 응했다. 남자는 그녀를 집에 데리고 가기는 했지만 어쩐지 꺼리는 기색이 역력했다.

나는 그 말을 듣고 내 친구 김 아무개의 에피소드가 생각났다. 그 친구는 영주에 내려가 중학교 임시 교사를 하면서 영주 처녀를 사귄 적이 있었다. 하지만 점점 그녀의 진지함에 지겨움 혹은 공포감을 느낀 나머지, 아무개는 몰래 서울의 직장을 알아보았고 자리가 나자 야반도주하다시피 올라왔다. 물론 여자에게는 아무것도 알리지 않았다. 그런데 어느 날 집에 돌아와 보니 마당에 짐 보따리 같은 것이 놓여 있고 방안에서는 두 여인의 도란도란하는 목소리가 들려 왔다.

한 목소리는 어머니의 것인데 다른 목소리는 누구의 것인지 잘 알수 없었다. 그때 여장부인 그의 어머니가 장지문을 홱 열어제치면서 아무개에게 물었다. "너, 이 아이 건드렸어?" 아무개는 너무 놀라 대답을 하지 못했지만 그의 얼굴에 이미 답변이 적혀져 있었다. 그랬더니 어머니가 "그럼 네가 책임져, 이 놈아." 했다. 그 날로 영주 처녀는 그의 집에서 살림꾼이 되었고 결혼하여 지금은 행복하게 잘 살고 있다.

나는 그녀의 스토리가 이런 행복한 결론으로 끝나리라고 생각했다.

그러나 남자의 집안에서는 집안 배경도 어느 정도 맞아야 한다는 사고방
식을 갖고 있었다. 그 아버지는 처음에는 부드럽게 여자를 거절하더니
점점 더 노골적으로 아들을 포기하라고 요구했다.

그러나 그녀는 남자를 포기할 수가 없었다. 뱃속에서 자라는 아이
도 아이려니와 그 남자를 정말로 사랑했기 때문이었다. 남자는 그녀와
집안 사람들 사이에서 이러지도 저러지도 못하는 무기력한 태도를 보였
다. 그녀는 남자를 강압하지 않았다. 뱃속에 아이가 있다는 사실을 그가
알고 있었기 때문이었다.

그녀는 남자를 만나면 소리 없는 눈물을 자주 흘렸다. 어느 날 만나
기로 하고서 남자가 나오지 않았다. 그녀가 남자에게 전화를 하고 그 직
장 앞에서 기다리면서 계속 추궁하자 남자가 할 수 없이 사실을 털어놓
았다. 그 날은 서울의 명문 여대를 나온 여자와 약혼하는 날이었다는 것
과 정말 사랑한다면 이쯤에서 잊는 것이 지극한 사랑을 보여주는 구체적
표시가 아니겠냐는 말을 했다. 궤변을 농하는 사람의 표정이 늘 그렇듯
이 남자의 얼굴은 아주 진지했다. 그녀는 순간적인 충격으로 백치 같은
얼굴이 되면서 너무나 선선하게 그러자고 말했다. 남자가 안도의 웃음을
터트리며 정말 고맙다고 했다. 그녀는 배신감이 들었다.

그녀는 사랑의 구체적 표시 운운하는 소리를 듣고서 홱 돌아섰다.
남자에게 정말 깨끗이 헤어지는 모습을 보여주고 싶었다. 그러나 자취방
에 돌아온 그녀는 그 사실을 믿을 수가 없었다. 자신을 노리개로 삼았다

는 것이 납득되지 않았다. 그리고 뒤늦게 깨달았다. 그의 요구를 끝까지 거절하지 못한 것이 자신의 어리석은 실수였음을.

나는 여기서 영국 시인 올리버 골드스미스(1730 ~ 1774)의 명시 〈사랑하는 여자가 어리석은 실수를 저질렀을 때〉가 생각이 난다.

사랑하는 여자가 어리석은 실수를 저질렀을 때,
그리고 뒤늦게 남자가 배신했다는 것을 알았을 때,
어떤 마법이 그녀의 우울함을 달래 줄 것이며,
어떤 기술이 그녀의 죄악을 씻어 줄 것인가?

그녀의 죄악을 가려 주고, 그녀의 수치를
사람들의 눈으로부터 감추어 주고,
그녀의 애인에게 고민과 참회의 마음을 안겨 주는,
유일한 기술은 죽는 것이다.

220년 전에 먼 나라의 시인이 쓴 얘기가 1980년대의 한국에도 통용되는 이야기일까? 그녀는 부모님에게 너무나 면목이 없었다. 아무리 생각해도 이 위기와 수치를 빠져나갈 수 있을 것 같지 않았다. 뱃속에 든 아이에게 좋은 세상을 보여 주고 싶었는데 이제 명예롭게 그렇게 할 수 있는 방법이 없었다. 소파수술이라니 당치도 않은 얘기였다. 그 난국을 헤쳐 나가는 길은 골드스미스가 말한 그 '유일한 기술' 밖에 없었다.

며칠 밤을 설치고 직장에서는 너 왜 그렇게 갑자기 멍해졌어, 하는 소리를 들으면서 그녀가 내린 결론은 그래 내가 없어져 주면 그만이지, 라는 것이었다.

그녀는 돌아올 수 없는 길을 가기로 마음 먹었다. 그 생각에 몰두하던 그녀는 저승길에 오르면 아이가 영혼의 원래 모습을 획득하여 그녀 몸 바깥으로 나와, 착한 어린아이의 모습이 될 것이라고 상상했다. 남자와 단란하게 살았더라면, 뱃속의 아이가 무사히 세상 구경을 하고 예쁜 아이로 컸을 텐데 하는 아쉬움이 너무나 컸다. 그런 아쉬운 생각이 계속 이어지면서 그 애가 커서 너 다섯 살 아이가 되어 깡충깡충 뛰어다니는 환상을 보기도 했다.

그런 생각의 끝에 도달해 보니, 그 멀고 먼 저승길을 아이와 둘이서만 가는 것은 너무 외롭고 무서웠다. 자기가 아이의 왼쪽 손을 잡고 그가 오른쪽 손을 잡고 같이 갔으면 좋지 싶었다. 그 어떤 거대한 혁명도 처음에는 머리 속을 오가는 하나의 작은 생각으로부터 시작한다. 같이 손잡고 갔으면 좋겠다는 생각이 그녀의 머리 속에서 점점 커지더니 결국 혁명으로 터지고 말았다.

남자에게 등을 보이며 획 돌아선 지 일주일 째 되던 날, 그녀는 남자에게 전화를 걸었다. 헤어지는 마당에 마지막으로 우리가 처음 사랑을 나누었던 한강이 내려다보이는 교외의 그 호텔 있지, 거기서 마지막으로 사랑을 나누고 헤어지자. 나 치사하게 매달리지 않을게. 남자는 흔쾌히

동의했고 두 사람은 어느 주말 오후, 그 호텔에 투숙했다. 객실에서 내다
보이는 한강은 그때나 지금이나 아무 일 없다는 듯이 유유히 흘러가고
있었다.

사랑이 끝난 후 남자는 잠에 빠져들었다. 그녀는 과일을 깎아 먹고
한쪽으로 밀어 두었던 과도를 집어 들어 등 뒤에 감추고 똑바로 누워 곤
하게 자고 있는 남자에게 살그머니 다가갔다. 그리고 혼신의 힘으로 그
의 배를 찔렀다. 남자의 단말마적 비명에도 아랑곳하지 않고 한 번, 두
번, 세 번, 찌르고 또 찔렀다. 그녀는 이어 자신의 양쪽 손목을 남자의 피
가 묻은 과도로 베고서 9층 객실의 창문에서 아래쪽으로 뛰어내렸다. 그
러나 그녀는 남자와 함께 저승길에 오르지 못했다. 병원에 옮겨진 그녀
는 얼마 후 아이를 낳았는데 사산이었다.

그녀는 병원에서 치료를 마치고 구치소로 갔다. 재판을 받는 도중
죽은 아이 생각을 많이 했다. 그 남자와 같이 살았더라면 무럭무럭 자랐
을 그 아이, 저승길을 같이 가려고 했던 그 아이, 뱃속의 태아라기보다 너
댓살 된 것처럼 느껴지던 그 아이. 같이 길 떠나기로 하고서 혼자서 살아
남은 자신이 너무 미웠다. 매일 눈물로 지샜다. 그러던 어느 날 그녀는
꿈을 꾸었다.

꿈속에서 나는 저승에 갔습니다. 아, 여기가 내 아이가 있는 곳인가
보다. 그때 육중한 문 같은 것이 열리면서 자그마한 아이들이 줄지어 제
단 같은 곳을 향해 걸어왔어요. 거기에는 여섯 개의 굵고 하얀 양초가 있

었고 아이들은 나무 가지 같은 가늘고 긴 불 붙이개로 양초에 불을 붙이고 있었어요. 아이들은 실체감은 없고 스크린에 비친 그림자 같았어요. 모두 말이 없었어요. 그 중에 가장 덩치가 작은 아이가 내 아이일지 모른다고 짐작했어요. 그 아이는 아무리 양초에 불을 붙이려 해도 잘 되지가 않았어요. 난 제단 앞으로 나섰어요.

"애야, 다른 애들 양초는 불이 잘 붙는데, 왜 네 양초는 불이 켜지지 않니?" 그 아이는 대답이 없었어요. 그때 제단 뒤에서 이런 목소리가 들려 왔어요.

"네 눈물이 촛불을 끄고 있느니라. 너는 그만 우는 것이 좋겠구나."

그 꿈을 꾼 후 그녀는 더 이상 울지 않았다. 한편으로 염치없다는 느낌도 들었지만 다른 한편으로는 이제 떳떳이 살고 싶다는 생각도 들었다. 그녀는 8년형을 선고받았고 5년 복역하다가 출옥을 했다. 감옥에서 나온 후 집안 사람들과는 소식을 딱 끊고, 식당같은 데서 일하면서 독신으로 살아가고 있다.

그녀의 스토리는 내게 이런 가르침을 주었다. 여자를 사랑하려거든 죽을 힘을 다해 사랑하고, 아니면 아예 시작하지 마라. 여자를 노리개 감으로 삼는 것은 있을 수 없는 죄악이니라. 사랑의 어리석음을 저지른 여자는 죽어야 한다는 고리타분한 사고방식은 지옥에 가라. 그대는 보지 못했는가. 그런 어리석음을 저지른 남자가 오히려 죽음을 당한 것을.

그녀는 여동생의 친구, 오랫동안 내 생각을 사로잡아 온 인물이다.

지하철 헌화가

선글라스 낀 20대 여인은 야탑역에서 탔다. 보통 서울 시내에 갔다 돌아오는 길에 야탑역 정도에 이르면 너무 지루해 딱 내리고 싶어진다. 그 날은 평일이었고 러시아워 30분 전이었으므로 지하철 안에는 서 있는 사람이 거의 없었다. 그렇게 지겨운 기분이 들 때 사람의 눈을 확 뜨이게 하는 아름다운 여인이 차간으로 들어선 것이다.

그녀는 배꼽을 살짝 가리는 검은색 반팔 티에, 넓적한 하얀 벨트를 두른 초미니 청바지를 입었고, 하얀 피콕 부츠를 신었다. 티의 뒷면에는 'Teen Age Trouble 9' 이라는 분홍색 영문이 두텁게 적혀져 있었다. 그 영문을 처음 보는 순간, "십대에는 골치 아픈 일이 많이 벌어진다." 라는 뜻일까 짐작하다가, 영어 글자인 만큼 9를 클라우드 나인^{cloud nine}의

줄인 말로 해석하여 "십대에는 사랑의 기쁨과 슬픔이 가장 큰 골칫거리이다."로 생각이 흘러 나갔다.

양소유의 파란만장한 사랑을 그린 서포西浦 김만중金萬重의 《구운몽九雲夢》에도 클라우드 나인이라는 말이 들어가는데 사랑의 기쁨과 슬픔을 아홉 겹의 구름에 빗대어 말하는 것은 양의 동서에 큰 차이가 없는가 보구나 하는 생각도 들었다.

그 여성의 키는 170센티에 가까울 정도로 컸고 몸매는 여자 장대높이뛰기 선수 이신바예바를 연상시킬 정도로 날렵했다. 그러나 나를 매혹시킨 것은 그런 일반적인 사항이 아니었다. 바로 그 나비였다. 그녀는 하얗게 반짝거리는 둥근 금붙이의 배꼽 피어싱을 하고 있었고 이어 배꼽 주변에는 검은색 나비 문신을 그려 넣고 있었다. 잘 그을린 피부 위에 아름답게 그려져 있어서 호랑나비 같은 느낌을 주었다.

나는 종착역인 선릉역에서 승차하기 때문에 언제나 앉아서 오고, 그것도 7인석 맨 가장 자리, 그러니까 출입문 바로 옆자리에 앉는다. 그녀가 출입문을 들어서서 내가 앉아 있는 안쪽의 출입문으로 다가와 손잡이를 잡기 위해 팔을 쳐드는 순간, 나는 그 나비를 흘낏 보았다. 이어 그녀는 손잡이를 잡고 있는 것이 불편한지, 팔을 내리고 스테인리스 기둥에 몸을 기댔다. 그리고 그 순간부터 나는 매혹의 진수를 보았다.

그녀는 몸에서 열이 나는지, 티셔츠의 밑동을 손으로 잡고서 계속 흔들어댔다. 쇠북의 표면을 떠난 종소리가 멀리 멀리 울려 퍼지듯이, 그녀가 셔츠를 흔들어댈 때마다 나비가 저공에서 비상하여 지하철 차량 안을 날아다니기 시작했다.

한 마리, 두 마리, 세 마리. 처음에 솟아오른 것은 호랑나비였으나 이제 종류를 가리지 않고 부전나비, 모시나비, 제비나비, 배추흰나비, 꼬리명주나비, 내가 이름을 댈 수 있는 모든 나비들이 날아다니기 시작했다. 그녀는 더위 때문인지 계속 티를 흔들어댔고, 이제 내 눈에는 지하철 차간을 가득 메운 많은 종류의 나비들만 보였다. 내가 정확하게 세었다면 그것은 총 325마리였다. 나는 그 순간 황홀에 빠졌다.

서현역에서 사람들이 내리기 시작했고 내 옆자리가 비자 그녀가 앉았다. 그녀는 앉아서도 계속 티를 흔들어댔다. 그때 아름답고 황홀한 광경의 진원인, 그녀의 나비를 직접 보고 싶었다.

"그 나비를 한번만, 딱 한번만 볼 수 없을까요?"

그 말이 내 목구멍을 지나 혓바닥까지 올라왔다. 겨드랑이 땀샘 제거 수술을 받은 환자가, 상처가 아물 무렵이면 느끼게 되는 저 살인적인 가려움 - 그렇지만 긁으면 절대로 안 되는 가려움 - 이 몰려왔다. 쏟아지는 잠을 억지로 참고 있는 사람의 고통, 가죽을 찢어서라도 해방시켜 주고 싶은 수마睡魔의 고통이 내 온몸에 퍼졌다. 하지만 이를 악물고 양 주먹을 꼭 쥐며 그 말을 참았다.

10년 전 광화문 교보문고 앞에서 술에 약간 취한 상태에서 친구와 걸어가다가 너무 예쁜 처녀를 보고서, 그 아름다움에 감동하여 나도 모르게 다가가 "아가씨, 시간 있으세요?" 하고 말했다가, "어머, 아저씨, 취하셨나 봐요." 하는 조롱 섞인 답변을 들은 적이 있었다.

그때 그 '아저씨' 라는 말은 나를 너무나 슬프게 했다. 길 옆에 서서 내가 하는 양을 지켜보던 친구는 "아직도 자네가 20대 청년인 줄 아나. 나이를 좀 생각하게."라고 지적하는 것이었다. 그 친구는 내가 때때로 동창들보다 두 살 어린 스무 살 청년이라고 착각하는 버릇이 있다는 것을 알지 못했다. 그 10년 전 사건이 생각나면서 내 옆에 앉은 아가씨가 이렇게 대답할 것이 너무나 두려웠다.

"아니, 아저씨, 왜 남의 배꼽을 보자고 그래요?"

그녀가 그렇게 말한다면 '배꼽' 보다는 '아저씨' 라는 말에 더욱 강세를 줄 게 틀림없었다. 나는 분명 그녀의 배꼽이 아니라 나비를 보자는 뜻이었는데도 말이다. 그 순간 그녀보다 30살이나 많은 내 나이에 부끄러움을 느꼈다. 내가 20대였다면, 데이트 상대가 될 법한 남자가 자신의 매력에 넋나가서 이렇게 작업을 걸어오는구나 생각할 수도 있을 것이고, 하다 못해 아저씨라는 소리는 안 들었을 것이다. 그런 부끄러움을 느끼고 있자니 헌화 노인이 생각났다.

붉은 바위 가에
잡은 손 암소 놓게 하시고
나를 아니 부끄러워하신다면
꽃을 꺾어 바치오리다.

내가 고등학교 고문 시간에 배운 이 향가는 신라 성덕왕(재위 702∼
737) 시절의 이야기이다. 수로 부인은 너무나 미인이었기에 깊은 산골이
나 큰물을 지나가다가 여러 번 귀신들에게 붙들려 간 바 있었다. 그처럼
맵시와 얼굴이 당대 최고였다. 그런데 그녀의 남편 순정공 일행이 강릉
태수 부임길에 어느 바닷가에서 점심을 먹고 있었다. 런치 파티가 벌어
진 옆에는 돌산이 병풍처럼 바다를 둘러서 그 높이가 천 길이나 되는데
절벽 같은 산꼭대기에 진달래꽃이 흠뻑 피어 있었다. 수로가 그 진달래
꽃에 매혹되어 좌우에 있는 사람들에게 저 꽃을 꺾어다 줄 사람이 없느
냐고 묻는다. 그러나 꽃이 너무 높고 험한 곳에 피어 있어서 일행은 고개
를 절레절레 흔든다. 그때 어떤 노인이 암소를 끌고 가다가 그 말을 듣고
서, 꽃을 꺾어 바치겠다며 부른 노래가 바로 헌화가이다.

런치 파티를 기우제로, 헌화가를 의식의 노래로, 노인을 무당으로
보는 해석도 있지만, 그보다는 수로의 아름다움에 매혹된 노인이 그녀에
게 바친 개인적 서정의 노래라고 보는 것이 더 타당할 듯하다. 따라서 이
노래는 영원의 주제에 바쳐진 헌시이며 그 영원이란 다름 아닌 여성의
아름다움이다. 나는 그 아름다움을 가장 강렬하게 표현하는 어구가 바로
"나를 아니 부끄러워하신다면." 이라고 생각한다.

개인적 경험에 비추어 본다면, 헌화 노인은 아마도 수로가 "어머,
아저씨, 취하셨나봐요." 하고 대답할 것이 우선적으로 두려웠으리라. 젊
은이들도 못하는 일을 노인이 어떻게 하시겠다고 그러세요, 하는 표정을

예상했으리라. 그래서 먼저 부끄러워하지 말라고 돌려서 말했을 것이다. 노인은 부끄러움의 주체가 수로인 것처럼 말하고 있으나, 실제로는 자신에 대한 부끄러움이었을 것이다. 나이 많은 사람이 자신의 나이를 잊고 그처럼 아름다움에 매혹되다니, 평생 쌓아올린 교양과 절제의 정신은 어디로 갔나.

하지만 아름다움이 그처럼 강력한 소용돌이인 것을 어쩌겠는가. 불가佛家의 심우도尋牛圖 : 소를 다스리는 10단계를 그린 그림으로 소는 사람의 마음을 상징에 나오는, 저 조심스럽게 다루어야 할 소의 고삐마저 놓아버리게 만들지 않는가. 어디 그 뿐인가. 들과 산과 강과 바다의 귀신들마저도 수로의 아름다움에 매혹되어 그녀를 납치한 적이 있다고 하지 않는가. 아름다움이란 그처럼 강력한 힘이기에 잠깐 체통을 잊어버린 노인을 그리 허물할 일도 아니다.

그래도 노인은 그 점을 의식하여 마음 속으로 이렇게 말했을지 모른다. "나는 수로 당신에게 끌린 것이 아니라 당신의 아름다움에 끌린 것이오."

여기서 나는 노인의 심정을 이렇게 읽어본다. 반드시 수로의 배필이어야만 수로의 아름다움을 알아볼 수 있는 것은 아니다. 비록 청춘은 지나갔어도 청춘의 기억은 여전히 남아 있는 것처럼, 아름다움을 소유하지는 못해도 아름다움을 기억할(증언할) 수는 있다.

바로 그 아름다움의 기억 혹은 증언을 위해 꽃을 꺾어 바치겠다는 마음이 나오는 것이다. 내가 광화문 교보문고 앞에서 갑자기 스무 살 청년이 된 착각에 빠져 "아가씨, 시간 있으세요?" 하고 말했던 것이 무슨 의도가 있었겠는가. 노인이 꽃을 꺾어 바친 것이 무슨 의도가 있었겠는가. 단지 아름다움에 감동되어 내게도 그런 아름다운 시절이 있었음을 기억하고 그것을 증언하고픈 마음뿐이었을 것이다. 그래서 노인은 부끄러움을 무릅쓰고 그 증언에 나선다. 전 재산이나 다름없는 암소도 내팽개치고 절벽을 올라가다가 추락사할 위험도 아랑곳하지 않는다. 비록 늙었으되, 내가 당신(여성)의 아름다움을 증언하는 사람이 되게 하소서. 오로지 이 마음 하나로 꽃을 꺾어다 바쳤던 것이다.

나는 헌화 노인이 부러웠다. 지하철 안을 가득 메우고 있는 나비 떼를 보았으나 그것을 내 옆에 앉은 여성에게 보여줄(증언할) 길이 없었다. 헌화 노인에게는 진달래꽃이라는 구체적 사물이 있었으나, 내게는 상상의 나비 떼밖에 없었으니 그게 문제였다.

나는 이런 변명을 해 보았다. 보이지 않는다고 해서 존재하지 않는 것은 아니다. 몸은 여기에 있으되 마음은 저기에 있는 경우가 얼마나 많은가. 그 경우 현실은 마음이 있는 그곳에 있는 것이지, 몸이 위치하고 있는 공간의 어느 지점에 있는 것이 아니다. 이렇게 볼 때 리얼리티는 저 바깥에 있는 어떤 것일 수도 있고 아니면 지금 이 순간 내 마음 속에 들어 있는 어떤 것일 수도 있다. 티셔츠의 밑동을 가볍게 흔드는 행위는 그녀에겐 더위를 쫓기 위한 것이었을지 모르나, 내게는 분명 나비를 멀리 멀리 날려보내는 아름다운 방생의 행위였던 것이다.

그녀가 나의 이런 변명에 동의한다면
그녀의 나비를 보려 했던 뜻을 이해해 주었을 텐데.
그녀의 배꼽이 아니라
여성의 아름다움을 증언하고자 한 뜻이었음을 양해해 주었을 텐데.

지하철은 이제 내가 내리는 곳인 미금역에 도착했다. 그녀는 더 가
는지 가볍게 졸기 시작했다. 아마 이 생애에 그녀를 다시 만나는 일은 없
으리라. 내년 여름이 되어 지하철 안에서 그녀를 다시 만난다고 하더라
도 그녀가 똑같은 옷에 똑같은 나비 문신을 새기고 있지는 않을 테니까.
그러나 희고 노랗고 푸르고 까만 나비 떼가 날아다니는 것을 나는 보았
다. 단지 보여줄 수 없을 뿐이었다. 그것을 못내 아쉬워하면서 지하철에
서 내렸다.

오후 3시의 소풍

소풍이라고 하면 대개 오전 8시경에 학교를 출발하여 오전 9~10시면 소풍 장소에 도착하여 주변의 풍경을 감상하다가 12시경에 가지고 간 도시락을 까먹고 오후 1~3시경에 수건 돌리기, 술래잡기, 보물찾기, 장기자랑 같은 여흥을 하다가 다시 3시쯤에 현장에서 출발하여 오후 4시경에는 출발 지점으로 돌아오는 것이 일반적이다. 따라서 오후 3시의 소풍이라고 하면 그것은 일반적인 순서와는 정반대의 절차가 된다.

오후 3시에 혼자 소풍을 가본 적이 있다. 중학교 2학년 가을 소풍을 떠나던 날 아침, 어머니는 나에게 노란 양은 도시락 통을 잊지 말고 잘 간수해 와야 한다고 신신당부했다. 그런데 소풍 장소에 가서 정신이 팔린 나는 그만 도시락 통을 까맣게 잊어버렸다. 학교로 돌아와서 해산할 무렵에야 도시락 통을 두고 왔다는 것을 알았다.

아찔했다. 어머니는 내가 잃어버린 물건을 애타게 생각하는 것이 아니라 그것 이외의 어떤 것을 바라보며 걱정하시는 듯했다. 가령 여덟 살 때, 어머니는 나를 데리고 부산의 외삼촌 댁에 들린 적이 있었다. 그때 놀러 간 집이 아마도 어머니의 친구 분 집인 듯한데 옷을 수선해 주는 집이었다. 그 집에서는 바늘 따위를 잃어버리면 손쉽게 찾아내기 위해 U자형 지남철을 마련해 두고 있었다. 손에 딱 잡히는 자그마한 것이었다. 어린 나는 지남철이 너무 신기하고 탐이 나서 어머니가 친구 분과 열심히 얘기하고 있는 틈을 타서 그것을 내 주머니에 집어넣었다.

집에서 나오자마자, 내가 그 지남철을 가지고 왔다고 하니까, 어머니가 크게 실망하던 표정이 지금도 선하다. 어머니는 분명 지남철 이외의 어떤 것에 대하여 실망하는 것 같았다. 다음날 어머니가 지남철은 친구 분에게 돌려주었지만, 나는 지금도 뭔가 찜찜한 일을 하려고 하면 어머니의 그 실망하던 표정이 떠오르곤 한다.

그날도 그러했다. 도시락 통을 잃은 것보다 어머니의 실망하는 표정이 두려워 길을 되짚어갔다. 그때 시간은 오후 3시 40분. 왕복하면 5시 40분, 곧 어두워지는 시간이 되고 어머니가 집에서 기다리고 계실지 몰랐다. 그래도 나는 도시락 통을 찾으러 갔다. 전두리田頭里와 홍전興田을 지나 오십천五十川 계곡을 건너 상류 위쪽의 산중턱에 있는 소풍 장소에 도착한 시간은 4시 40분.

가을의 산 속은 그림자가 길어지면서 을씨년스러웠다. 장소는 아까 친구들과 즐겁게 떠들고 놀던 그 솔밭 그대로이되, 분위기는 영 그런 즐거운 분위기가 아니었다. 도시락 통은 아름드리 소나무 아래 그대로 있었고 그것을 잽싸게 집어 들고 아주 바쁘게 솔밭을 빠져나왔다. 나는 정신없이 달리면서 숲 속을 통과하여 떨기나무와 돌 더미들과 얕은 시내 바닥을 거쳐 아래쪽의 산기슭에 도착했다. 이제 조금만 더 나아가면 큰 길이 나올 터였다. 큰 길에 오르니 그제서야 후 하고 한숨이 나왔다. 집에 돌아오니 어머니가 애타게 기다리고 있었지만 그래도 도시락 통을 무사히 들고 와서 마음이 가뿐했다. 이런 어릴 적 영향 때문인지 나는 지금도 우산이나 가방 등 어디 가면 잘 놓고 잊어버리는 것은 가능하면 안 들고 다니려 한다.

요즈음 신문에는 중년의 신사들이 외도로 봉변을 당하는 기사를 간간이 볼 수 있다. 가령 40대의 어떤 소설가가 젊은 여자와 술을 마시고 혼인을 빙자해 수차례 간음한 혐의로 여주 교도소에 수감된 경우나, 50대의 전주 초등학교 교사가 젊은 여자와 성 관계를 맺고 수천만 원을 갈취당한 사례 등이 그런 것이다. 소설가면 교양도 어느 정도 있고 교사면 예의도 알 만한 사람들일 텐데 왜 이런 일이 벌어졌을까. 그것을 설명하는 가장 보편적인 용어로는 '중년의 위기' 라는 것이 있다.

그리스 신화든 이집트 신화든 중국 신화든 세계의 다양한 문화권에서 등장하는 영웅 신화는 일정한 패턴을 보인다. 이름 없는 상태로 태어난 영웅은 모험을 찾아 떠나라는 부름을 받는다. 그래서 집을 떠나 위험한 일을 맞이하고 용이나 괴물을 죽이고 그런 다음 왕위를 보장받고 아름다운 공주를 얻어서 일가를 이룬다. 이러한 영웅 신화는 우리가 어릴 때 읽은 동화에서도 자주 볼 수 있는 스토리이다.

이 신화는 모든 인간에게 공통되는 성장의 경험을 표현하고 있다. 우리는 모두 힘없는 아이로 삶을 시작한다. 그리고 부모와 다른 어른들의 보호에서 해방되어 인생을 헤쳐 나가야 하고 또 독자적으로 인생에 도전해야 한다. 이런 일을 제대로 하지 못하면 이 세상의 지위(왕위)를 얻지 못하고, 배우자(아름다운 공주)를 만나지도 못한다. 그런데 영웅(보통 사람)이 자신의 허약한 과거로부터 자신을 해방시키고 자신의 권력을 입증하고 자신의 배우자를 획득한 다음에는 어떻게 되는가? 문제는 여기서부터 시작된다.

"이게 다야?"라는 의문과 함께 자신의 일생을 되돌아보기 시작하는 것이다. 소위 중년의 위기가 닥치는 것이다. 이때가 통상적으로 40~45세 사이에 해당한다. 이 위기를 돌파하는 과정에서 어떤 사람은 아주 파격적인 전환을 하게 된다. 가령 왕년에 쇼 무대의 명 사회자로 이름 높던 후라이보이 곽규석 씨가 갑자기 목사로 변신한 거나, 잘 나가던 치과 의사가 병원을 그만두고 CD 음반점을 차리고 클래식 음악 전문가로 나선 것 등이 그것이다. 이런 긍정적인 변화가 있는가 하면, 부정적인 변화도 있다. 소위 중년의 외도가 그것이다.

　왜 외도의 유혹에 빠질까? 마흔 살 전후의 남자를 찾아드는 인생의 위기에 잘못 대응했기 때문이다. 피천득 선생의 수필 〈봄〉에는 "인생은 사십부터라는 말은 인생은 사십까지라는 말이다."는 대목이 나온다. 이런 역설법을 맹자의 말 "마흔에 부동심不動心"에 적용해 보면, 오히려 나이 마흔에 마음이 무척 흔들리는 것이다. 실제로 많은 중년 신사들이 이런 마음의 흔들림을 느끼는데 그때 가장 빠지기 쉬운 것이 젊은 여자로부터의 유혹이다. 그것이 한때의 바람기에서 그치는 것이 아니라, 아예 조강지처를 버리고 그 젊은 여자를 따라가는 경우라면 더욱 심각한 문제가 된다.

　내가 다니던 회사의 직속 상사였던 박 과장은 마흔 두 살 때 부인과 두 아들을 버리고 미술 전시회에서 만난 미대 대학원생과 재혼했다. 물론 그 스캔들이 밝혀지자 회사에는 사표를 냈다. 그 젊은 여자가 대학원을 졸업하자 프랑스 유학을 보냈고 자신은 다른 건설회사의 임시 직원으로 취직하여 사우디아라비아에 파견 나와 돈을 벌어 여자에게 보냈다.

　나는 그와 비슷한 시기에 사우디아라비아에서 근무하고 있었는데 그의 숙소가 내 숙소와 가까워서 - 사우디아라비아는 대륙이어서 가깝다고 해도 차로 30분 거리였다 - 가끔 만났다. 어느 날 그가 놀러와, 혹시 제임스 조이스의 《더블린 사람들》을 갖고 있느냐는 것이었다. 그나 나나 영문과 출신이었기 때문에 대학 과정에서 필독서로 꼽히는 이 책 - 특히 그 속의 한 단편인 〈죽은 사람들〉 - 에 대해서 잘 알고 있었다. 갑자기 그 단편을 읽고 싶어졌다는 것이었다. 내게는 없고 마침 옆방의 직원이 알코바 서점에서 사다 놓은 것이 있어서 빌려 와 그에게 건네주었다. 우리는 한참 동안 식당에서 나오는 부식^{副食}, 물값(현지에서 직원들에게 제공하는 용돈), 휴가 받아 귀국하는 시기 등 딴 얘기를 했다. 그러다가 박 과장은 돌아갈 무렵에 〈죽은 사람들〉의 뒷부분을 펼치더니 그것을 내게 읽어 주는 것이었다.

Generous tears filled Gabriel's eyes. He had never felt like that himself towards any woman but he knew that such a feeling must be love. The tears gathered more thickly in his eyes and on the partial darkness he imagined he saw the form of a young man standing under a dripping tree.

(가브리엘의 눈에 흥건히 눈물이 고여 왔다. 그는 그 어떤 여인에 대해서도 그러한 감정을 느껴 본 적이 없었지만, 그런 감정이야말로 진정한 사랑이라는 것을 알았다. 눈물이 그의 눈 속에서 점점 더 뿌얘져왔다. 그리고 상상 속의 희미한 어두움 속에서 그는 빗방울이 뚝뚝 떨어지는 나무 밑에 서 있었던 그 젊은이의 모습을 보았다.)

박과장은 그 부분 중에서도 "he knew that such a feeling must be love." (그는 그런 감정이야말로 진정한 사랑이라는 것을 알았다.)을 강조하면서 읽었다. 그는 분명 이렇게 말하려 했던 것 같다. 세상 사람이 뭐라고 해도 나는 프랑스에 가 있는 그 여자를 사랑하네. 그러나 내게는 "사랑밖에 난 몰라."라는 대중가요가 자꾸 떠올랐다. 그리고 내 귀에 '사랑'이 크게 들리는 것이 아니라 '몰라'가 더 크게 들려왔다. 아무리 생각해 봐도 뭔가 모르는 사람 혹은 알 수 없는 사람이었다.

예전 그는 서울서 같이 근무할 때, 대치동에 있던 그의 아파트에 부하 직원들을 초대해 놓고 뭐라고 했었나. 이 집을 마련하게 된 것은 오로지 아내의 공로라고. 단칸 사글세방에서 시작하여 32평 아파트를 마련하기까지, 임신했을 때 신 것을 그렇게 먹고 싶으면서도 동네 구멍가게에 가득 쌓여 있는 귤을 애써 외면하고, 비가 추적거리며 오는데도 택시비를 아끼겠다고 애를 들쳐업고 버스를 따라 뛰고, 남편의 생일만큼은 외식을 시켜 주고 싶어 온 시내를 돌아다녔지만 너무 비싼 음식값에 놀라 결국에는 삼겹살 한 근과 상추를 집에 사 들고 와 소주 한잔으로 축하하는 등, 안 먹고 안 쓰며 집안을 일으켜 온 아내는 정말 조강지처라고 하지 않았던가.

지난번 사우디아라비아 3탕(3년 근무) 때 사 온 것이라며 필립스에서 나온 두 장짜리 나나 무스쿠리 LP를 산수이 앰프 위의 파이오니어 턴테이블(모두 사우디아라비아에서 사 온 것)에 걸면서 이런 말도 하지 않았었나. "사우디아라비아에 있을 때 말이야, 이 여가수의 고운 목소리를 들으면 아내의 선량한 얼굴이 자꾸 생각나 너무 그리웠었지." 그러던 사람이 젊은 여자에게 빠져서 이처럼 패가망신을 하다니.

나는 푸른색 GM 임팔라를 몰고 돌아가는 그를 전송했다. 그리고 박 과장의 뒷모습에서 어린 시절 소풍 장소로 되돌아가던 내 모습을 보았다. 나는 중년의 외도가 오후 3시의 소풍과 비슷한 것이라고 생각한다. 세상의 모든 일에는 때, 곳, 사람이 맞아떨어져야 하는데, 중년의 바람기는 곳과 사람은 비슷하게 맞아 들어가는 것 같아도 때가 영 아닌 것이다. 누가 오후 3시에 소풍을 가겠는가. 이 땅의 40, 50대여, 젊은 여자 때문에 마음이 흔들린다면 그 때마다 소풍에 강조점을 찍지 말고, 오후 3시에 강조점을 찍도록 하자.

아름다움과 신앙심을
가르쳐 준 벤허

벤허, 라고 하면 대부분의 사람들이 영화를 먼저 보았을 것이고 나 또한 그러하다. 벤허의 원저자 루이스 월리스Lewis Wallace 1827-1905는 군인, 변호사, 외교관, 작가 등 다양한 경력을 가진 사람이었다. 남북 전쟁 시에는 북군에 가담하여 지원군 소장이 되었고 전쟁 후에는 뉴멕시코 주지사를 지냈고 또 터키 주재 미국 공사를 지내기도 했다. 당초 기독교를 부정하기 위해 많은 자료를 수집하여 연구하다가 결국에는 그것이 부질없다는 걸 깨달은 뒤에 집필한 것이 〈벤허〉(1880)라고 한다.

나는 1970년대 초반에 이 영화를 처음 보았고(감독 윌리엄 와일러의 필모그래피를 보니 최초 개봉은 1959년이다), 1980년대에 대한극장에 앙코르 상영한 것을 두 번째로 보았다. 이 두 번째 관람에서 나는 이런 의

문을 가지게 되었다. 도대체 벤허가 자신이 노예선에서 살아서 돌아올 줄 어떻게 알고, 저리도 자신 있게 나는 돌아오겠다 라고 소리치는 거지?

평소 이런 의문을 가지고 있다가 1990년대 초에 추석 특선 영화로 텔레비전에서 방영된 〈벤허〉를 세 번째로 보았다. 벤허가 노예선으로 끌려가면서 과연 메살라에게 어떻게 말했는지 귀를 기울였다. 그랬더니, 벤허가 실제로 한 말은 나의 기억과는 달랐다. 그는 "하느님이 허락하신다면 나는 돌아오겠다."고 말했다.

그러니까 '하느님이 허락하신다면' 이라는 제한 구절을 대학생 시절에는 듣지 못했거나 들었어도 의도적으로 흘려 보내버린 것이었다. 하지만 '하느님이 허락하신다면' 의 뜻을 여전히 알기 어려웠다. 그리고 세월이 흘러 1997년 크리스마스 때 또다시 이 영화가 텔레비전에서 방영되었다. 이번(네 번째)에는 아무 선입견 없이 보았다. 그랬더니 이번에는 '목마르다' 라는 말이 크게 들려 왔다. 특히 벤허가 메살라에게 이기고도 목이 마르다고 하면서 차라리 노예선으로 끌려갔을 때 내게 물을 주어 목을 축여 주었던 그 분이 원망스럽다고 말한 부분이 인상 깊었다.

사실 '목마르다' 는 것은 신체적, 정신적 고통을 동시에 말하는 것이다. 천주교 박해가 심했던 조선시대의 기해박해(1839)와 병인박해(1866) 때 배교한 신자들의 주된 배교 원인은 배고픔과 목마름 때문이었는데, 그 중에서도 목마름은 더욱 참기 어려운 고통이었다고 한다. 그러나 벤허의 고통은 육체적인 것이기보다는 정신적인 것이었을 것이다. 아무튼 이 때 전차경주에서 숙적 메살라에게 통쾌한 승리를 거두고서도 여전히 '목마르다' 라고 한 것이 나의 관심을 끌었다.

나는 이 '목마르다' 라고 한 벤허의 말에 감명을 받아, 원서에서 그 부분을 확인해 보고 싶었다. 또 생각난 김에 '하느님이 허락하신다면 나는 돌아오겠다' 라는 말과, 벤허의 흰 말과 메살라의 검은 말을 원서에서는 어떻게 묘사했는지 알아보고 싶었다. 그리하여 옥스퍼드 대학 출판부의 페이퍼백 〈벤허〉를 구해서 읽었는데, '하느님이 허락하신다면 나는 돌아오겠다.' 는 부분은 이렇게 되어 있다.

주여! 당신이 복수하시는 날 이 손으로 하여금 메살라에게 복수를 할 수 있도록 해주시옵소서!

그러나 정작 찾아보고 싶어했던 벤허의 '목마름' 은 책에서 나오지 않았다. 벤허가 노예선으로 끌려갈 때, 예수가 벤허의 목을 축여 준 장면은 나오지만, 벤허가 메살라를 치고 난 다음 여전히 '목마르다' 라고 한 말은 끝내 확인할 수 없었다. 그러니까 이 부분은 시나리오 작가가 각색해 넣은 것인데 오히려 고쳐서 좋아진 경우였다. 마지막으로 전차 경주에 참가한 벤허의 말과 메살라의 말의 색깔을 묘사한 부분은 이렇게 되어 있다.

사막의 족장 일데림의 네 마리 말 - 모두 밤색, 처음 출전. 선수는 유대인 벤허. 리본 빛깔은 백색.

벤허의 백말과 메살라의 흑말에서 강렬한 선악의 대비를 느꼈던 나는 원서를 읽고서 이것도 윌리엄 와일러의 영화가 각색했다는 것을 알았다. 하지만 영화에서는 제외되었으나 소설이 아니면 제시할 수 없는 부분도 하나 있었다. 바로 이집트 여자 이라스의 부분이다.

이라스는 그 아름다운 용모와 자태로 벤허의 마음을 뒤흔들어 놓는다. 1959년도에 제작된 영화에서는 이 이집트 여자가 완전 배제되어 있고, 그 대신 메살라와 벤허의 관계가 어릴 적 동성애에 가까운 친밀한 관계로 전치轉置되어 있다. 그러나 이라스가 벤허에게 이 세상에 진짜 아름다움이 어떻게 왔느냐고 설명해주는 부분은 정독해 볼 만하다. 그 부분의 소제목은 '이 세상에 진짜 아름다운 것은 어떻게 오게 되었나?' 인데 요약하면 이러하다.

나일강의 최고 여신 이시스는 남편 오리시스와 함께 있다가 뜨개질을 하여 이 세상을 창조한다. 그리고 거기에 풀, 나무, 새, 강, 산 같은 소위 자연이라는 것을 함께 만들어 넣는다. 그리고 최초의 인간을 존재하게 한다. 그런데 최초의 인간은 '존재' 그 자체만으로 만족감을 느끼지 못한다. 그러자 이시스는 그 인간을 둘러싼 자연에 '색깔' 을 주었다. 최초의 인간은 잠시 만족한 듯하더니 곧 불만을 표시했다. 그러자 이시스는 그에게 '움직임' 을 주었다. 그것도 잠시뿐 그는 여전히 불만이었다. 그 다음에는 '소리' 를 주었다. 이렇게 하여 이시스는 자연물에서 느낄 수 있는 아름다움의 요소 다섯 가지를 모두 그에게 주었다.(나머지 두 가지는 '빛' 과 '형태' 인데 그것은 천지창조 때 이미 주었던 것이다). 그러자 남편 오리시스가 이시스에게 조언했고 그리하여 여신의 뜨개질로 인해 최초의 여자가 지상에 태어났다. 그 후 최초의 남자는 아무런 불만 없이 행복하게 살았다. 그러니까 지상에 진짜 아름다움이 생겨난 것은 바로 이 최초의 여자로부터 비롯되었다. 이런 얘기가 나일 강 유역에서 널리 퍼져 있다는 것이다.

나는 이라스의 말이 맞는다고 생각한다. 이 세상에 아름다움이 탄생한 것은 결국 여자 덕분이다. 호메로스의 〈일리아드〉에 나오는 헬렌을 위하여 싸운다는 말이나 괴테의 〈파우스트〉 맨 마지막에 나오는 영원히 여성적인 것이 우리를 높이 들어올린다는 말이나 키츠의 장시 〈엔디미온〉에 첫 머리에 나오는 '아름다운 것은 영원한 즐거움' 이라는 말은, 결국 여성이 이 지상의 모든 아름다움의 알파요 오메가라는 아이디어를 좀 고상하게 표현해 놓은 것에 지나지 않는다.

나는 여성의 아름다움 중에 특히 '움직임' 이 최고의 요소라고 생각한다. 아름다운 여성은 가만히 서 있어도 몸 전체에서 율동律動의 카리스마가 뿜어져 나온다. 여자가 활발하게 걸어가는 모습을 보고 있노라면 나는 정말 그 아름다움에 황홀해진다. 명동이나 강남역 같은 데서 아름답게 차려 입은 여성들이 씩씩하게 걸어가고 있는 모습을 바라보면 그 움직이는 황홀에 한순간 정신을 잃어버릴 때도 있다.

아름다움과 신앙심.

벤허는 내게 이 두 주제를 가르쳐 준 아주 인상 깊은 영화이다.

왜 왕의 여자가 아니고
남자일까?

남자는 여자를 좋아하고 여자는 남자를 좋아한다. 이것이 남녀관계에 대한 일반적 진리이고 그래서 《명심보감》은 결혼이란 2성(남성과 여성)의 결합이요 만물의 시작이라고 했다. 그런데 사람에 따라서는 남자가 여자를 좋아하면서 동시에 남자도 좋아하고, 때로는 아예 남자만 좋아하는 경우도 발생한다. 사랑의 대상이 이성이 되었든 혹은 동성이 되었든 그게 모두 사랑의 행위임은 분명하지만 때때로 그 사랑의 주체와 대상은 잘 맺어지지 못하고 엇나가는 일이 자주 벌어진다. 왜 그럴까. 그에 대한 아주 훌륭한 대답을 한 영화에서 얻었다.

영화 〈왕의 남자〉는 사랑에 관한 이야기이다. 더 자세히 말하면 사랑의 미끄러짐 혹은 사랑의 부재不在에 관한 이야기이다. 사랑에는 주체가 있고 이어 대상이 있다. 사랑의 주체를 장생이라고 보면 그 대상은 공길이다. 장생은 돈과 권력을 따라 사랑의 대상이 표류하는 것을 보고 격렬히 저항한다. 그래서 공길이 양반에게 팔려 가던 날 밤, 장생은 소리친다. 밥만 나오면 뭐든지 다 팔아? 그게 사는 거야? 또 공길이 연산의 부름을 받고 찾아가자 이렇게 말한다. 양반한테 팔아먹던 몸뚱어리, 왕한테 파는 게 낫다 이거야?

그런데 이런 사랑의(대상의) 미끄러짐은 연산의 입장에서도 마찬가지이다. 그는 사랑이 녹수에게 있는 줄 알았으나 그 시선이 공길에게 옮겨가고 이제 사랑의 대상을 완전히 포착한 줄 알았는데 공길이는 실은 장생을 좋아하는 것을 알고 질투한다. '기생의 요분질이 시시해져 비역질로 눈을 돌린 놈아, 내 이 얘기 한번 들어 보려나.' 라며 자신에게 도전하던 장생을 연산이 직접 칼로 찔러 죽이려 하나, 나랏님의 손에 어찌 피를 묻히려 하십니까? 하고 돌려 말하면서 장생을 살리려는 공길의 목소리와 눈빛에서 그것을 알게 된다.

이렇게 볼 때, 세 사람의 사랑은 엑스(X)자를 그리며 서로 다른 방향으로 뿔뿔이 달아난다. 사랑의 주체와 대상이 서로 일치되지 못하고 이처럼 미끄러지는 것 혹은 엇나가는 것을 영화에서는 아주 인상적인 대화로 요약하고 있다. 광대패의 우두머리를 살해하고 달아나던 공길과 장생은 메밀밭 언덕에서 봉사 놀음을 하던 중 서로 딱 맞추지 못하는 장면을 연출하면서 이렇게 말한다.

나 여기 있고, 너 거기 있지.

여기서 나는 사랑의 주체이고 너는 사랑의 대상이다. 둘은 꼭 맞아 떨어지기를 시도하나 계속 허공을 때린다. 서로의 입장이 다르기 때문이다. 장생, 공길, 연산의 사랑이 영화가 진행되면서 계속 미끄러지기만 하는 것은, 장생과 공길의 경우는 돈과 권력이라는 외부의 힘에 의해, 연산의 경우는 내부의 힘에 의해 구속받기 때문이다. 연산에게는 당초 녹수라는 사랑의 대상이 있었다. 그는 왜 녹수만으로 만족하지 못하는가? 어느 면으로 보아도 녹수는 공길보다 더 매력적인 여성이다. 연산과 웃입을 채워 주라 아랫입을 채워 주라 놀이를 하면서 저고리 웃단을 바싹 동여 매여 유방을 양감있게 돌출 시킨 녹수의 모습, 양팔을 높이 처들어 겨드랑이의 무성한 털을 과시하는 녹수의 모습 등은 그야말로 섹스 어필 그 자체이다. 왜 이런 녹수가 연산을 만족시키지 못할까?

그건 연산이 동성애자이기 때문이야, 라고 말하는 것은 표면적 현상만 지적하는 것에 지나지 않는다. 처음에는 여자를 좋아하던 사람이 어떻게 하다가 남자를 좋아하게 되었는지, 그 내면적 동기는 설명하지 못한다. 오늘날 동성애 - 연산의 경우는 양성애bisexual라고 해야 되겠으나 동성애와 양성애는 잘 구분이 되지 않으므로 편의상 동성애라고 하자 - 의 원인에 대하여 두 가지 설이 있다. 하나는 자궁 내에서 태아가 성장할 때 체내 호르몬의 배분에 따라 선천적으로 게이로 태어난다는 설명이고, 다른 하나의 설명은 생후의 성장 환경에 의해 후천적으로 획득되었다고 보는 설명이다.

그런데 영화 속의 연산은 성장 환경 때문에 양성애자가 된 것이 아닐까 하는 의심을 갖게 한다. 후천적인 케이스로 동성애를 설명할 경우, 프로이트의 설명 모델이 가장 그럴 듯한데 특히 연산에게 잘 적용된다.

프로이트 전집에는 동성애 사례가 3번 등장한다. 첫 번째는 〈슈레버 판사〉의 사례 연구이다. 남자인 슈레버 판사는 자신이 하느님의 아내가 되어 이 세상을 구제할 메시아를 낳아야 한다는 망상에 빠져 있었는데, 프로이트는 이것을 아버지에 대한 슈레버의 애정이 신에 대한 애정으로 대치된 것으로 분석했다. 프로이트는, 슈레버가 오이디푸스 단계를 제대로 통과하지 못했기 때문에 성 정체성에 착각을 일으켜 동성애자가 되었다고 분석했다.

두 번째는 〈여성 동성애의 정신적 기원〉이라는 논문에서 다루어진 여성 동성애자의 경우이다. 환자 - 동성애자를 환자로 볼 것인가는 논란의 여지가 있지만 여기서는 그냥 환자라고 한다 - 는 18세 여성으로 자기보다 10세 많은 여성과 사랑에 빠졌다. 그 28세의 여성은 여러 남자와 성관계를 가졌고 또 유부녀인 여자 친구와도 관계가 있었다. 환자인 18세 여성은 연상의 여성에게 꽃을 보내고 전차 정류장에서 그녀를 기다리고, 그녀의 손에 키스를 하고, 심지어 아버지가 그 연상녀를 더 이상 만나지 못하게 하자 자살을 시도하기에 이른다. 환자의 부모는 너무나 걱정이 되어 그녀를 프로이트에게 데려왔다. 환자는 연상의 애인을 만나면 사랑

받는 사람의 역할보다는 사랑하는 사람의 역할을 하는 것으로 분석되었다. 프로이트는 이 환자의 동성애에 대하여 이런 해석을 내렸다.

그녀는 마음 속에서 남자가 되었다. 그리하여 아버지의 자리에 대신 들어서서 어머니를 사랑의 대상으로 삼았다. 그렇게 함으로써 그녀는 어머니와의 껄끄러운 관계를 해소했고 10세 연상의 여인에게서 대리 어머니를 발견한 것이다.

세 번째는 논문 〈레오나르도 다빈치〉에서 다루어진 다빈치의 사례이다. 다빈치(1452 ~ 1519)는 피렌체와 엠폴리 사이에 있는 작은 마을 빈치에서 사생아로 출생했다. 당시 이탈리아에서 사생아라는 것이 심각한 사회적 결점은 아니었다. 아버지 세르 피에트로 다빈치는 대대로 공증인을 지낸 가문의 출신으로 그 역시 공증인이었다. 어머니 카테리나는 농민의 딸이었다. 다빈치는 다섯 살 무렵인 1457년까지 어머니와 단 둘이서 살았다. 아버지는 도나 알비에라라는 지체 높은 여자와 결혼하였으나 아이가 없자 다빈치를 데리고 가 이후에는 아버지 집에서 성장했다. 어린 다빈치는 내게는 아버지는 없고 어머니만 있다, 는 생각에 집착한 나머지 단성 생식을 하는 독수리의 환상을 품고 있었다고 한다.

프로이트는 다빈치에 대하여 이런 해석을 내린다. 어린 다빈치는 마음 속에서 어머니의 부재를 절감하면서 어머니를 너무 그리워했다. 그럴수록 어머니에 대한 애정이 깊어지는 것을 느꼈다. 그러나 어머니가 애정을 받아주지 않기 때문에(현실에서는 이루어질 수 없는 것이기 때문에) 다빈치는 자기 자신과 어머니를 동일시하기에 이르렀고, 마침내 어머니가 다빈치를 사랑해 주었듯이, 자기가 여자(어머니)가 되어 자기(다빈치)를 닮은 젊은 남자를 사랑하게 되었다.

상황이 약간 다르기는 하지만 어머니의 부재를 절감한다는 점에서 연산은 다빈치와 비슷하다. 연산(1476 ~ 1506)은 다빈치와 마찬가지로 15세기의 사람이다. 연산의 세 살 무렵에 생모인 윤비는 성질이 포악하고 시앗에 대하여 특히 질투심이 많다는 이유로 궁에서 쫓겨나 서인이 된 채 친정으로 돌아갔다. 이때 아버지 성종의 나이는 22세. 인생의 넓이와 깊이를 충분히 알고 있다고 보기에는 아직 어린 나이였다. 아마도 성종의 어머니 인수대비의 손길이 크게 작용했을 것이다. 고부 관계가 별로 좋지 않았던 것이다.

그러나 쫓겨난 이후에 신하들의 상소가 끊이지 않았다. 세자의 어머니를 민간에 두어 살게 해서는 안 되며 정부에서 따로 거처할 곳을 마련하여 생활비 일체를 지급해야 한다고 호소했다. 이에 성종은 그런 논의는 세자에게 아첨하려는 생각에서 나온 것이라 하여 더욱 역정을 내고, 또 세자가 점점 자라남에 따라 인심도 폐비 윤씨에게 미련을 가지고 있다 하여, 연산이 여섯 살이던 1482년 8월 윤씨를 사사하고 이 사실을 세상에 널리 알렸다. 영화는 이러한 연산과 성종과 윤비의 관계를 환등 놀이를 통해 간단히 보여준다. 그 환등 놀이는 연산의 무의식 속에서 무수히 되풀이 된 최초의 3인 드라마이기도 하다.

연산 : 아바마마, 어머니가 그립습니다.

성종 : 어머니 생각은 하지 마라. 못난 놈! 네가 그러고도 성군이 될 수 있겠
　　　 느냐?

연산 : 아바마마!

그리고 영화는 연산이 말없이 눈물을 흘리는 모습을 보여준다. 한 인간의 마음 속 깊은 곳에 있는 진실은 아무리 되풀이 연출되어도 그 당사자에게는 지겹지 않은 것인데 연산의 눈물은 그러한 진실을 말해 준다.

프로이트의 설명을 연산에게 적용하면 그의 사랑이 왜 녹수에게서 공길로 옮겨가게 되었는지 그 과정을 읽어 낼 수 있다. 연산은 녹수의 섹스 어필에 매혹된 것이 아니라 녹수에게서 대리 어머니를 찾았기 때문에 사랑한 것이다. 영화에서 녹수는 여러 차례 대리 어머니(우리 아기 젖 줄까? 혹은 녹수가 치마폭으로 연산을 감싸는 장면)로 제시되어 있다. 그런 녹수는 왜 대리 어머니의 역할에 성공하지 못했을까? 녹수의 여성적 매력이 공길만 못해서? 녹수를 흉내내는 공길의 남성적이면서 동시에 여성적인 동작이 녹수보다 훨씬 섹시해서? 둘 다 아니다. 이유는 단 하나, 연산이 마음 속으로 여자가 되었기 때문이다. 우리는 그 단서를 영화 속의 경극에서 찾아볼 수 있다.

이 경극은 셰익스피어의 《햄릿》이나 《한여름 밤의 꿈》에 나오는 극 속의 극처럼 주인공의 심리 상태나 행동 동기를 이해하는 아주 중요한

단서가 된다. 연산은 윤비로 분장한 공길을 보고서 깊은 인식의 충격을 받는다. 그것은 마음 속에 맺혀 있던 어머니에 대한 그리움이 폭발하는 순간이며 동시에 전이轉移가 이루어지는 순간이다. 노이로제 환자가 정신분석자(의사)에게 자신의 감정을 뒤집어 씌워, 그 감정의 맺힘을 풀어버리는 것이 전이인데, 연산은 공길에게서 부재하는 어머니를 확인할 뿐만 아니라, 그 어머니를 자신과 동일시하는 감정의 소용돌이에 빠진다. 그리하여 경극을 감상하던 아버지의 후궁 정씨와 엄씨를 칼로 찌른다.

이 때의 연산은 겉만 왕의 모습을 한 사람일 뿐, 속은 폐비 윤씨인 것이다. 경극의 이 순간은 전이가 완성되는 순간인가 하면, 사랑이 클라이맥스에 도달하는 순간이기도 하다. 비원에서 거행된 사냥 장면 이후, 연산과 공길의 키스 장면은 그 사랑이 완성되었음을 보여준다. 프로이트 식으로 말해 보자면 연산은 이제 마음 속에서 죽은 어머니가 되어 그동안 슬프게 살아온 자신(공길)을 사랑하면서 그 사랑의 부재를 현존으로 바꾸어 놓는 것이다.

이러한 해석은 물론 과학적이라기보다 사변적思辨的이다. 그렇지만 자신이 동성애자임을 공개적으로 고백한 사람들의 글을 읽어보면 억압적 아버지, 힘없는 어머니, 아버지에게 저항하는 아들, 이런 가정 배경에서 성장한 사람들 중에 동성애자가 많다. 따라서 프로이트의 설명이 적어도 연산의 경우에는 상당히 설득력 있는 듯하다.

영화 〈왕의 남자〉는 프로이트가 많은 글로 아주 길게 설명했던 복잡한 이론을 극중 인물의 행동과 이미지로 훌륭하게 요약하고 있다. 더 중요한 것은 이 영화가 다면성을 갖고 있다는 것이다. 위대한 작품은 일견 쉬워서 누구나 이해할 수 있지만 곰곰이 생각해 보면 여러 갈래의 내용을 담고 있는 경우가 많다. 가령 포도원의 일꾼 이야기, 씨 뿌리는 농부 이야기, 돌아온 탕자 이야기 같은 것은 누구나 쉽게 알아들을 수 있는 것이지만 읽으면 읽을수록 깊은 의미가 우러나오는 것이다.

이와 마찬가지로 〈왕의 남자〉도 볼 때마다 새로운 의미를 제시하는 매력적인 영화이다. 어떤 영화 마니아는 이 영화를 개봉관에서만 43번을 보아서 신문에 나기까지 했는데 나는 그렇게까지는 많이 보지 못하고 개봉관에서 두 번, 그리고 텔레비전에서 한 번 이렇게 총 세 번을 보았다. 연산의 동성애를 설명해 볼 생각을 하게 된 것은 세 번째 볼 때였는데 앞으로 네 번째 보게 된다면 또 어떤 생각을 떠올리게 될지 궁금해진다.